无名的泥土

中国现代文学社团未名社述评

黄艳芬 著

时代出版传媒股份有限公司
安徽教育出版社

图书在版编目（CIP）数据

无名的泥土：中国现代文学社团未名社述评 / 黄艳芬著. —合肥：安徽教育出版社，2017

ISBN 978-7-5336-8609-3

Ⅰ.①无… Ⅱ.①黄… Ⅲ.①未名社—研究 Ⅳ.①I209.6

中国版本图书馆 CIP 数据核字（2017）第 174742 号

无名的泥土：中国现代文学社团未名社述评
WUMING DE NITU:ZHONGGUO XIANDAI WENXUE SHETUAN WEIMINGSHE SUPING

出 版 人：郑　可
质量总监：张丹飞
责任编辑：夏业梅
装帧设计：阮　娟
责任印制：王　琳

出版发行：时代出版传媒股份有限公司　安徽教育出版社
地　　址：合肥市经开区繁华大道西路 398 号　邮编：230601
网　　址：http://www.ahep.com.cn
营销电话：(0551)63683012，63683013
排　　版：安徽时代华印出版服务有限责任公司
印　　刷：合肥创新印务有限公司

开　　本：880×1230　1/32
印　　张：8.75
字　　数：200 千字
版　　次：2017 年 7 月第 1 版　2017 年 7 月第 1 次印刷
定　　价：25.00 元

（如发现印装质量问题，影响阅读，请与本社营销部联系调换）

目 录

001	前言
008	**第一章　未名社的生成**
008	第一节　从叶集到北京的"旁听生"
017	第二节　因《未名丛刊》而得名的未名社
029	第三节　"同人"的散落
042	第四节　从"安徽帮"到"未名四杰"
054	**第二章　未名社和莽原社**
054	第一节　《莽原》周刊和莽原社
065	第二节　为批评而起的《莽原》
079	第三节　莽原社中的安徽作家群
088	第四节　安徽作家群和狂飙社作家群的矛盾
100	**第三章　未名社的出版物**
100	第一节　专收翻译的《未名丛刊》
114	第二节　专收创作的《未名新集》

| 124 | 第三节 | 从《莽原》半月刊到《未名》半月刊 |
| 136 | 第四节 | 未名社成员编辑的两本鲁迅研究集 |

145	**第四章**	**鲁迅与未名社**
145	第一节	北京后期：发起成立未名社
157	第二节	南方时期：全力支持
173	第三节	上海时期：不堪重负走向没落

189	**第五章**	**无名的泥土**
189	第一节	未名社的"泥土"精神
199	第二节	"笑影少"的未名社人
214	第三节	韦素园的疾病与文学叙事
221	第四节	台静农笔下的"人间的酸辛和凄楚"

231	**第六章**	**未有天才之前**
231	第一节	"缺席"的曹靖华
241	第二节	"认真"的韦素园
251	第三节	以小说创作扬名的台静农
257	第四节	临危受命的李霁野
266	第五节	是非争议韦丛芜

| 274 | 后记 |

| 276 | 参考文献 |

前 言

在中国现代文坛,不少作家身兼创作和翻译之职,很多文学社团也兼顾创作和翻译活动。前者如鲁迅、周作人、郭沫若、茅盾、萧乾、钱锺书和张爱玲等,后者如创造社、未名社和沉钟社等。然而长期以来,无论是在对上述作家还是在对上述社团的研究中,无疑都侧重于对其文学创作方面的研究。这既是由创作主体的作家主导身份决定的,也是由文学创作本身更具有原创性和个性化的特点所决定的。同时,更为重要的,还与长期以来学术界对于作家和社团文艺活动的价值评判标准,即创作大于翻译有关。

未名社就是一个在文艺活动上集创作与翻译于一身的文学社团。作为一个侧重于译介进步民族文学的新文学社团,未名社虽然是在鲁迅的关爱下直接成长起来的,但是在现代文坛的处境却是边缘化的。未名社于1925年夏天成立,1931年就基本结束了,存在时间并不长,成员稀少。从最初建立到后来解散,其成员构成就是鲁迅、韦素园、韦丛芜、李霁野、台静农和曹靖华六位。1934年7月,鲁迅在纪念韦素园的文章《忆韦素园君》中说:"那时我正在编译两种小丛书,一种是《乌合丛书》,专收创作,一种是《未名丛刊》,专收翻译,都由北新书局出版。出版者和读者的不喜欢翻译书,那时和现在也并不两样,所以《未名丛刊》是特别冷落的。"未名社成员多致力于翻译,文艺活动上翻译大于创作。鲁迅一语指出了未名社在当时文坛的孤独,以及翻译文学的孤独。

在文学译介活动上,未名社作家主要致力于俄苏进步文学的翻译。在文学创作上,以安徽青年作家为主体的未名社成员虽然有着相近的人生经历和文艺倾向,但他们的文学风格并不统一,每个作家都有自己青睐的文学体裁,并且取材倾向也不一致。翻译文学在当时文坛非常受冷遇,而未名社成员的作品多为译作,文学创作少,难以建立起统一的社团文学风格,因此,他们在文坛的影响力有限。事实上除了成员自身文学创作数量少,以及未名社本身翻译大于创作和出版制约等原因之外,未名社成员从性格上来说也多是专注于自己的文学事业,并不热衷于社会事务的参与,在一定程度上也制约了读者和评论者对其关注。

也许未名社的边缘化可以从出版情形上得到印证,迄今为止,未名社作家中,除鲁迅外,只有李霁野、曹靖华和台静农拥有自己的文集,1993年河南教育出版社和北京大学出版社联合出版了《曹靖华译著文集》(共11卷),2004年百花文艺出版社出版了《李霁野文集》(共9册),2015年海燕出版社出版了《台静农全集》。而其他两位作家韦素园和韦丛芜,因为作品数量少以及佚文缺失等原因,全集无从谈起,目前只有选集。他们的作品只能散见于选集中,甚至有的作家佚文的搜集工作尚未开展。在未名社作家的传记方面,关于鲁迅的传记作品自然不少,关于其余五位作家的传记文学却几近空白。尤其是作为社团主要成员的四位皖籍现代作家,其作品竟然也没有获得安徽本土出版机构的重视和关注。这其中自然与有的作家创作量低和生平资料匮缺有关,但更重要的还是由于目前学界,特别是安徽文学研究界对于未名社的重视程度不够。

未名社的一个特别之处在于它与鲁迅之间的特殊关系。作为由鲁迅亲手发起成立的文学社团,未名社也是鲁迅早年在北京时期最早直接参与的文学社团之一。未名社是继莽原社之后,鲁迅发起的又一个以青年为主要成员的文学社团。这两个文学社团都成立于1925年:1925年4月,莽原社成立;1925年8月,未名社成立。鲁迅在短短的一年中,接连发起成立了两个文学社团,且这两个社团都以青年成员为主。而作为两个社团共同的核心成员,鲁迅对于这两个社团分别寄予了不同的希望,即莽原社是为批评而起,鲁迅试图通过《莽原》发展批评之风潮,而未名社则是为翻译而起,鲁迅在经济上支持未名社的发展,并明确倡导翻译文学,亲手培植文学翻译人才。未名社是一个让鲁迅倾注了大量心血,始终牵挂,寄予厚望,然而最终却又草草收场的文学社团。鲁迅对于未名社的希望正在于借助其力量来推动中国翻译文学的发展。在未名社存在的几年中,鲁迅经历了从北京到南方再到上海的生存空间的转变,然而在多变的人生中,鲁迅始终关心着社团的发展,关心着青年们的文学进步。

未名社的另一特别之处还在于它的成员以皖籍现代作家为主。未名社是一个具有浓郁的地域和亲缘色彩的文学社团,其六位成员中,韦素园、李霁野、台静农和韦丛芜四位都是安徽霍邱叶集人,其中韦素园和韦丛芜是同胞兄弟。四人不仅是同乡,还是同学,从叶集的明强小学,到阜阳第三师范学校,再到北京求学。在求学路途上,他们互相帮助,互相扶持,最后在北京结社成团。其余两位成员中的曹靖华则是韦素园在上海求学和俄国留学时的同学,并与这群安徽青年往来频繁，交情深厚。而鲁迅作为未名社中唯一一位名流作家，同时也是这五位青年作家的老师。在未名社成立之前，五位青年都曾在北京大学旁听过鲁迅的课程，与鲁迅结下师生情谊。在中国现代文学社团中，像未名社这样集合了同乡、手足、同学和师生多种人伦关系的文学社团是不多见的。从文学与地缘的关系来看，皖籍作家对中国现代文学的贡献应成为安徽文学研究的一个增长点。在中国现代文学的发展历程中，文学"皖军"层出不穷，其创作活动作为一种具有浓厚历史文化底蕴的文学现象，具有独特的审美价值和研究价值。因此，对于未名社这样一个以皖籍现代作家为主要成员构成的文学社团，如何客观评价其文学成就和贡献，及其在现代文坛的存在意义显得尤为重要。

在中国现代文学的发展进程中，不乏安徽文化名人的身影，比如推动新文学发生的胡适和陈独秀，"新月派"诗人朱湘和方令孺，以及现代通俗小说大师张恨水和乡土小说作家吴组缃等。然而未名社却是一支以皖籍现代作家为主要构成，以群体姿态登上文坛，并对中国现代文学产生了一定影响的文学社团。仅在这一点上，未名社的存在价值和意义就不亚于中国现代文学史上的白马湖作家群、浙东作家和东北流亡作家等。因此，在新的时代背景之下，弘扬"未名"精神，挖掘和利用这一文化遗产，对于促进安徽文化的发展具有重要意义。

在中国现代文学社团中，未名社是为数不多的始终坚持素朴的翻译文学理想，执着坚守翻译文学事业的社团。与文学创作相比，未名社的贡献更多地体现在对以俄苏为主的进步民族文学的翻译介绍上。与目前学界开展的对于未名社的文学创作的研究相比，在对未名社翻译文学的思想和艺术价值、风格、立场和读者观等方面的研究,却没有受到应有的重视。作为一个以翻译文学为主的文学社团,未名社的翻译文学并没有受到应有的研究关注,或者说对于未名社的考察研究,尚未形成一个完整的体系。如果要充分认识未名社的全部文艺活动,其文学翻译应是不可忽视的。此外,长期以来研究者对于未名社的文艺活动的呈现,以及文艺思想和文学观念等的总结均显不足,或是语焉不详,也制约了对未名社的进一步认识。针对目前的研究现状,构建一个中国现代文学范畴内的未名社研究的完整体系势在必行。

对于未名社的研究,目前主要体现在局部的、微观的层面,缺少系统和全面深入的研究。并且现有的研究工作不够扎实,缺少突破性进展。比如,关于未名社的单篇研究论文已有不少,但没有关于未名社研究的专著,学位论文以未名社为研究对象者也寥寥无几。目前学界对于未名社研究的广度和深度均未达到应有的水平,现有的研究主要集中在对社团、成员作家的介绍和描述上,以及对于未名社文学作品的阐释上等,比如对台静农的《地之子》和《建塔者》、韦素园和李霁野的散文、韦丛芜的新诗研究等,研究成果中不乏质量较高者。同时,还有一些关于未名社文学史料的研究,也主要集中于社团及作家研究上,这其中也以核心成员为主,尤其是对于鲁迅和未名社关系的史料研究较为丰富。目前没有一部关于未名社的学术专著,关于社团的最基础的史料问题都不清晰。在笔者看来,对于未名社的研究,需要构建整体的研究框架,即结合时代和文化背景,细致梳理未名社的全部文艺活动,并客观评价未名社对于中国现代文学的贡献。

笔者在本书中，尝试对未名社的各种文艺活动进行分解，采取了文学阐释与文化研究、微观和宏观相结合等手段，以社团和作家研究为主，以社会文化活动研究为辅。在对未名社作家的人生和文学创作活动研究中，以史料研究为主体，以作品作为支撑。并采取文学评析与文化研究相结合的手段，发掘未名社的地方文化印记，进行追根溯源。

笔者偏重于从文学史料角度全面考察和分析未名社，从地域、亲缘和旁听生的求学经历等文化角度重新认识未名社的成员构成。突出鲁迅在社团中的核心地位，考察未名社成员之间的相互关系，以及成员在社团中的创作活动和彼此之间在文艺追求上的相互影响，重新考证未名社的文学史地位。并从未名社成员的人生经历、文艺观、审美趣味和变革频仍的时代背景等角度，考察未名社的各种文学活动。史料发掘是中国现代文学研究思维的一种，尤其像未名社这样处于边缘境遇的文学社团更是具有巨大的史料发掘空间。而对于未名社来说，更加特殊的意义可能正在于它是现代文学社团中一个以"皖军"为主要构成的文学社团，这无疑为史料钩沉工作增加了更多吸引力。

本书着力于发掘未名社在生成与发展过程中的诸多文学史料，针对未名社长期湮没于现代文学历史长河的事实，以翔实可靠的史料发掘，最大限度地还原未名社的原貌，填补目前学术界对于未名社认识的不足。本书更为深远的意义可能是通过个案带动整体，通过对未名社的全面深入研究，务求在更加深广的层面上带动对于中国现代文学中各种被忽视的文学现象的研究。

本书以未名社为研究对象，系统考察未名社的全部文艺活动，揭示未名社的文艺主张、社团风格和地域文化色彩,探讨未名社文艺活动的独特意义,对其文学价值以及文坛地位进行新的评估,揭示未名社对于中国现代文学的贡献。同时,在更深的层面上,以未名社这样翻译大于创作的社团为个案,思考传统的文艺评判标准对于现代文学研究的制约,以及中国现代文学如何在内涵与外延上做更大的突破。

文学研究需要多维视角,在中国现代文学现有的研究格局中,类似于未名社这样的遭受读者和评论者冷遇的文学社团并不少见。未名社的孤独在中国现代文学史上绝非个案,类似处境的文学社团还有沉钟社、弥撒社等。因此,对未名社的考察和认识可以拓展和丰富现有的中国现代文学研究空间。对未名社的研究还可以进一步地促进和带动学术界对于中国现代文学中各种边缘处境的文学现象、文学活动、文学社团、作家作品等的深入研究。并且,关于中国现代文学中的翻译文学的研究,几乎是现代文学研究的盲区,就目前的研究现状来说,的确没有太多经验可以借鉴。即便是鲁迅这样的在文学翻译上卓有贡献的现代文学名家,其翻译活动都未受到应有的重视。如何开展对于未名社翻译文学的研究,即采取何种具体的方式方法问题,在本书中并未得到解决。因此,本书的意义或许还在于抛砖引玉,为未名社研究提供基础的史料梳理,以此带动和促进对于未名社更加系统完善的研究。

第一章　未名社的生成

第一节　从叶集到北京的"旁听生"

1923年,为了促进世界语运动在中国的进一步发展,鲁迅和蔡元培等人在北京发起成立世界语专门学校,鲁迅既是发起人,也是董事人。9月,世界语专门学校正式开学,鲁迅开始在该校授课,主要讲授中国小说史略等课程。鲁迅在京时期的大学授课活动始于1920年。从1920年秋季开始,鲁迅在教育部工作之余,先后在北京大学以及北京高等师范学校兼任讲师,而在世界语专门学校的授课活动,也为鲁迅北京时期的大学授课生活增加了新的内容。

几乎就在鲁迅登上世界语专门学校讲台的同一时期,有一群来自安徽霍邱县叶集小镇的年轻人,怀揣着各自不同的人生理想,先后从故乡来到北京。在鲁迅执教的世界语专门学校中,其中就有一名来自叶集的学生张目寒。张目寒于1924年进入世界语专门学校读书,成为鲁迅真正意义上的弟子。

在张目寒求学于世界语专门学校前,他的四个小学同学韦素园、台静农、李霁野和韦丛芜,也先后从故乡出走,来到北京苦苦寻求人生出路。1922年夏,韦素园结束在俄国的留学归国后,在北京俄文法政专门学校继续学习俄文,但不久放弃学籍,在北京大学开始旁听学习,他选择了俄国诗人铁捷克的课程和鲁迅的课程。喜爱俄国文学的韦素园同时开始尝试文学翻译,这一时期他选译了梭罗古勃的《蛇睛集》。1922年春天,台静农从武汉来到北京,开始在北京大学中文系旁听。1924年,台静农转到北京大学文科研究所国学门学习,并担任"风俗调查会"的事务员,半工半读,这为他日后走上治学之路奠定了基础。1923年春,韦素园回乡时,劝说同窗好友李霁野来到北京,初到北京时,李霁野自修英文。不久之后,韦素园的胞弟韦丛芜也从湖南岳阳来到北京。1923年秋,韦丛芜与李霁野一同转入北京崇实中学求学。至此,这群安徽青年正式在北京会合,共同开启了求学之路。

这几个安徽青年虽然只是一个小小的群体,但是彼此之间却具有极强的凝聚力,他们在现实生活中依托于一个固定的据点,那就是韦素园当时的租住地,即北京大学对面的沙滩新开路五号,他们以此为核心,互相关心和扶持,追求着文学梦想。而曾被鲁迅戏称为"破寨"的沙滩新开路五号,日后成为未名社的第一个社址。这群青年的团结和凝聚力除却源于同乡情谊之外,很大程度上来自于其中的核心人物韦素园的号召力。出生于1902年的韦素园,虽然不是其中的最年长者,但是却有着丰富坎坷的社会阅历和人生经验,性格上较为成熟稳重。在翻译文学道路上,韦素园的起步比他的同乡们要早,他于1921年留学俄国,是这群安徽青年中唯一拥有留学背景的。由于在留学期间患上肺病,韦素园不得不在1922年夏天提前结束学习而回国。留俄的求学经历虽然短暂,却让韦素园对俄国文学形成了深刻的热爱之情,确立了从事文学翻译的理想,这不仅为他自己,也为他的同乡打开了人生的一扇新窗户。同时在性格上,韦素园也是极其热心和稳重的,在这个小群体中,他时常关心着其他人在文学上的成长,尤其是在翻译文学上,他可以称得上是李霁野和韦丛芜的领路人,他带领着李霁野和韦丛芜走上俄苏文学译介的文艺道路。最终,他们都以这项艰苦卓绝却又意义非凡的工作作为自己终生的文艺志向。1924年暑假,李霁野从崇实中学毕业前,翻译了安德列耶夫的《往星中》,而同一时间,19岁的韦丛芜开始翻译陀思妥耶夫斯基的《穷人》,他们的这两部译作译成后,均在未名社成立后被收入社中的《未名丛刊》出版。

从尝试文学翻译开始,安徽青年开始了他们的文学道路,谁也未曾料想到这群从封闭小镇走出的普通青年将会在中国现代文学史上写下浓墨重彩的一笔。在人才辈出的中国现代文坛,这群安徽青年的文学资源、教育背景乃至家世人生都是乏善可陈的。的确,最初这群安徽青年的人生梦想只是逃离落后愚昧的故乡,因此带着对现代文明的向往来到京城求学谋生,他们绝对无法想象在二三十年代的中国文坛能发出自己独特的声音,进而成为现代文坛有影响力的一分子。

这几位安徽青年不仅是同乡,还是同窗。包括张目寒在内的这五位青年曾是安徽霍邱叶集第一所新式小学——明强小学的学生。明强小学成立于1914年,是借洋务运动风潮而创办起来的新式学堂。在明强小学成立前,五人均在私塾接受旧式教育。及至明强小学成立后,他们转入明强小学高级班。明强小学虽然地处大别山深处,地理位置偏僻,但是学校的办学理念主要是借鉴西学,倡导现代教育,在课程设置上也较为进步,老师们不仅知识渊博,而且思想开明。如韦素园的长兄韦凤章曾是他们的历史老师,受过高等师范教育。可以说,明强小学的几年学习生活对于这群安徽青年的早期成长具有重要意义,在一定程度上促发了他们日后对于现代文明的向往和追求。

在故乡度过的少年时代,这群安徽青年就表现出激进叛逆的思想和行为。比如在明强小学读书时,这五人曾率先剪辫子,并且推翻学校里的土地神像,这些事件都曾在小镇引发轩然大波,轰动当地。然而进入北京后,这群安徽青年却如同水滴融入大海一般,无法激荡起点滴的涟漪。因此,在初到北京的日子里,安徽青年们在偌大的北京城孜孜追求文学之路时,他们如同当时很多心怀文学梦的异乡贫寒青年一样,选择了一种别样的求学方式,即在北京大学文学系旁听课程。

在这群安徽青年中,除了张目寒之外,台静农、韦素园、韦丛芜和李霁野四人都不是鲁迅的正式学生,然而他们在一段时期内都在北京大学旁听过鲁迅的课程。李霁野对当时的旁听生活就有这样的记忆:"先生那时每周去北京大学第一院讲一次中国小说史,素园就住在大学对过的一个公寓里,我们实际上已经'偷听'过先生的课,所以在教师预备室和先生见面是很方便的。"①而鲁迅在《忆韦素园君》中也提到在未名社成立前,就曾在北京大学教师预备室见过李霁野,而

---

① 李霁野:《鲁迅先生与未名社》,人民文学出版社,1984年版,第103页。

他对于李霁野的最初印象也颇为有趣,"头发和胡子统统长得要命"①。此外,台静农在北京大学的旁听课程中,除了国学课程之外,同样也选了鲁迅的中国小说史的课程,并与鲁迅建立了深厚的师生情谊。

  安徽青年们所采取的旁听式的求学方式在当时绝非异数,事实上在中国现代作家中,像丁玲、瞿秋白、冯雪峰、柔石、沈从文、许钦文和王鲁彦等,在五四新文化运动后,各自从故乡来到北京,并都曾在北京大学旁听过课程。在成为名流作家之前,他们都曾经历过艰苦的旁听生生活。毫无疑问,北京大学的旁听生制度促进了中国现代作家的人才队伍建设。北京大学的前身是1898年创办的京师大学堂,在创办之初即开设旁听生制度,旁听生制度一直作为北京大学特有的办学传统在不同时代得以沿袭。1917年,蔡元培在担任北京大学校长,主持校务工作后,对于旁听生制度的管理更加人性化。不仅学校的学习资源对旁听生开放,而且在生活资源上,如食堂和运动场等也对旁听生开放,且收费合理。正因为五四时期北京大学的旁听生制度门槛较低,对于一些受限于经济或者学历等因素,而不能直接入学的外省青年来说,能在北京大学旁听对他们来说具有巨大的吸引力。因此,很多外省青年千里迢迢奔赴北京,只为能在北京大学当一名旁听生。可以说也正是北京大学这种打破门户之见,敢于包容的伟大胸襟才能孕育出一些真正有才学者,为中国现代人才建设做出巨大贡献。也因此,在中国现代作家的长长名单里,我们今天才能有幸看到一些人的名字。

---

① 鲁迅:《鲁迅全集》第6卷,人民文学出版社,2005年版,第65页。

在不少中国现代作家的回忆里,在北京大学的旁听生活既是一种独特的人生经历,也是他们的美好回忆。北京大学当时的所在地是东城区沙滩后街55号,很多现代作家在青年时期都曾在这里获得了知识带给他们的温暖,如许钦文在《忆沙滩》一文中曾饱含深情地回忆:"我在困惫中颠颠倒倒地离开家乡,东漂西泊地到了北京,在沙滩,可受到了无限的温暖。北京冬季,吹来的风是寒冷的,衣服不够的我在沙滩大楼,却只觉得是暖烘烘的。"[①]而在未名社的曹靖华的笔下,当时北京大学的旧址红楼对青年有着无与伦比的吸引力:"当年'红楼'的吸引力,也确实'威镇寰宇'。它把天南地北、不远万里(当年有从云南经越南,由海路到北京求学的,当年那是一条近路)而来的青年,都陶醉得神魂颠倒,不自主地被吸引到这熔炉里,精心冶炼。"[②]自然,异乡青年的旁听生的求学道路也不乏辛酸和屈辱,在这方面,从偏僻闭塞的湘西凤凰来到北京大学求学的沈从文颇具有代表性。只有小学学历的沈从文曾是中国现代文坛最为著名的外省文学青年,他来到北京投考失败后,选择在北京大学旁听,进而开始无比艰辛的文学生涯,苦苦挣扎于文坛,屡经挫折,遭遇各种屈辱。绝望中的沈从文曾给郁达夫写信求助,郁达夫曾以他为原型,写下《给一个文学青年的公开状》,披露了当时普通文学青年的辛酸和不易,并控诉了文坛的不公正。

当时聚集在北京大学的旁听生数目较大,有学者曾撰文将当时北京大学所在的沙滩地区称为中国的拉丁区,尽管这里物质条件简

---

① 许钦文:《许钦文散文选集》,百花文艺出版社,1995年版,第70页。
② 曹靖华:《曹靖华译著文集》第9卷,河南教育出版社、北京大学出版社,1992年版,第457页。

陋,"但是有着成百成千的人从几百几千里路外来到北平,住到这十九世纪的公寓里,恋恋地住了一年,两年,甚至三年,四年,直到逼不得已,才恋恋不舍地离开"①。所谓"拉丁区",源于法国的一个著名的学府区,是法国学子和各类高等学府的汇聚之处,之所以以"拉丁"命名,是因为这里的学府主要都以拉丁语作为教学语言。虽然上个世纪初的北京的沙滩地区和巴黎的拉丁区存在着民族和文化上的各种差异,但都共同体现了现代人对于进步文明的精神诉求。以鲁迅在京时期所交往的青年为例,其中有不少都是北京大学的旁听生,比如日后成为名编辑的孙伏园,以及乡土小说作家,被鲁迅亲切称为"吾家彦弟"的同乡王鲁彦。此外,还有鲁迅居住于砖塔胡同时期,与他经常保持通信的名不见经传的普通青年李秉中等等,早年都曾在北京大学旁听求学。

在未名社的青年成员中,除了四位安徽青年之外,还有一位河南籍青年曹靖华,他虽与安徽青年没有同乡关系,但同样也在北京大学旁听过。曹靖华1920年在上海外国语学社学习俄文,加入社会主义青年团,并被派往莫斯科东方大学学习。1921年底,曹靖华回国,在北京大学旁听,并且还与许钦文、柔石、胡也频等租住在北京大学的沙滩附近。据曹靖华回忆:"一九二二年,我还是个二十岁出头的年轻人,在北大文学院求学,学校在沙滩红楼。我学俄语,兼听其他课程,最爱听的自然是鲁迅先生的'中国小说史'。"②曹靖华不仅旁听鲁

---

① 陈平原、夏晓虹编著:《北大旧事》,北京大学出版社,2009年版,第318页。

② 曹靖华:《曹靖华译著文集》第9卷,河南教育出版社、北京大学出版社,1992年版,第482页。

迅的课程,并且课后还常向鲁迅请教,二人很早就结下了师生之谊。

作为从异乡到北京的外省青年,在初到北京的时候,未名社的青年成员通过在北京大学旁听的独特求学方式,艰难地开始了他们的高等教育。虽然日后他们当中也有成员凭借自己的努力,真正进入高等学府学习,如李霁野和韦丛芜于1925年入读于燕京大学,台静农则在1924年考入北京大学国学门。但不可否认的是,在北京大学的旁听是他们求学道路上珍贵而有意义的一个阶段,并且他们还共同地选择了鲁迅的课程,在文艺活动上获得了鲁迅的直接指导,甚至在人格精神上也受到了鲁迅的影响。这群青年与鲁迅相识进而与之结下深厚的友谊,鲁迅的关爱和帮助,不仅让他们坚定了对于文学翻译事业的追求,也直接促成了未名社的成立。

在20世纪初期的中国文坛,各种进步文学流派和社团如雨后春笋般不断涌现,其成员不乏各种显赫的教育背景,如以欧美留学知识分子为主的现代评论派,以留日知识分子为主的创造社,以及汇集名流作家的语丝社等。而未名社的成员构成在当时的文坛多少显得有些特别,其仅有的六位成员中,只有鲁迅一位是名流作家,并拥有正式的留学背景。其余五位年轻成员没有接受过系统的高等教育,且都是默默无闻的普通文学青年。曹靖华和韦素园此前虽然在俄国留学过,但是时间非常短暂,学习内容非常有限。1921年春天,二人作为上海外国语学社社会主义青年团的第一批成员,被派往莫斯科东方大学学习。在东方大学时期,他们的学习内容多与政治有关,且校方排斥对于文学的学习,甚至连基本的语言学习也是几乎没有的。因此二人的留俄经历并非真正意义上的正规系统的学院教育,而只是带有强烈政治色彩的留学活动。未名社的其他三位青年成员,即李霁野、韦丛芜和台静农在初到北京时，都还只是中学生。因此，日后他们五人才会不约而同地选择在北京大学旁听。从未名社的五位青年成员的求学经历来看，未名社是一个具有平民色彩的知识分子团体。

的确，像未名社青年成员这样整体采取苦学的社团知识分子在中国现代文坛非常少见。未名社的青年成员出身平凡卑微，来自于社会底层，然而他们全部通过苦学和自学的方式完成高等教育。日后鲁迅在以韦素园为代表的未名社的青年成员身上，发现他们具备着一种独特的"泥土"精神，这种精神中就包含着苦学态度。比如鲁迅第一次看到韦素园时，对于他的印象是"窗前的几排破旧的外国书，在证明他穷着也还是钉住着文学"①。鲁迅同时还评价韦素园"是楼下的一块石材，园中的一撮泥土，在中国第一要他多"②，这种甘于做石材的精神自然不只是体现在他们脚踏实地的文艺态度上，还体现在他们身处逆境仍旧坚持不懈的求学精神上。

从未名社青年的求学内容来看，他们早年在北京大学旁听多是选择文学类的课程，旁听生的经历开启了他们的文学生涯，尤其是对于翻译文学的追求。韦素园曾在北京大学追随俄国诗人铁捷克，曹靖华也是在北京大学旁听俄语课程，而五位成员全部都曾旁听过鲁迅的中国小说史的课程。鲁迅一贯以关心和帮助进步青年而著称，在与青年们的交往中，他并不以门第或是社会地位来衡量，而是无私地为青年铺设文学道路，帮助他们在文学上的成长。

---

① 鲁迅：《鲁迅全集》第 6 卷，人民文学出版社，2005 年版，第 66 页。
② 鲁迅：《鲁迅全集》第 6 卷，人民文学出版社，2005 年版，第 70 页。

未名社的文学青年作为旁听生与鲁迅相识,并得到鲁迅的重视和青睐,自然与他们对于文学翻译的坚持态度有关,鲁迅从他们身上看到了发展中国文学翻译事业的希望。鲁迅是未名社六位成员中唯一的一位名流作家,他和青年们不仅仅是社团成员关系,同时还与他们建立了深厚的师生情谊。在未名社成立前和整个社团存在期间乃至社团解散后,鲁迅对于青年们的文学活动,特别是文学翻译都给予了悉心的指导。

第二节 因《未名丛刊》而得名的未名社

鲁迅与安徽青年最初的相识得缘于张目寒,在鲁迅日记中,张目寒的名字首次出现时间是在1924年5月3日,鲁迅在当天的日记中有这样的一条记录:"寄张目寒信。"①此后,张目寒开始了与鲁迅的密切交往,并成为鲁迅在京时期往来较为频繁的青年之一。尽管张目寒日后并没有加入未名社,但他却是联结鲁迅和其他安徽青年之间的重要纽带,对于未名社的发起和成立也起到了一定的促进作用。

1924年9月20日,张目寒将同乡李霁野翻译的俄国作家安德列耶夫的剧本《往星中》介绍给鲁迅,对于这件事,鲁迅在日记中是这样记录的:"上午张目寒来并持示《往星中》译本全部。"②作为一个默默

---

① 鲁迅:《鲁迅日记》一,人民文学出版社,2006年版,第510页。
② 鲁迅:《鲁迅日记》一,人民文学出版社,2006年版,第529页。

无闻的普通译者,李霁野敢于将自己的译作转呈给鲁迅,此举不可谓不冒进,而他的初生牛犊的巨大勇气则是源于他曾听张目寒说过"鲁迅先生喜欢接近青年人,并觉得从事文学工作的青年太少"①,因此在这种情况下,李霁野才敢于通过张目寒把自己翻译的《往星中》转交给鲁迅审阅。在与安徽青年的交往中,最初在文学翻译活动上与鲁迅获得联系的即为李霁野,这中间张目寒的积极奔走自然功不可没。根据鲁迅日记来看,鲁迅在收到《往星中》译稿后的次日便开始校译,足见鲁迅对于青年的文学翻译工作的重视。

李霁野第一次拜访鲁迅也是通过张目寒的联络,时间是在1924年冬的一个下午。李霁野在故乡阅读鲁迅作品时就建立起对于鲁迅的景仰之情,及至来到北京后,竟意外凭借稚嫩的文学翻译作品获得鲁迅的倾力帮助。因此,与鲁迅的初次见面对于李霁野来说是令他终生难忘的大事。日后,李霁野曾在多篇回忆鲁迅的文章中深情地描述了这次会面,他细致地写下了如何通过张目寒的引荐,去往鲁迅当时位于西三条胡同的住宅,以及初见鲁迅时对于鲁迅的印象。

在得到鲁迅的关心和帮助后,李霁野获得了巨大的精神鼓舞,也激发了他对于文学翻译事业的热情。继《往星中》之后,李霁野又翻译了安德列耶夫的《黑假面人》,译成后再次请鲁迅帮助审阅。1925年2月15日,鲁迅在日记中记录:"收李霁野《黑假面人》译本一。"②《黑假面人》也是李霁野翻译的第二本安德列耶夫的剧本。在短短的时间内,李霁野接连翻译两本安德列耶夫的剧本,体现出他对于这位

---

① 李霁野:《鲁迅先生和未名社》,人民文学出版社,1984年版,第212页。
② 鲁迅:《鲁迅日记》一,人民文学出版社,2006年版,第552页。

俄国作家作品的喜爱。

事实上李霁野对俄国文学的热情,尤其是对安德列耶夫作品的喜爱和认识,最初就是源于鲁迅的影响。李霁野早在故乡的师范学校时,就从《新青年》上读到了鲁迅翻译的安德列耶夫的短篇小说,他曾充满深情地回忆道:"在乡间的师范学校读书时,每月有一件难以忘却的事,这便是《新青年》的寄到。拆开来第一先看看有否鲁迅先生的文字,对于卷首的大议论倒并不热切地想要拜读。以后先生常有译著的零篇发表,这些都最深切的引起我对于文学的嗜好,同时对于作者的好奇心,也随着增加起来了:我愿望见这样的人物。"[①]李霁野曾在回忆文章中多次提及青年时代对鲁迅翻译的安德列耶夫的短篇小说《黯淡的烟霭里》的喜爱,鲁迅于1920年翻译了这篇小说,后收入《现代小说译丛》第一集,1922年5月由商务印书馆出版,这也是鲁迅留日回国后出版的最早的翻译文集。该文集共收录了8个国家的18个作家的小说30篇,全部由周氏三兄弟共同翻译,其中由鲁迅翻译的有3个国家6位作家的小说9篇,这里面就包括安德列耶夫的这篇《黯淡的烟霭里》。

在故乡时期,李霁野在阅读上还形成了对英译的俄国文学作品的偏爱。李霁野不止一次谈到对于英译作品的喜爱,是源于在阜阳第三师范学校求学时的一本英文教材,即商务印书馆编写的简本《天方夜谭》,这本书为他开辟了一个新天地,不仅引发了他对于外国文学的向往,更促使他决心学习英文,日后专门从事英译本的俄苏文学作品的翻译,并成为一代翻译名家。

---

① 李霁野:《鲁迅先生与未名社》,人民文学出版社,1984年版,第173页。

李霁野敢于尝试文学翻译的一个直接原因则来自于韦素园的支持和鼓舞,李霁野的第一部译作安德列耶夫的《往星中》的译成,就凝结着韦素园的努力和付出。首先《往星中》的英译本是韦素园推荐给李霁野的,其次在翻译过程中,李霁野用英译本,而韦素园配合用俄文原本,两人互相对照,最后韦素园还用俄文校改了一次,最终共同完成了这本书的翻译。《往星中》的翻译开启了李霁野的文学翻译生涯,从《往星中》开始,李霁野致力于翻译英译本的俄国文学作品。

　　从对李霁野的帮助开始,鲁迅陆续开展了与安徽青年们的交往。李霁野回忆:"一九二五年起,我们同先生见面的时候就很多了。"①鲁迅与这群青年的正式往来始于1925年春天,张目寒是联结安徽青年与鲁迅先生的重要纽带,在未名社成立之前,张目寒带领着他的同乡们多次拜访鲁迅。据鲁迅日记记载:1925年3月22日,张目寒跟李霁野一起拜访鲁迅;1925年4月27日夜,张目寒又和台静农一起拜访鲁迅;1925年5月9日上午,张目寒和韦丛芜一起拜访鲁迅。在李霁野、台静农和韦丛芜通过张目寒相继与鲁迅认识之后,1925年5月17日,韦素园又和台静农、李霁野一起拜访鲁迅,而这也是鲁迅日记中记载的韦素园对鲁迅的第一次正式拜访。据鲁迅日记的会面记载情况来看,至1925年上半年,安徽青年们与鲁迅在不同时间会面,得以相识和交流。韦丛芜日后曾回忆道:"在这两个月期间,我们五个人都同鲁迅先生认识或发生联系了。"②从这些频繁密切的会面中,既可以看出张目寒个人极强的人际交往能力,同时也可以说正是张目

---

①　李霁野:《鲁迅先生与未名社》,人民文学出版社,1984年版,第103页。
②　韦丛芜:《读〈鲁迅日记〉和〈鲁迅书简〉——未名社始末记》,《鲁迅研究月刊》1987年第2期,第14页。

寒的积极奔走,使得鲁迅与安徽青年们在短时间内相识并相互了解,进而促成了未名社的生成。

关于张目寒在未名社成立过程中的功劳和贡献,作为未名社成员之一的曹靖华的总结非常形象和准确:"这样,目寒就把当时聚集在沙滩'红楼'(即当年北京大学第一院、文科)附近自学、苦学的一小'堆'霍丘(应为霍邱笔误,本书作者注)青年,介绍给鲁迅先生。这'堆'青年,稍后就成了'未名社'的中坚。"①而曹靖华作为未名社中唯一一个非安徽籍的青年成员,在1925年夏天未名社成立前后,他一直不在北京,当时他正在河南开封参加国民革命军。曹靖华是在与韦素园和鲁迅的通信中,得知未名社的成立,并写信请求加入的。

如果说鲁迅与安徽青年们的交往直接源于张目寒积极的中间联络的话,那么从根本上来说则是源于鲁迅和青年们的共同的对于文学翻译事业的追求。鲁迅对于安徽青年的文学翻译活动给予了直接的支持,除了在精神上的鼓励之外,还不厌其烦地帮助他们审阅文稿以及出版。在未名社成立前,鲁迅不仅帮助李霁野悉心校改了《往星中》和《黑假面人》,而且还积极帮助其联系出版。鲁迅曾将《往星中》列入他当时在北新书局主持编辑的《未名丛刊》计划出版的书籍之一;而《黑假面人》一书,鲁迅在1925年3月14日寄给周建人,并嘱托其转商务印书馆编译所。然而到未名社成立前,无论是北新书局还是商务印书馆,都未采用李霁野的这两个翻译剧本,两本译作都未被排上出版日程。也正是在为李霁野的译作寻求出版的过程中,鲁

---

① 曹靖华:《曹靖华译著文集》第9卷,河南教育出版社、北京大学出版社,1992年版,第456页。

迅深切地感受到了文学翻译道路对于青年作者,尤其是非知名的年轻译者的艰难性,因此萌生了自己印行出版物的念头,对于鲁迅来说,这不仅是对普通青年译者的帮助,更重要的意义是在于推动中国的文学翻译事业。

而1925年前后的鲁迅,身为一名译者,其翻译活动开展得风生水起,是文坛炙手可热的知名译者。在这一时期,鲁迅在文学翻译上的活动主要包括在《语丝》周刊发表裴多菲的译诗,在《晨报》副刊连续发表《出了象牙之塔》,以及在北新书局出版《苦闷的象征》。虽然当时鲁迅自己的文学译介活动开展得比较顺利,但是他对此绝不满足。对于一直倡导进步文学翻译的鲁迅来说,他绝不会将这样一项任重而道远的事业仅仅寄托于自己或是其他的少数名流译者身上,而是渴求在青年中有所突破。李霁野曾回忆鲁迅当时对于青年译者的热切期盼心理,以及对于青年翻译人才的发掘:"他和学生谈话时,常说到从事文学译作的青年人太少了。鲁迅先生是一向注意培养青年人的,总随时注意发现新人。"①

因此,在1925年夏天,经过鲁迅的努力,《未名丛刊》从北新书局移出,移出后的《未名丛刊》由鲁迅与李霁野这群青年一起自筹经费,专印他们自己的译作,仍由鲁迅主持编辑,而中国现代文学史上着力于发展翻译文学的未名社也因此正式诞生。在《忆韦素园君》中,鲁迅如此介绍《未名丛刊》的移出和社团的诞生过程:"那时我正在编译两种小丛书,一种是《乌合丛书》,专收创作,一种是《未名丛刊》,专收翻译,都由北新书局出版。出版者和读者的不喜欢翻译书,那时和现

---

① 李霁野:《鲁迅先生与未名社》,人民文学出版社,1984年版,第211页。

在也并不两样,所以《未名丛刊》是特别冷落的。恰巧,素园他们愿意绍介外国文学到中国来,便和李小峰商量,要将《未名丛刊》移出,由几个同人自办。小峰一口答应了,于是这一种丛书便和北新书局脱离。稿子是我们自己的,另筹了一笔印费,就算开始。因这丛书的名目,连社名也就叫了'未名'——但并非'没有名目'的意思,是'还没有名目'的意思,恰如孩子的'还未成丁'似的。"①鲁迅在这段话中介绍得非常清楚,即《未名丛刊》是他早年编辑的一种丛书,与《乌合丛书》原都由北新书局出版印行,《乌合丛书》专收创作,而《未名丛刊》专收翻译文学。在未名社成立之前,鲁迅就已经感受到《未名丛刊》在读者和出版商中遭受的冷遇。鲁迅将《未名丛刊》从北新书局转出,作为北新书局老板的李小峰自然是愿意的。移出后的《未名丛刊》仍由鲁迅编辑,并由鲁迅和青年们自筹经费经营,从长远来说是为发展中国的翻译文学事业打算,从现实考虑则是为青年们谋求出路,对于李霁野这些青年译者来说,当然也是求之不得的,不可谓不是两全其美之策。《未名丛刊》的移出标志着未名社的正式开始,而社团名称的由来,据鲁迅的这段回忆来看,就是根据《未名丛刊》的名称而来的。

未名社的成立看似偶然,即鲁迅在当时偶然结识几个文学青年,出于在翻译文学事业上的志同道合,以及对于青年译者的热心帮助和扶持,鲁迅与他们走到一起,进而结社。然而从根本上来说,未名社的成立却体现了鲁迅试图组织文学新军引入文坛,推动和发展中国的翻译文学事业,进而革新中国文艺界的目的。正如有学者如此

---

① 鲁迅:《鲁迅全集》第6卷,人民文学出版社,2005年版,第65—66页。

评价未名社的生成:"作为刊名这样看来,仿佛'未名社'产生的很偶然,实际上鲁迅早有考虑的。从历史背景方面说,自五四起他就一直在寻找文化新军,组织力量向旧世界进行袭击。"①

关于未名社成立的回忆,李霁野在1936年8月所写的《忆素园》一文中是这样描述的:"一九二五年夏季的一天晚上,素园、静农和我在鲁迅先生那里谈天,他说起日本的丸善书店,起始规模很小,全是几个大学生慢慢经营起来的。以后又谈起我们译稿的出版困难。慢慢我们觉得自己来尝试着出版一点期刊和书籍,也不是十分困难的事情,于是就开始计划起来了。我们当晚就决定了先筹起来能出四次半月刊和一本书籍的资本,估计约需六百元。我们三人和丛芜、靖华,决定各筹五十,其余的由他负责任。我们只说定了卖前书,后印稿,这样继续下去,既没有什么章程,也没立有什么名目,只在以后对外必得有名,这才以已出的丛书来名了社。"②这当中有的记忆跟鲁迅是一致的,比如未名社的成立背景,以及社名的由来等。

类似的回忆李霁野还有一次,是在1976年所写的回忆文章《鲁迅先生对文艺嫩苗的爱护与培育》中:"一九二五年夏季一天晚上,素园、静农和我访先生,先生因为一般书店不肯印行青年人的译作,尤其不愿印戏剧和诗歌,而《往星中》放在他手边已经有一些时候了,所以建议我们自己成立一个出版社,只印我们自己的译作,稿件由他审阅和编辑。那时北新书局已经出版了几种《未名丛刊》,我们的翻译仍然列入这个丛刊,另由未名社印行——社名也就是由鲁迅先生根

---

① 张永江:《鲁迅与编辑》,河南大学出版社,1993年版,第101页。
② 李霁野:《李霁野文集》一,百花文艺出版社,1991年版,第40—41页。

据这个丛刊定的。"①

李霁野对于未名社成立的两次回忆内容基本相同,都谈到了未名社成立的时间和缘由经过。根据李霁野的回忆,未名社发起成立时间是1925年夏天的一个晚上,再考察鲁迅1925年夏天的日记,在当年夏季的一个晚上,参与者有李霁野、韦素园和台静农的会面只有1925年8月30日,在当日的日记中鲁迅这样写道:"夜李霁野、韦素园、丛芜、台静农、赵赤坪来。"②因此,在今天的学界,对于未名社成立时间的界定,基本上都把1925年夏天作为未名社的成立时间,也有学者更直接地把8月30日作为未名社的成立时间。如在2006年人民文学出版社的《鲁迅日记》的注释中,编者就把8月30日标注为未名社的发起日期,应该说这个说法是可以成立的。

虽然鲁迅日记中记载的这次会面从时间上来说,与李霁野两次回忆中所记载的"一九二五年夏季一天晚上"是吻合的,但是关于参与会面的人员情况,李霁野的回忆又和鲁迅所记有所不同。李霁野在两篇回忆文章中记录当时与鲁迅会面的只有他和韦素园、台静农三人,而鲁迅日记中记录的则是李霁野、韦素园、韦丛芜、台静农和赵赤坪五人,李霁野的文章中少了赵赤坪和韦丛芜两人。因为鲁迅的日记是当时所记,虽然不排除鲁迅自己记忆有误,但总的来说日记的可信度还是很高的。并且在紧接着1925年的9月1日和10日的日记中,鲁迅又记录着连续两次与这五人的会面,在短短的几天中,这样频繁的会面似乎也是在印证着未名社刚刚成立时成员的热切和

---

① 李霁野:《鲁迅先生与未名社》,人民文学出版社,1984年版,第8页。
② 鲁迅:《鲁迅日记》一,人民文学出版社,2006年版,第578页。

期盼。

考察李霁野的这两篇回忆文章，从写作时间上来看，一篇写于1936年，一篇写于1976年，都并非写于社团成立之时，而是日后凭借回忆所记。即便是《忆素园》这篇文章写作时间较早一些，但是距离未名社成立也有十多年了。而1976年所作的《鲁迅先生对文艺嫩苗的爱护与培育》更是与未名社成立时隔五十多年了。并且在对未名社的成立时间的回忆上，因为两篇文章皆出自李霁野之手，因此李霁野在写作《鲁迅先生对文艺嫩苗的爱护与培育》一文时，关于未名社的成立时间对《忆素园》参考的可能性很大。参看鲁迅1925年在未名社成立前几个月的日记，可以发现安徽青年作家频繁拜访，而且每次人员并不固定，因此李霁野出现记忆错误也是有可能的。尤其像赵赤坪并非未名社正式成员，只是在未名社成立时曾参与过一些先期准备活动，因此李霁野对其记忆更有可能会出现偏差。

李霁野在《忆素园》中还提到他和韦素园、台静农以及韦丛芜、曹靖华在社团成立时，每人各出五十元筹款，其余则由鲁迅负责，作为社团共同的出版资金。未名社成立前后，曹靖华一直不在北京，他是在众人发起成立未名社时，在与韦素园和鲁迅的通信中得知这一情况而写信请求加入的，并将他的五十元筹款邮寄给京中成员。因此，根据这一点来推断，李霁野在这里所说的五位青年成员决定筹款的时间，自然不是发生在1925年8月30日夜，而应该是在事后。

而鲁迅在日记中记载的1925年夏天与安徽青年的频频会面中，有一个并不熟悉的名字颇为引人注目，那就是赵赤坪，他与另外四位安徽青年也是同乡，并且还是韦素园和韦丛芜的亲戚。韦素园在病逝前两个月惊闻赵赤坪因为参加革命又一次不幸入狱时，曾抱病为他写了一首诗歌《怀念我的一位亲友——呈坪》。赵赤坪在1923年来到北京,受韦素园的影响,也在北京俄文专修学校学习俄语,在京时期受到革命思想的影响,加入中国共产党,从事地下工作。在未名社成立前后,由于参加革命受到军阀追捕,赵赤坪从天津回到北京,与韦素园、李霁野等在一起生活,并且还常常与同乡们一起拜访鲁迅。因此,赵赤坪也直接参与了未名社先期的筹备工作。未名社成立后,赵赤坪继续留在社团一段时间,一方面他以社团职员的身份进行地下工作,宣传共产主义,建立共产党的基层组织,另一方面,他在未名社成员编辑《莽原》半月刊时,曾在刊物上发表诗歌。虽然赵赤坪并非未名社的成员,但是同张目寒一样,因为同乡关系,他与未名社安徽青年早年的人生交织在一起,并且也见证了未名社的早期成长。

未名社以团体聚会的形式诞生,在结社方式上具有很大的随意性,但这并非个案,五四后的很多文学社团在成立时都没有明确的宣言或是正式的集会,早就有学者注意到了这一点:"但二十年代前期涌现的许多文学社团,其组织形式一般都是比较松散的,它们的主要活动是办刊物,或兼出丛书,因办刊物而结成社、得名。"①未名社正是如此,它依托于从北新书局移出的《未名丛刊》而集结成员成立社团,并且自未名社成立后,社团的主要文艺活动就是办刊物和出版丛书。在丛书上,除了《未名丛刊》之外,后来还推出了《未名新集》。刊物上则编辑了《莽原》半月刊和《未名》半月刊。而比未名社成立时间略

---

① 汤逸中:《旷野的声音——莽原社作品选》前言,华东师范大学出版社,1996年版,第2页。

早,且日后与未名社在文艺活动上存在矛盾纷争的莽原社,根据其成员高长虹的回忆,其刊物《莽原》周刊的创刊和社团的结社方式甚至只是源于一次吃酒活动:"最先提议的,大概是鲁迅,有麟,培良吧。我也被邀入伙,又加了衣萍,这便组成了那一次五人吃酒。这便是《莽原》的来历。"①这样自由随意的结社方式正是体现了中国现代知识分子普遍对于"独立之精神,自由之思想"②的追求。

由文人组建社团自筹经费出版刊物或丛书,未名社既不是第一个,也不是最后一个。实际上这种现象在现代文坛屡见不鲜,学者商金林认为,现代文人自筹资金创办书店印行出版物始于文学研究会作家:"在我国近现代文学史上,作家办书店蔚然成风,最先尝试办书店的是文学研究会作家。"③文学研究会中的部分作家如沈雁冰、郑振铎和叶圣陶等人,在1923年1月组建朴社,并自筹经费印发书刊,以促进文学创作。从时间上来看,未名社开始于1925年夏天,而根据李霁野的回忆,显然这种尝试也是来自于对日本丸善书店的借鉴,未名社在成立时间上虽略迟于朴社,但这种富有先锋意识的尝试也是非常可贵的。

在鲁迅和几位安徽青年商讨筹建成立未名社时,作为二者之间重要联络人的张目寒并未因此入社。因为他坚持自小就立下的人生

---

① 高长虹:《1925,北京出版界形势指掌图》,转引自董大中:《鲁迅与高长虹》,河北人民出版社,1999年版,第399页。
② 陈寅恪:《清华大学王观堂先生纪念碑铭》,转引自傅杰编校:《王国维论学集》,中国社会科学出版社,1997年版,第423页。
③ 商金林:《文学研究会创办的书店上海朴社始末》,《中国现代文学研究丛刊》2004年第4期,第287页。

理想,即读书为追求政治道路,而不求文学,从中可以看出张目寒的不盲从不依附的独立人格精神。而张目寒的出色的交际能力也成就了他的政治生涯,据温跃渊记载:"张目寒最善于交际,一直追随国民党元老于右任,并得到重用,很快被提拔为国民党中央执行委员、监察院议事科长。"①20世纪40年代,张目寒定居台湾,成为海外有名的书法家,并与画家张大千结缘,成就一段艺坛佳话。

第三节 "同人"的散落

鲁迅在介绍《未名丛刊》从北新书局移出的时候,称将之交由几个"同人"自办,"同人"一词既是间接指出了新的《未名丛刊》的风格,也准确地概括了未名社的成员构成性质。所谓"同人",最早应是来源于《易经》第十三卦同人,即"同人于野,亨。利涉大川。利君子贞。"在《易经》中,同人意指具有相同志向和兴趣的人,鲁迅在这里用"同人"自办来指称《未名丛刊》的办刊方式,既是强调未名社成员对于翻译文学的共同追求,同时也突出了未名社成员在文艺态度上的非商业性和纯正性。

的确,在未名社最初成立时,几个年轻成员中除了台静农以外,李霁野、韦素园、韦丛芜以及曹靖华都是有志于进步文学翻译事业

---

① 温跃渊:《我送叶集一本书》,《皖西日报》2014年3月28日文化周刊B1版。

的,而鲁迅与他们在这条文艺道路上可谓志同道合。并且在当时翻译文学遭遇冷落,没有市场的情况下,鲁迅与几个青年仍然继续坚持以《未名丛刊》为依托,致力于翻译文学事业,而这是一种近乎悲壮的坚守。1925年12月,鲁迅在为由未名社成员经营的新的《未名丛刊》所作的广告文《〈未名丛刊〉是什么,要怎样?》中,道出了捍卫翻译文学的寂寞和孤独:"创作,谁都知道可尊,但还有人只能翻译,或者偏爱翻译,而且深信有些翻译竟胜于有些创作,所以仍是悍然翻译,而印在这《未名丛刊》中。"①因此,鲁迅以"同人"一词来描述未名社的成员构成是再合适不过的。并且,就当时的文学市场来说,出版者和读者都不喜欢翻译书,这使得未名社对于翻译文学的追求显得更加难能可贵。虽然自新文学诞生以来,很多新文学作家都曾经从事过译介活动,甚至在文坛也掀起过外国文学翻译的潮流,然而以此项事业作为自己的主要文艺志向,并能自甘寂寞而孜孜以求的文学社团的确并不多见。因此,鲁迅在1927年曾盛赞那些执着于翻译事业的文学社团:"看现在文艺方面用力的,仍只有创造,未名,沉钟三社,别的没有,这三社若沉默,中国全国真成了沙漠了。"②

未名社的"同人"性质不仅体现在对于翻译文学的坚守上,更重要的还体现在始终坚持纯文艺立场上。日后未名社出版的两种丛书《未名丛刊》和《未名新集》,以及编辑的刊物《莽原》半月刊和《未名》半月刊,文学色彩非常浓厚,不沾染丝毫的商业气息。但未名社并非是现代文学时期唯一一个这样的社团组织,五四以后的很多社团或

---

① 鲁迅:《鲁迅全集》第8卷,人民文学出版社,2005年版,第481页。
② 鲁迅:《鲁迅全集》第12卷,人民文学出版社,2005年版,第76页。

流派都具有这样的同人风貌,他们创办的刊物或是出版的丛书也具有深刻的同人印记。正如施蛰存所说:"'五四'运动以后,所有的新文化阵营中刊物,差不多都是同人杂志,以几个人为中心,号召一些志同道合的合作者,组织一个学会,或社,办一个杂志。每一个杂志所表现的政治倾向,文艺观点,大概都是一致的。"①

翻看五四以后现代作家的文章,或是私人书信和日记,可以发现几乎所有的文学社团成员彼此之间都以同人互称,或是以同人来指称自己社团出版物的风格,这在当时是一种非常普遍的现象。比如作为《新青年》作者的鲁迅、陈独秀和胡适,在互相之间的通信中都以"同人"来称呼群体中的其他成员。如陈独秀在1920年初,曾针对《新青年》政治色彩越来越浓厚的现象,写信给胡适和高一涵,在信中陈独秀以"同人"来称呼《新青年》的北京撰稿者:"新青年色彩过于鲜明,弟近亦不以为然,陈望道君亦主张稍改内容,以后仍以趋重哲学文学为是;但如此办法,非北京同人多做文章不可。近几册内容稍稍与前不同,京中同人来文太少,也是一个重大的原因,请二兄切实向京中同人催寄文章。"②

而以文学研究会成员为主的朴社,其成员王伯祥在1924年3月19日的日记中,也以同人来称呼社团中的其他成员:"散馆后在振铎家议朴社事。(一)决定答复北京同人,社址设在北京,发行机关在上海,且要告进行组织发行机关事。(二)发行机关乃由乃乾进行,上海同人允先出五百元与古本流通处陈君合办,分征同人在外埠者同意。

---

① 施蛰存:《现代》杂忆(一),《新文学史料》1981年第1期,第214页。
② 陈独秀:《陈独秀书信集》,新华出版社,1987年版,第292—293页。

(三)霜枫小丛书,决听平伯个人主持。"①

作为语丝社成员的鲁迅在1930年2月1日发表的《我与〈语丝〉的始终》一文中,则直接指出了《语丝》是同人性质的刊物:"《语丝》初办的时候,对于广告的选择是极严的,虽是新书,倘社员以为不是好书,也不给登载。因为是同人杂志,所以撰稿者也可行使这样的职权。听说北新书局之办《北新半月刊》,就因为在《语丝》上不能自由登载广告的缘故。"②

陈独秀在信中表达了对于《新青年》倾向于政治的风格变化的担忧,并建议多增加哲学文学类文章,以恢复《新青年》本来的面貌,特别还建议北京的《新青年》撰稿者多多发文来扭转这种变化;王伯祥在日记中记录的是朴社的上海成员就北京成员关于社址的设立以及发行等问题的讨论结果;鲁迅在文章中谈论的是《语丝》作为同人刊物,语丝社成员对于广告的选择态度都是严谨而绝不含糊的。无论是《新青年》作者群和朴社成员在私人文献中以同人来互相称呼,还是鲁迅在文章中谈论《语丝》的同人风格,他们所谈论的话题却都与社团事务有关,都可以看出他们严谨踏实的工作作风和对于社团事务的尽心尽力,以及精益求精的文艺态度。

可见,在五四以后,文学社团的同人倾向是一种普遍现象,恰恰体现了现代社团成员在文艺追求上的纯粹性。尽管每个文学社团所坚持的文艺观各不相同,都有着各自不同的文艺追求,但不同的社团都秉持同人精神。这种基于共同的文艺志向和对纯文艺的坚守,使

---

① 转引自商金林:《文学研究会创办的书店——上海朴社始末》,《中国现代文学研究丛刊》2004年第4期,第279页。

② 鲁迅:《鲁迅全集》第4卷,人民文学出版社,2005年版,第175页。

得五四时期的社团虽然在组织形式上比较自由松散,但其内在却具有强烈的凝聚力。这种结社方式对于今天的文学工作者或许仍有启发,有人对这种同人情怀表现出怀念和向往之情:"以同人的方式结社创作,且推出文学精品,那是很令今人羡慕的。"①

而当鲁迅再一次使用"同人"一词来指称未名社的其他成员时,却是在未名社走向衰亡面临解散之时。1931年5月1日,鲁迅收到韦丛芜的信件,在信中韦丛芜谈到未名社因社事无人管理,将委托开明书店管理未名社事务,鲁迅对此表达了自己强烈的反对意见,在回复韦丛芜的信中,鲁迅立即声明退出未名社。1931年6月13日,鲁迅在给曹靖华的信中谈到此事,针对韦丛芜要求他接受开明书店管理未名社事务,并遵循开明书店规则这一点,鲁迅仍然表现出自己强烈的反对意见,并再次强调自己退社的立场:"我答以我无遵守该店规则之必要,同人既不自管,我可以即刻退出的。"②当鲁迅在这里再次用"同人"一词来称呼昔日曾经并肩奋斗,而今却分道扬镳的社中青年成员,包含着怎样的无可奈何和悲哀啊!鲁迅选择在此时退出未名社,并非为求自保,而是有着他巨大的苦衷。不久后的1931年10月27日,在给曹靖华的信中鲁迅谈起了他退社的苦衷:"那时丛(韦丛芜,本书作者注)要留未名社之名,我因不愿在书店统治下,即声明退社,故我不在内。"③回顾未名社的成立,其最初的成立背景除了是为发展翻译文学事业之外,实际上还包含着鲁迅和青年们对当时出版界完全由书店操纵和掌控的局面的一种自觉反抗,因此鲁迅

---

① 孙郁:《在民国》,中国人民大学出版社,2014年版,第134页。
② 鲁迅:《鲁迅全集》第12卷,人民文学出版社,2005年版,第266页。
③ 鲁迅:《鲁迅全集》第12卷,人民文学出版社,2005年版,第278页。

才会提出借鉴日本的丸善书店,通过接办《未名丛刊》,出版自己的作品,来实现文人在著作出版和发行上的真正自由,而最终不料想未名社的结局竟是重新回归书店,由开明书店来接手管理,这与未名社的成立初衷是相违背的,更是一种莫大的讽刺,因此对于鲁迅来说是万万不能接受的,因而只有选择退社。

自鲁迅退出后,到1932年8月,未名社青年成员中的核心人物韦素园在北京西山病逝,未名社完全走向没落,因此成员李霁野会认为"未名社在一九三二年就基本结束了"①。到1933年春,未名社在京、沪两地的报纸上分别刊登启事,正式宣布"将未名社及未名社出版部名义取消",虽然两地报纸上广告的个别词语和字句有所不同,但都共同表达了两点,一是"由社员韦素园、曹靖华、台静农、李霁野、韦丛芜将出版部印刷发行事务完全委托上海开明书店办理,所存书版亦归该店承受"②,二是社中人欠款均与开明书店无涉。此举可谓向出版界和读者正式宣告了未名社文艺活动的结束,自此未名社不复存在。

1931年10月27日,鲁迅在给曹靖华的信中谈到未名社的衰落时,曾经总结了几条教训,其中鲁迅认为"那第一大错,是在京的几位,向来不肯收纳新分子进去,所以自己放手,就无接办之人了"③。在这里,鲁迅强调的是"在京的几位",即韦素园、韦丛芜和李霁野、台静农四位,并认为他们不善于接纳新成员是导致未名社解散的第一

---

① 李霁野:《鲁迅先生与未名社》,人民文学出版社,1984年版,第90页。
② 转引自王景山:《鲁迅书信考释》,文化艺术出版社,2013年版,第172—173页。
③ 鲁迅:《鲁迅全集》第12卷,人民文学出版社,2005年版,第277页。

大错。写这封信时,鲁迅和曹靖华都不在北京。鲁迅先前在京时一直以未名社事务为重,离京后也一直关心着未名社的发展,时刻为未名社的发展出谋划策。尽管曹靖华自始至终都没有直接参与过未名社的事务,但未名社解散后,昔日同人中与晚年鲁迅往来最为密切者却是曹靖华。

鲁迅在这里认为"在京的几位"不善于接纳新成员是导致未名社解散的第一大错,虽然或许会有人因此批评鲁迅是在为自己和曹靖华一度不在京而开脱,甚至还可能会有人批评鲁迅此举有抽身事外之嫌。但是应当说,鲁迅的说法是有一定道理的。未名社的社址一直在北京,而六位成员中有四位都在北京,因此这四位成员在客观上承担了吸纳新成员以及社团其他事务工作的责任。虽然鲁迅自1926年夏天离开北京后也一直关心着未名社的发展,但奈何于鞭长莫及却也是事实。未名社自成立时是六个人,而解散时仍旧是六个成员,虽然也在一直发展中,并且曾吸纳过一些临时成员,比如在1928年李何林和王青士曾作为临时成员加入,并在未名社工作过一段时间,而赵赤坪也曾在未名社成立前后短暂帮忙过等等,但是由于种种原因,他们最终都没有正式加入未名社。这其中自然有这些临时成员自身的原因,比如李何林和王青士当时一心向往革命,在未名社短暂居留只是为政治避难。但是从根本上来说,鲁迅所指出的的确也是事实,即未名社京中成员在吸纳新成员上具有保守性和被动性。

事实上,未名社存在期间,六位成员的全体聚会也只有一次,据李霁野记录:"全体六个成员相聚只有一次,也没有留念的照相。"[1]对

---

[1] 李霁野:《鲁迅先生与未名社》,人民文学出版社,1984年版,第4页。

照鲁迅的日记来看,李霁野记忆中的这唯一的一次全体聚会应该是发生在1926年3月21日,鲁迅在当日的日记中有这样的一条记载:"下午曹靖华、韦丛芜、韦素园、台静农、李霁野来。"[①]这是鲁迅日记中记载的唯一一次未名社全部青年成员的来访。曹靖华长期不在北京,1926年他在三一八惨案的次日回到北京,并在北京停留了十多日。就是在这次回京中,曹靖华与京中的其他成员在鲁迅家中相聚。根据聚会时间来看,很显然这次会面多少也是和三一八惨案有关的。事实上类似于未名社这样的组团方式,即社团群体成员并不在一处,而分散于各地,在当时文坛比较普遍。比如朴社的成员当时就分布在上海和北京两地,并且两地成员曾因为在社团事务上观点不同而引发矛盾。但是在现代社团中,像未名社这样在几年的发展中,成员人数从未有过增加却也是少见,这无疑严重制约了社团的发展。

而未名社"在京的几位"除却没有做好吸纳新成员的工作之外,由于每个人自身所处情况的不同,即便是对于社团的基本工作,他们也难以做到倾尽全力。从未名社几年的发展中可以看出,不仅社团事务混乱,而且还频繁更换主事之人,管理上存在较多问题。因此到1931年以后,未名社终于危机重重,不堪重负,渐渐走向没落,社中的青年成员纷纷另谋出路。到了20世纪30年代初,几位在京的成员除了卧于病榻的韦素园外,都纷纷到大学谋求教职。

当鲁迅得知未名社的衰落,以及社中青年成员另谋其他出路时,心境无疑是苦涩而悲凉的。青年成员中除韦素园外,尚有长期参加革命工作的曹靖华没有在大学任教,鲁迅在给曹靖华的信件中,即流

---

① 鲁迅:《鲁迅日记》一,人民文学出版社,2006年版,第613页。

露出对于社中青年成员分化的复杂情绪:"其实,他们几位现在之做教授,就是由未名社而爬上去的,功成身退,当然留不住,不过倘早先预备下几个接手的青年,又何至于此。"①此番言辞自然含有一时的激愤和尖刻,但是却也不乏一定道理。

客观地说,鲁迅对于台静农和李霁野先后去大学任教这件事本身并没有不满。事实上未名社青年成员普遍家境不好,家庭生活负担较重,也是被鲁迅所知晓和理解的。李霁野曾有回忆:"先生似乎并未忘记这一情况,静农说到我家有二十多口人,谋生困难,只有一二人有工作的机会时,先生深情地看了我一眼,叹了一口气,那情景我是永世难忘的!"②可见鲁迅对于未名社青年的谋生负担也是理解的。并且鲁迅在现实生活中,因为强烈责任心的驱使,自己也负担着亲人的生活,不胜其苦,颇受拖累,因此他对于未名社青年们的遭遇能够感同身受,比如在1932年6月5日给台静农的信件中,鲁迅曾不无伤感地写下这样的话:"负担亲族生活,实为大苦,我一生亦大半困于此事,以至头白,前年又生一孩子,责任更了无期矣。"③鲁迅的不满主要在于青年们在离开未名社前没有为社团的发展做好谋划,没有预先培养起能够接手社团工作的人,因而认为他们的行为有欠妥之处,有借未名社扬名而最终又不顾社团的不厚道之嫌。

自未名社正式成立后,在鲁迅的积极帮扶下,社中青年在很短的时间内在文学上获得了快速成长,并在文坛崭露头角,他们作为翻译队伍中的生力军,充实了中国现代翻译作家的力量。鲁迅全力扶植

---

① 鲁迅:《鲁迅全集》第12卷,人民文学出版社,2005年版,第277—278页。
② 李霁野:《鲁迅先生与未名社》,人民文学出版社,1984年版,第58页。
③ 鲁迅:《鲁迅全集》第12卷,人民文学出版社,2005年版,第308页。

未名社的这批青年作家，不惜耗费大量心血，只为发展中国的文学翻译事业，然而及至他们在文学翻译上稍获成就时，他们却纷纷中断这项文艺事业。鲁迅在当时对于他们的身份转变以及他们中断翻译文学的行为自然是不满的，因此才会激烈地批评他们由未名社作家跻身于大学教授行列。作为鲁迅一时的愤慨之词，这样的批评当然有其失公允之处。的确，李霁野和台静农日后能成为名教授自然离不开未名社的平台，但并不能因此而质疑他们加入社团的初衷。

从未名社青年的文学成长来看，他们最初的对于翻译文学的追求动机，虽然不乏自身的文艺兴趣，以及相互之间的影响和鼓励，其实还有一个不能忽视的原因就是生计压力的驱动。比如李霁野曾说他最初翻译文学也有为解决生计问题的考虑："为了解决上学和生活用度，我到北京自学了半年英文之后，时时编译点短文，投寄给报纸换取点稿费，有时还能买几本可以从中取材的英文书。"①这使得他们对于翻译文学的追求多少也掺杂着一些功利性，也因此当他们在现实生活中遭遇经济困扰时，对于翻译文学的追求自然会发生动摇。由于未名社是一个自筹经费印行出版物的社团，且成员多为没有名气的青年作家，因此当他们收回前一种出版物的成本时，即投入到下一种出版物上，保持正常的出版流转并不容易。在未名社存在时期，依托于自行出版译作和刊物的方式，让青年成员们的译著和作品在短时间内得以问世，既实现了他们的文学梦想，也使得他们的文学才华得以施展和释放，文学上获得快速成长。

但是与精神的高蹈相伴的却是一直存在的严峻的生存问题。在

---

① 李霁野:《鲁迅先生与未名社》，人民文学出版社，1984年版，第154页。

未名社发展的几年中,尽管青年们的个人生活得到了一定程度的改善,但是从根本上来说他们个人的生存压力并未彻底消除,他们依然不时饱受谋生的困扰,无法获得稳定的经济来源。未名社成员都取得了不同数目的版税,其中以鲁迅的最多,然而为了保证出版事业的正常流转,除了韦氏兄弟大额支取社款外,其他四人甚至从未支取过个人的版税。李霁野曾谈到社中成员的版税情况:"因为结束时,鲁迅先生和靖华如约未支版税,素园因病支欠的版税,由静农和我以应得的版税还清,唯一大大超支的是韦丛芜。"[1]在这种情形下,自20世纪20年代末期开始,随着未名社危机的加重,社中几个年轻成员如台静农和李霁野在社团工作之外,开始在大学里兼职上课。20世纪30年代以后,随着未名社的解散,李霁野暂时中断了文学翻译事业。事实上,知识分子专职经营社团在20世纪二三十年代中国文坛并不多见。现代文学社团成员多是兼职,这样成员既不会存在个人的经济压力,能够全心经营社团,还可以在经济有余力的情况下,支持社团发展。而未名社自诞生以来,由于经营不善,成员一直备受经济困扰,因此在后期未名社面临严重的经济危机之时,他们无法继续支持社团发展,难以在社团中尽职,只好寻求其他谋生的可能。

未名社自成立后,出版两种丛书和发行刊物,销路比较好,虽然也有拖欠书款的事情发生,但总的来说还是有盈利的。然而未名社解散时,各位成员并未及时拿到自己的版税。这是社团财务管理上的混乱造成的。除了不善于接纳新成员之外,财务混乱是导致未名社失败的第二个原因。至未名社结束时,社中不仅一分现款没有,甚

---

[1] 李霁野:《鲁迅先生与未名社》,人民文学出版社,1984年版,第53页。

至还拖欠好几个人的版税,关于具体的欠款数目,鲁迅在给曹靖华的信件中说得比较清楚:"经济也一塌胡涂,据丛芜函说,社中所欠是我三千余元,兄千余元,霁野八百余元,须由开明书店买去存书及收来的外埠欠款还付。"①而这欠款中除了尚未收回的代售书店的款项之外,则主要是由韦素园和韦丛芜兄弟二人所欠。韦素园由于长期生病而难以支付高额的治疗费,因而不得已从社中借款,并非是恶意借款。并且韦素园在病前对待未名社的工作尽心尽力,尤其在经济账目上严谨细致,性格忠厚淳朴,因此在未名社中一直有着较高的威信。及至韦素园因治病所需从社中借款,社中成员对此并无异议。但是韦素园的胞弟韦丛芜却与其不同,他在未名社后期,经常随意支取社款,让包括李霁野在内的其他成员对于其行为非常不满。李霁野甚至认为韦丛芜在未名社后期的所作所为是造成社团解体的真正原因:"其实,韦丛芜和我们在思想上已经发生严重分歧;他的生活方式为我们所不满,他的经济上的需要,未名社也无力充分满足,因此常常发生一些很不愉快的事。"②以及"这时候,从代售书店收不回钱来,经济的困难确是主要的。但未名社解体的真正原因,却是以后韦丛芜在思想上和我们有了严重分歧,未名社也很难充分满足他的经济要求"③。

未名社发展至后期,社团甚至难以维持正常的期刊出版和书籍印行。因此到 1930 年 4 月,《未名》半月刊出到第二卷第十二期时,

---

① 鲁迅:《鲁迅全集》第 12 卷,人民文学出版社,2005 年版,第 278 页。
② 李霁野:《鲁迅先生与未名社》,人民文学出版社,1984 年版,第 49—50 页。
③ 李霁野:《鲁迅先生与未名社》,人民文学出版社,1984 年版,第 82 页。

终于走向终刊。而在书籍印行上,同年,《未名丛刊》中韦丛芜所译的陀思妥耶夫斯基《罪与罚》和《英国文学——拜伦时代》的出版,以及《未名新集》中的最后一部《建塔者》的出版,意味着未名社独立出版和发行自己出版物时代的终结。事实上,即使是出版这些最后的出版物,未名社也已经没有金钱支撑了。是韦丛芜重版了鲁迅的《坟》和《出了象牙之塔》,以发售后所得的款项才支撑了未名社最后的出版事业。

未名社混乱的财务状况直到开明书店接手代管后仍未得到改善,韦丛芜仍继续随意支取社款,直到鲁迅向开明书店抗议韦丛芜的取款行为,这种混乱才从根本上得到遏制,这可从鲁迅在1931年9月15日给李小峰的信件中看出:"未名社的内情,我虽不详知,但诗人韦丛芜君,却似乎连说话都是诗,往往不可信,今我已向开明提出抗议,他的取款不大顺利了,我这边的纸版,大约不久总要归还的。"①

未名社自诞生以后,其社址一直在北京。虽然20世纪20年代中后期随着中国文艺中心由北向南迁移,很多书店纷纷迁至上海,未名社成员也曾有此打算,但是最终他们迫于各种现实压力而放弃这一考虑。未名社在发展中经历了种种困难,却也坚守了七年。其社址也经历了几次变化,最初的社址是在沙滩新开路五号韦素园的租住地,鲁迅在《忆韦素园君》中将之戏称为"破寨",未名社成员中最早守寨的正是韦素园。在鲁迅离京南下后不久,社团迁移到西老胡同一号,此处又被未名社成员戏称为"西老虎洞"。开始是韦素园负责社中工作,继他病倒后,"守洞"的责任主要落在了李霁野一个人身

---

① 鲁迅:《鲁迅全集》第12卷,人民文学出版社,2005年版,第273页。

上。1928年10月,未名社在景山东街40号开设门市部,这个门市部的成立对于未名社的发展起了极大的推动作用,甚至迎来了未名社短暂的繁盛,这一时期也是未名社的黄金时代。只是这种表面的繁荣如同昙花一现,转瞬即逝,未名社依然不可逆转地走向衰落。

第四节 从"安徽帮"到"未名四杰"

未名社的成员除了鲁迅和曹靖华以外,其余四位即李霁野、台静农、韦素园和韦丛芜都是同乡,其亲密的关系正如李霁野所总结的:"我们几个人同生在安徽一个小镇叶集,是第一届小学的同班同学。"[①]李霁野所说的叶集小镇位于皖北大别山地区,即安徽省霍邱县叶集镇,四人中韦素园和韦丛芜还是亲兄弟。四位青年自幼即在一起,李霁野曾这样描述他和台静农的亲密关系,"据说,还在一二岁婴儿时期,我们的父母有时抱着我们相见,彼此就知道相视而笑了"[②]。

这几位安徽青年不仅是同乡,还是同学,李霁野所说的第一届小学,即四人在少年时代共同就读的明强小学。正因为未名社中安徽青年如此亲近的同乡关系,他们日后与狂飙社成员发生矛盾时,曾被狂飙社成员高长虹讥讽为"安徽帮"。高长虹极力标榜自己对于《莽原》的贡献,他认为鲁迅在离开北京后,将《莽原》半月刊的编辑任务

---

① 李霁野:《鲁迅先生与未名社》,人民文学出版社,1984年版,第153页。
② 陈子善编:《回忆台静农》,上海教育出版社,1995年版,第1页。

交给未名社中的安徽成员,而这些安徽青年在某种程度上是窃取了他的功劳,他曾在《给鲁迅先生》一文中以一句"尔时所谓安徽帮者则如何者"①来发泄对于韦素园等人的不满。高长虹愤怒地以"安徽帮"来讥讽未名社中的安徽青年作家,实际上,具有讽刺意味的是他所置身的狂飙社也带有强烈的亲缘和地缘色彩。1923年夏天在山西成立的狂飙社,其成员主要都是山西同乡,而成员中高长虹和高歌也是兄弟。未名社中的安徽青年成员被冠以"安徽帮"即由高长虹而起,从高长虹这篇文章的写作背景来看,此称呼自然是含有贬低和轻视意思的。对此,被称为"安徽帮"的安徽青年作家群认为这一称呼具有强烈的人身攻击意味,时过境迁,李霁野在20世纪80年代还表达过对此称呼的强烈不满:"我们都知道'帮'的含意,这样一个称号是十分恶毒的。"②

在未名社的五位青年成员中,只有曹靖华是河南人,但他却又是与韦素园在上海和俄国求学时期的同学。在共同求学过程中,曹靖华与韦素园结下了深厚的友谊。1922年夏天,韦素园和曹靖华自俄国留学归国,在韦素园短暂返乡时,当时跟他同行的就有曹靖华。曹靖华跟随韦素园在安庆住了一段时间,当时就跟李霁野相识了。不久后,受韦素园的鼓舞,曹靖华也到北京大学旁听,并继续和安徽青年们保持往来。可见,在未名社成立前,曹靖华就已经和安徽青年之间形成了一定的亲缘关系。

---

① 高长虹:《给鲁迅先生》,转引自董大中:《鲁迅与高长虹》,河北人民出版社,1999年版,第388页。

② 李霁野:《鲁迅先生与"安徽帮"——关于高长虹一伙攻击鲁迅与未名社的一桩公案》,《江淮论坛》1981年第4期,第32页。

事实上，像未名社这样在成员构成上带有浓郁的地域和亲缘色彩的文学团体在中国现代文学史上并不少见，在社团上有1922年成立的弥洒社和1923年成立的朴社等，在流派上则有20世纪20年代形成的白马湖作家群、浙东作家群以及20世纪30年代形成的东北流亡作家群等。不管是有着明确纲领和组织的社团，还是由文艺倾向一致而自发形成的作家群体，这些社团或流派在成员构成上的地缘性却是相同的。如朴社成员中的叶圣陶、王伯祥和顾颉刚，他们既是同学，也是同乡；白马湖作家群中的成员如夏丏尊、丰子恺等都是浙江人，并且当时一起就职于浙江上虞的春晖中学，既是同乡，也是同事。

而未名社在成员构成上的地域和亲缘色彩要远甚于上述这些社团或流派，其成员中的四位安徽青年，不仅来自于同一个乡镇，并且自幼同学，青年时期还共同求学和生活在一起，一直到未名社解散时，他们才因为各自不同的人生选择而分道扬镳。他们早年人生的密切交织决定了其同乡情谊具有浓厚的亲缘性，正如有学者所指出的那样："在稳定的社会中，地缘不过是血缘的投影，不分离的。"①韦素园在1932年5月18日，自感不久于人世，曾写信给台静农、李霁野和韦丛芜，信中就表露了彼此之间的这种患难与共的深厚情感："你们是我的最亲爱的朋友和兄弟，在生活的路程上说，也以我们四人相共的艰难、困苦为最多。"②

浓厚的地缘和亲缘性使得未名社的安徽成员之间具有强烈的抱

---

① 费孝通：《乡土中国》，北京出版社，2005年版，第101页。
② 韦素园：《韦素园选集》，安徽文艺出版社，1985年版，第130页。

团精神,这种抱团精神除了源于他们内在的同乡情谊之外,还来自于他们同为外省文学青年的巨大生存压力。20世纪20年代的北京作为中国的文化中心,吸引了众多外省青年涌入,他们通过各种努力试图进入文坛,这在当时是一种较为普遍的文化现象。未名社中的安徽青年作为底层文学青年来到北京组建社团,举目无亲且寂寂无名,"他们处于生存困境、天然具备底层意识"[①]。因此也决定了他们的抱团意识要比一般的社团成员更加强烈。

未名社的安徽青年的抱团意识一方面体现在对内上,即对自己社团内的成员极其包容。比如在未名社后期,对于韦丛芜无节制地挪用社款的行为,台静农和李霁野选择默默隐忍,并将之视为难言的苦衷,而不敢直接告诉鲁迅和曹靖华两位不在京的成员。他们之所以对韦丛芜的所作所为采取忍耐和包容的态度,其主要原因就是不想刺激病中的韦素园,而这正是一种传统的宗族和亲缘文化对他们的精神制约。对于李霁野和台静农的宽容之举,韦素园应该是知道的,在1932年6月25日,生命行将走到尽头的韦素园在给李霁野的信件中,还试图为胞弟韦丛芜在社中争取更多的包容:"我看着丛芜新近寄来的像片(题字也因此而起),总想笑,觉得他终究是个有趣的人物。他的所思所行总和我们不大相同,他这种人当然免不了错,然而须得原谅,也许有时这事是很难的。"[②]言语中既流露出一个兄长对于弟弟的深深的关爱,同时也暗含着韦素园为争取社团其他成员对于韦丛芜的谅解的无奈感。

---

① 北绛:《李霁野:时光偷不走》,《中国科学报》2014年5月9日第11版学人。

② 韦素园:《韦素园选集》,安徽文艺出版社,1985年版,第135页。

事实上在韦素园写这封信时,未名社已经完全走向没落,李霁野和台静农虑及韦素园的病情,虽然在1931年3月当面通知了韦素园未名社的终结,但他们却并未向韦素园透露导致社团结束的一个重要原因,即韦丛芜对于未名社的整顿和无节制地支取社团公款的行为。鲁迅在得知未名社的事务被转让给开明书店,社团面临解散之时,也只是在给韦丛芜的私人书信中表达自己退出未名社的意愿,而并非是登报申明。李霁野认为鲁迅选择以这种方式退社也是不想影响到韦素园的情绪:"素园是一九三二年八月去世的,为照顾他的病体,鲁迅和靖华都未公开表示态度,这种盛情,我永世衷心铭感。"①事实上为了照顾韦素园的感受,对于韦丛芜经济上的不自律,严重拖累社团的行为,直至韦素园去世后,李霁野和台静农才将这一实情告诉鲁迅和曹靖华两位成员。这种近似于隐忍的宽容,正是受到了浓厚的亲缘和宗族文化的深刻影响,因为"中国的道德和法律,都因之得看所施的对象和'自己'的关系而加以程度上的伸缩"②。以此来考察未名社成员之间的这种强烈的抱团意识,是再合适不过的了。

未名社的抱团精神在另一方面则体现在对其他社团成员的排斥上,这主要是体现在未名社成立初期,他们与狂飙社成员之间的矛盾。1926年初,《莽原》改由未名社出版。1926年8月,鲁迅离开北京,将《莽原》半月刊的主编权移交给韦素园。韦素园接手编辑《莽原》半月刊时,先后退回了高歌和向培良的稿件,此举如同导火线一般,将长期以来存在于莽原社内部的安徽作家群和狂飙社作家群之

---

① 李霁野:《鲁迅先生与未名社》,人民文学出版社,1984年版,第17—18页。

② 费孝通:《乡土中国》,北京出版社,2005年版,第49页。

间的矛盾彻底引发。

此事发生在鲁迅刚刚离开时,虽然后来作为当事人之一的李霁野曾以狂飙社作家非未名社成员来解释此事:"期刊《莽原》半月刊也基本上只收成员的稿件,只约少数我们认为还合适的人撰稿。"①李霁野的这番话其实主要是针对狂飙社作家所言的,目的也是为了撇清与高长虹为代表的狂飙社作家的关系。但是从中可以看出一个事实,那就是韦素园在接替鲁迅的《莽原》半月刊编辑工作后,安徽作家群在组稿上比较保守,主要只接受自家社团成员的稿件,而对于外来投稿者的稿件接受,他们主要从自己的角度考虑是否合适,并不向作者倾斜,甚至对外来作者具有一定的排斥性,言辞中体现出作为刊物主导者的权威和优越意识。这种保守性使得安徽作家群逐渐地将《莽原》半月刊变成了未名社的同人刊物,甚至连本属于莽原社成员的以高长虹为代表的狂飙社作家群也难以在《莽原》发文,而这背后恰恰体现出安徽作家群强烈的抱团意识。

而对于什么样的撰稿者才是"合适的人",李霁野也做了说明:"未名社的几个成员确实同高长虹等'互不相识',他们只有一二人向《莽原》周刊编者鲁迅先生投寄过少数几篇短稿,所以在决定出《莽原》半月刊时,我们根本没有计划把他们列入撰稿人之内;鲁迅先生既没有提出过他们的名字,也没有介绍过他们任何稿件。"②可见在李霁野看来,韦素园之所以退还两位狂飙社作家的稿件,根本原因在于他们跟狂飙社作家是"互不相识"的,彼此关系并不亲密,因此自然不

---

① 李霁野:《鲁迅先生与未名社》,人民文学出版社,1984年版,第80页。
② 李霁野:《鲁迅先生与未名社》,人民文学出版社,1984年版,第78页。

能将之视为《莽原》半月刊合适的撰稿人。李霁野以"互不相识"来描述安徽作家群与狂飙社作家群之间的关系，似是有些牵强，有些说不过去，因为毕竟他也承认了两派作家都曾受领于鲁迅麾下，共同为《莽原》周刊撰过稿。而当安徽作家群代替鲁迅主持《莽原》半月刊时，却立即排斥狂飙社作家群的投稿。如果以李霁野提供这一理由来看，这正是安徽作家群强烈抱团意识的最明显的体现。尤其是退稿事件发生在鲁迅刚刚离开北京时，更是体现出安徽作家群对外人的排斥。

在未名社成员具备充足的创作力量的情况下，尚能维持《莽原》半月刊的正常出版，但是及至鲁迅离开北京，紧接着韦素园病倒，两个核心成员的相继离开，慢慢地《莽原》开始闹稿荒，进而连刊物的正常出版也难以维持了，不时发生不定期出版。此时，在京成员除了不断向鲁迅索取稿件，自己也加大创作力度，如本无意于创作的台静农开始写小说支持《莽原》半月刊，但是仍旧不能保证稿源。因此鲁迅曾建议安徽作家群向京中一些熟悉的作家约稿。即使如此，他们对于外来作者投稿的重视程度仍然不够。在这些因素的共同影响下，《莽原》半月刊在易名为《未名》半月刊后，最终仍是在1930年匆匆走向结束。

未名社成员构成上的这种浓厚的地域和亲缘色彩，或许从曹靖华的一段话中可以看出："未名社六个成员之中，除鲁迅先生是浙江人，我是河南人外，其余四人全是同省、同县、同镇——安徽霍丘叶家集的人。难怪二十年代初，不管在上海渔阳里六号SY（即社会主义青年团）时代，不管在莫斯科东方劳动共产主义大学（简称KYTB）也罢，同学闲谈时，开口便说'你们安徽人'如何如何，无形中把我也

'统'到安徽'户籍'里去了。说实在话,那时节,我和安徽的交往,比原籍密切得多了。"①不难看出,未名社中的四位安徽籍成员以这样一个独特的小群体亮相于文坛,其地缘优势无形中也提升了他们的社会知名度以及在社团中的影响力。

未名社中的安徽作家群的抱团意识还体现在对于社团成员的接纳上。未名社的衰落原因之一,在鲁迅看来有一点就是驻守京中的安徽作家群不善于吸收新成员,而事实上,他们并非完全不接纳新成员。在未名社存在的几年中,安徽作家群先后收留过包括赵赤坪、李何林、王青士、王冶秋、李云鹤、李耕野、台川泽等临时成员。而这些人中的大多数都是他们的安徽同乡,其中李耕野是李霁野的弟弟,而赵赤坪是韦素园和韦丛芜的亲戚,李何林是李霁野在师范学校读书时的同学,这些临时成员一度都曾把未名社作为其短暂的安身之地,但在寻求到新的人生出路后,都离开了未名社。如赵赤坪是利用未名社做掩护从事地下工作,李何林和王青士是为了躲避政治祸乱,李耕野则是为了求学等,但是未名社的安徽作家群都给予接纳,甚至还出于政治安全的考虑,与其中一些人如李何林和王青士签订过临时成员的合同。可见未名社的京中成员并非不接纳成员,他们只是在成员的接受上有着自己的原则,即对于地缘和亲情的重视,这种成员吸纳方式从本质上来说其实也是排他性的一种表现。费孝通曾指出中国社会结构的基本特性是差序格局,并对此种格局特征进行了阐释,即"以'己'为中心,像石子一般投入水中,和别人所联系成的社会

---

① 曹靖华:《曹靖华译著文集》第9卷,河南教育出版社、北京大学出版社,1992年版,第456—457页。

关系，不像团体中的分子一般大家立在一个平面上的，而是像水的波纹一般，一圈圈推出去，愈推愈远，也愈推愈薄。在这里我们遇到了中国社会结构的基本特性了，我们儒家最考究的是人伦，伦是什么呢？我的解释就是从自己推出去的和自己发生社会关系的那一群人里所发生的一轮轮波纹的差序。"①并且他还进一步解释了差序格局社会的特征："一个差序格局的社会，是由无数私人关系搭成的网络。这网络的每一个结附着一种道德要素，因之，传统的道德里不另找出一个笼统性的道德观念来，所有的价值标准也不能超脱于差序的人伦而存在了。"②未名社的抱团精神无疑是中国社会差序结构的典型体现，这种浓厚的亲缘和地缘色彩是未名社成员构成上的特殊性所在，在未名社初建时，对于社团的发展具有促进意义。安徽作家群在鲁迅的帮扶下，再加上他们自身的凝聚团结使得未名社在短短的时间内快速崛起于文坛。但是他们的人际交往自始至终主要集中在同乡之间，且只满足于在同乡中寻觅合作机会，这种保守性最终也限制了他们自身和未名社的发展。

高长虹给未名社的安徽作家群戴上一顶"安徽帮"的帽子，自是带有攻击和讽刺意味的，而狂飙社作家群和安徽作家群的恩怨是非也成为中国现代文学史上一段有名的公案。随着时间流逝，"安徽帮"这个带有诋毁色彩的称呼逐渐被人遗忘。今天，当人们提起韦素园、韦丛芜、台静农和李霁野这四位安徽籍的未名社作家时，一些皖籍文化工作者通常会以"未名四杰"来称呼他们。"未名四杰"这个称

---

① 费孝通：《乡土中国》，北京出版社，2005年版，第34—35页。
② 费孝通：《乡土中国》，北京出版社，2005年版，第49页。

呼并非诞生于未名社存在时期,它产生的时间非常晚,在20世纪80年代,一些地方文化志记述未名社时,把韦素园、李霁野、台静农和韦丛芜这四位来自于安徽霍邱叶集的未名社作家合称为"未名四杰",这是"未名四杰"这一称呼的最初来源。

与"安徽帮"相反的是,"未名四杰"的称呼带有很强的地方主义文化倾向性。但是这种提法存在一个问题,即这个名称被提出时,这四位作家中的韦素园和韦丛芜兄弟已相继离世,台静农远在台湾,因此,李霁野是这个称呼唯一的知情者,而他在这个称呼产生之时也并不知晓。因此可以说,这一称呼是在没有获得当事人同意的情况下提出的,而且北绛在《李霁野:时光偷不走》一文中就指出:"但李霁野却非常反感这种提法,他说除了鲁迅以外,'未名社'其他成员'都无大成就'。之所以'小有虚名',是因为'讨了时代的便宜'——'五四'以后文坛人才较少,翻译人才更少,所以应该用'未名社成员'这个提法取代'未名四杰'的提法。"①从中既可以看出李霁野谦虚和谨慎,也可以看出李霁野对于此称呼表现出明确的拒绝态度。

而且就未名社成员本身来说,"未名四杰"的提法对于社团中的另外两位成员,即鲁迅和曹靖华似有不公之处,这个称呼在突出安徽作家群在未名社中价值和意义的同时,也在无形中压低了鲁迅和曹靖华在未名社中的地位。毫无疑问,鲁迅作为未名社的核心成员和精神领袖,对于社团的成立和发展意义特殊,甚至可以说没有鲁迅,就没有未名社。虽然鲁迅后来离开北京,但仍然一直支持着未名社,

---

① 北绛:《李霁野:时光偷不走》,《中国科学报》2014年5月9日第11版学人。

继续在未名社出版译著和发表作品。曹靖华作为青年成员之一，长期不在京，自加入未名社以后，虽然没有真正在社团工作过，没有参与过具体的社团事务性工作，但是他自始至终在文学翻译上全力支持了社团的翻译事业，以自己的译作活动默默践行着未名社的成立宗旨。

从未名社成员取得的文学实绩来看，虽然青年作家也取得了一定的成就，如在创作上有台静农的乡土小说、韦丛芜的新诗、韦素园和李霁野的散文等，在翻译文学上曹靖华和韦丛芜等也取得了不俗的成就，然而无论是创作，还是翻译，社团成员中毫无疑问当属鲁迅成就最为突出。未名社年轻成员的文学活动，主要都是从社团诞生以后开始的。在未名社成立时，鲁迅是六位成员中唯一一位成熟的写作者，无论在文学创作，还是翻译文学上，鲁迅无疑都充当了青年们的指导者。正如李霁野在回忆时写道："未名社初成立时，就翻译和创作说，我们五个成员都是初出茅庐的新手。"①在文学创作上，鲁迅对于台静农的乡土小说创作产生过影响，还指导了李霁野的散文创作。尤其在翻译文学上，更是由于鲁迅在精神上的鼓舞和经济上的支持，未名社才能诞生，这些普通的文学青年才能依托未名社坚持自己的译作活动。因此李霁野认为未名社成员除了鲁迅外，其他人都是不值一提的，即是他谦虚的说法，也是客观的事实。

自未名社解散后，四位安徽作家的人生道路发生分化。尽管韦素园最钟情于文学翻译，然而却由于疾病，他带着未竟的文学遗憾，过早离开人世。台静农在未名社中自始至终对翻译文学并不感兴

---

① 李霁野：《鲁迅先生与未名社》，人民文学出版社，1984年版，第80页。

趣,也无心于社中事务,他自青年时代便潜心于国学研究和书法,晚年成为著名的学者和书法家。韦丛芜离开社团后,一度投身于政治,却最终惨淡收场。新中国成立后韦丛芜重新投入文学翻译事业,出版了较多的译作。四人中,李霁野的译著最为丰厚,质量较高,并且终其一生执着于翻译事业。但无论韦丛芜,还是李霁野,都不是未名社存在时期成就最为突出者。"未名四杰"的名称诞生于20世纪80年代,其倡导者自然是根据四位作家的终生文艺成就提出这一名称的,而并非仅仅集中于未名社时期,这对其他成员是有失公允的。如果说四位安徽作家仅仅因为共同的籍贯而获得"未名四杰"的称呼,这更是体现了地方主义的保守性和狭隘性。

从"安徽帮"到"未名四杰",时间恰好走过了半个多世纪,对于未名社中安徽作家群这两种不同的称呼,体现了称呼者不同的情感心理。前者体现了同时代的反对者对于安徽作家群源于地缘情结的抱团意识的否定和攻击,是具有贬低和歧视意味的;后者体现了今天的地方文化工作者对于安徽本地文化名人的重视,是具有有意抬高和赞扬意味的。但是总的来说这两个称呼都有失偏颇,对于未名社中的安徽作家群的认识态度都不是完全客观公正的,而对于普通读者的启示或许正在于应客观对待未名社中安徽作家群的文学活动及其价值。

第二章 未名社和莽原社

第一节 《莽原》周刊和莽原社

要系统地谈论未名社的方方面面,莽原社自然是绕不过去的话题。这不仅是因为未名社中的安徽作家群日后与狂飙社作家群因为稿件风波引发了现代文坛的一桩著名公案,还因为未名社和莽原社两个社团在成员构成和刊物发展上存在着扑朔迷离的关系。首先在社团成员的构成上,作为未名社成员的安徽作家群,也和狂飙社作家群同为莽原社作家。其次在刊物上,最先作为莽原社刊物的《莽原》,1926年初由周刊改为半月刊后,也改由未名社出版,但仍由鲁迅负责编辑,1926年8月《莽原》半月刊正式由未名社的京中成员编辑,逐渐演变为未名社的社刊。

鲁迅在北京生活时期,除了加入了未名社之外,另外还主要参与了语丝社和莽原社的社团活动。这几个社团的文艺主张和风格倾向并不相同:未名社着力于发展进步的翻译文学;语丝社"提倡自由思想,独立判断,和美的生活"①,并形成了独特的"语丝"文体;莽原社的成立意图是想借助于《莽原》周刊开展激进的社会批评和文明批评。鲁迅在京后期参与了这三个文学社团的活动,并在这三个社团中都发挥了他的中坚作用。尤其是在莽原社和未名社中,鲁迅不仅是这两个社团的发起人,而且还承担了两个社团的刊物和丛书的主编之责,在组稿、编辑和出版印行等工作上鲁迅都亲力亲为,是莽原社和未名社的灵魂人物。而在语丝社中,鲁迅虽是发起人之一,但在北京时他却没有在《语丝》中承担过编辑刊物的责任,北京时期的《语丝》周刊的主编是周作人。在语丝社成立时,鲁迅与周作人的关系已经失和,为回避与周作人见面的尴尬,鲁迅几乎从不参与语丝社的成员聚会活动。在语丝社中,鲁迅主要是以《语丝》的撰稿人的身份参与社团的文艺活动,但这并不妨碍他成为语丝社最重要的作家之一。

从社团的成员构成上来看,莽原社和未名社的成员主要都是青年。莽原社和未名社都是以鲁迅为核心,各自聚集一批青年成员所形成的文学社团。在这两个社团中,除了鲁迅之外,其余成员皆为普通的文学青年。这一点也与语丝社有很大不同,语丝社的成员主要都是五四时期的名流作家,除鲁迅外,还有周作人、川岛、刘半农、林语堂、钱玄同等。虽然在日后的发展中,也不断吸收了一些青年作家撰稿人,但是总体说来,仍是知名作家在社团中发挥了主力军的作用。

尽管鲁迅此时参加的三个社团的文艺倾向和成员构成并不一致,但是鲁迅对于它们都寄托了试图打破中国文艺现状的希望。特

---

① 周作人:《周作人散文》第二集,中国广播电视出版社,1992年版,第196页。

别是莽原社和未名社,都是以普通文学青年为主体,这对当时的鲁迅是一种非常大的突破,短短一年中,鲁迅接连发起成立两个文学社团,主持社团事务,编辑丛书,出版刊物。莽原社青年的批评能力和未名社青年的翻译能力,在鲁迅看来都是文坛所缺乏的特别才能,它们能够冲破中国文艺的现状。长期以来,研究者通常会注意到莽原社和未名社的差别,实际上在二者身上,都共同地承载了鲁迅想要打破中国旧文艺的强烈愿望。

莽原社出现于文坛的标志是《莽原》周刊的诞生,1925年4月24日,《莽原》周刊创刊。但《莽原》周刊并非像《语丝》周刊那样是独立的刊物,而是附随《京报》发行的,是《京报》的副刊之一。《京报》是进步报人邵飘萍主办的日报,于1918年10月5日在北京创刊。《京报》副刊于1924年12月5日创刊,由当时京城出版界的名编辑孙伏园主持。《京报》副刊成功后,邵飘萍决定效仿上海的《民国日报》出副刊的方式,每周七种副刊轮流出版,《莽原》最初正是《京报》七种副刊中的第五种。

在编辑《京报》副刊之前,孙伏园就因编辑《晨报》副刊而扬名于报刊界,从《晨报》副刊开始,孙伏园杰出的编辑才能为世人所知,同时其出众的编辑才能也使得《晨报》副刊在当时北京的各大报纸副刊中脱颖而出。而孙伏园从大名鼎鼎的《晨报》副刊退出,加入新生的《京报》副刊却是和鲁迅有关的。1924年10月,孙伏园在编辑《晨报》副刊时,收到鲁迅的打油诗《我的失恋》,孙伏园立即付以排版,但在报纸发行前一晚,孙伏园在报馆看样稿时,却意外发现该诗被当时《晨报》的代理总编辑刘勉己临时撤掉。孙伏园非常不满,为表示自己的抗议,他辞去了《晨报》副刊的编辑职位。紧接着的11月份,孙伏园与鲁迅等人筹划出版《语丝》周刊，于是才有《语丝》的诞生。

1924年12月初，孙伏园又接受《京报》主编邵飘萍的邀请，编辑《京报》副刊。孙伏园加入之后，凭借自己出色的业务能力，使得《京报》副刊在极短的时间内人气急剧上升，销量大增。很快到1925年初，《京报》副刊就与上海《时事新报》副刊《学灯》、上海《民国日报》副刊《觉悟》和北京《晨报》副刊并驾齐驱，一起并称为当时报业界的"四大副刊"。

《京报》副刊的巨大成功自然让邵飘萍惊喜，因此，他决定借鉴上海的《民国日报》出副刊的方式，副刊每日一种，一周七种，即一周中每天都不重复地出版一种副刊，随《京报》附送，这在当时的北京报界属于开创先例，可谓非常大胆的举动。足见作为当时著名的独立报人，邵飘萍锐意创新和敢为人先的勇气和决心。邵飘萍将此项重任交给荆有麟经办，让荆有麟寻找得力之士帮忙创办各种副刊。荆有麟是鲁迅在世界语专门学校的学生，且与鲁迅往来颇勤，是鲁迅在京时期交往较为密切的青年之一。1925年世界语专门学校停办后，荆有麟经鲁迅介绍在《京报》报馆工作。荆有麟的性格颇为活络，有想法，且具有一定的胆识。当初孙伏园从《晨报》愤而辞职时，正是荆有麟向主编邵飘萍建议，邀请孙伏园主编《京报》副刊，从而使得《京报》副刊大获成功。而邵飘萍之所以将创办七种副刊的重任交给荆有麟，应该正是鉴于此前荆有麟在引荐孙伏园时的不俗表现。

作为鲁迅的学生，荆有麟在筹办《京报》副刊的时候，首先就邀请了老师鲁迅。鲁迅对于荆有麟的邀请是接受并支持的，但是鲁迅也知道单凭自己一个人的力量是不够的，还需要其他帮手，这时鲁迅想到了狂飙社作家。狂飙社作家是一群来自于山西的普通文学青年，核心成员是高长虹。1923年夏天狂飙社在山西太原成立,并筹备出版《狂飙》。最初的成员除了高长虹外,还有高沐鸿、段复生、籍雨农、荫雨、高远征等人。《狂飙》的得名源于高长虹从晋朝诗人陆云《南郊赋》中所选的一词:"狂飙起而妄骇,行云蔼而芊眠。""狂飙"意指大风。1924年9月,《狂飙》月刊在山西问世,但只出版了三期就难以为继了。为了推进狂飙运动,高长虹来到北京投奔父亲的好朋友景梅九,景梅九当时在北京主编《国风日报》,高长虹因此想依托《国风日报》继续办《狂飙》。景梅九对于高长虹的文学才能颇为赏识。1924年11月,《狂飙》以周刊的形式依附于《国风日报》在北京出版。高长虹凭借着《狂飙》周刊闯入北京的出版界。高长虹还把弟弟高歌从太原叫来负责编辑《狂飙》周刊。进京后,高长虹又结识了向培良、尚钺等人,扩充了狂飙社成员。

而高长虹与鲁迅的相识却与孙伏园有关。1924年10月,高长虹为出国一事结识了孙伏园,并将在山西时期出版的《狂飙》月刊赠送了两份给孙伏园。年底,《京报》副刊问世时,高长虹与孙伏园见面,并向孙伏园问起关于《狂飙》月刊在京中的舆论情况,孙伏园谈起鲁迅曾询问过《狂飙》和高长虹,高长虹对此自是感到意外和欣喜。为了进一步得到鲁迅的支持,高长虹主动去拜访鲁迅。结合鲁迅日记来看,高长虹的最早的拜访,可能是发生在1924年12月10日。高长虹带着几份自己编辑的《狂飙》周刊去拜访鲁迅,初次见面,高长虹特别兴奋,事后连用三个特别来形容鲁迅对他的态度,即"精神特别奋发,态度特别诚恳,言谈特别坦率"①。在得到鲁迅的鼓励后,高长虹频繁拜访鲁迅。1925年初,狂飙社内部发生问题,狂飙社成员分散,只有高长虹和高歌兄弟俩在京苦苦支撑《狂飙》周刊,鲁迅曾对高长虹开玩笑,称《狂飙》周刊变成了高长虹和高歌"弟兄两个包办"②了。同时《狂飙》周刊销量开始下降,并且创办《国风日报》的景梅九也走了,进而连《狂飙》周刊的印行都发生问题,《狂飙》周刊难以为继,到第十七期终于不得不停刊了。

恰逢此时,荆有麟来找鲁迅商量为《京报》做副刊的事情,鲁迅于是想到了当时跟他来往颇为密切的高长虹。而鲁迅之所以邀请高长虹参加,有一个重要的原因是在与高长虹的交往中,他感受到了高长虹较为突出的创作能力,在给许广平的信件中鲁迅特别提到了这一点③。因此,在鲁迅筹建《莽原》周刊时,他自然会考虑吸纳高长虹。并且高长虹跟鲁迅同样不喜欢《新青年》倾向于政治的风格,与鲁迅在思想上颇为相通,高长虹曾言:"我同高歌向来不满意《新青年》时代的思想。"④

关于《莽原》周刊的创办过程,在高长虹的回忆里则是这样的:"当时有一个朋友愿意介绍《狂飙》到《京报》做一附属物,条件却是要他加入狂飙社。培良是偏于主张这样办的。听说那时鲁迅也赞成这

---

① 高长虹:《1925:北京出版界形势指掌图》,转引自董大中:《鲁迅与高长虹》,河北人民出版社,1999年版,第395页。
② 高长虹:《1925,北京出版界形势指掌图》,转引自董大中:《鲁迅与高长虹》,河北人民出版社,1999年版,第398页。
③ 鲁迅:《鲁迅全集》第11卷,人民文学出版社,2005年版,第485页。
④ 高长虹:《1925,北京出版界形势指掌图》,转引自董大中:《鲁迅与高长虹》,河北人民出版社,1999年版,第394页。

样。我同高歌是反对这样办法。因为这个朋友,我们知道是不能合得来的,再则我们吃尽了附属的苦,而且连自己的朋友都隔膜太多。《狂飙》遂不得再出。过了几天,我便听说鲁迅要编辑一个周刊了。"①从高长虹的回忆,并结合《莽原》周刊的创办经过来看,高长虹口中的"朋友"应该指的就是荆有麟。在高长虹的这番描述中,荆有麟向高长虹提出介绍《狂飙》周刊作为《京报》的副刊,荆有麟开出的条件是让自己加入狂飙社,而高长虹认为自己是迫于鲁迅和向培良的意见,而被迫同意荆有麟加入狂飙社的。在高长虹的回忆中,他极力突出的是《狂飙》周刊和狂飙社的重要性,并且把《狂飙》周刊的停刊归结于《莽原》周刊的创刊,也即认为是《莽原》周刊导致《狂飙》周刊无法再出版而不得不停刊。高长虹曾直接宣称:"它(指《莽原》周刊,本书作者注)的发生,与《狂飙》周刊的停刊显有关连,或者还可以说是主要的原因。"②可见,高长虹不仅有意夸大和抬高《狂飙》的地位,而且还把《狂飙》的终结归结在《莽原》头上。

总之,高长虹把《狂飙》和狂飙社描绘成极具影响力的刊物和社团,把鲁迅和荆有麟邀请他参加《莽原》的创刊描述成他们对于《狂飙》周刊资源的精心算计和利用,而丝毫不提及《莽原》周刊的实际创刊过程,言辞完全违背客观事实。高长虹的关于《莽原》周刊创办过程的回忆,恰恰暴露了他的自视甚高和狂妄自大、狭隘短浅,实际上高长虹的话颇为矛盾,并不足以为信,因为他自己也在同一篇文章中

---

① 高长虹:《1925,北京出版界形势指掌图》,转引自董大中:《鲁迅与高长虹》,河北人民出版社,1999年版,第398—399页。

② 高长虹:《1925,北京出版界形势指掌图》,转引自董大中:《鲁迅与高长虹》,河北人民出版社,1999年版,第388页。

表示当时《狂飙》是难以维持下去了:"这时,狂飙社内部发生问题。这时,《狂飙》的销路逐期递降。这时,办日报的老朋友也走了,印刷方面也发生问题。终于,《狂飙》周刊到十七期受了报馆的压迫便停刊了。"①根据高长虹的这段回忆来看,足见《狂飙》走向终刊,主要是由于《狂飙》销量下降,景梅九的离开,狂飙社内部发生问题等因素造成的,与他前一段话明显存在矛盾之处。

但是高长虹的回忆至少提供了一点事实,那就是在《莽原》周刊创刊时,鲁迅和荆有麟的确是邀请了他,他直接参与了《莽原》创刊的先期活动,特别是他参与了《莽原》创刊前那次重要的吃酒活动,关于这一点,鲁迅在日记中,以及荆有麟在回忆文章中都有确切的记录。

1925年4月21日,《京报》刊登了鲁迅所作的《〈莽原〉出版预告》,如此介绍即将诞生的《莽原》周刊:"本报原有之《图画周刊》(第五种),现在团体解散,不能继续出版,故另刊一种,是为《莽原》。闻其内容大概是思想及文艺之类,文字则或撰述,或翻译,或稗贩,或窃取,来日之事,无从预知。但总期率性而言,凭心立论,忠于现实,望彼将来云。由鲁迅先生编辑,于本周星期五出版。以后每星期五随《京报》附送一张,即为《京报》第五种周刊。"②此预告乃鲁迅亲自撰写,从中可以看出《莽原》周刊是替代《京报》原有的第五种副刊,即《图画周刊》而出版的,出版时间为每星期五,随《京报》附送。在预告中鲁迅还表述了《莽原》周刊在内容上以注重思想与文艺为主,在文体上则不设限制,但是强调与现实的关系,主张忠实于现实和无拘无

---

① 高长虹:《1925,北京出版界形势指掌图》,转引自董大中:《鲁迅与高长虹》,河北人民出版社,1999年版,第398页。

② 鲁迅:《鲁迅全集》第8卷,人民文学出版社,2005年版,第472页。

束的率性风格。

　　《莽原》周刊出现于20世纪20年代的文坛,标志着莽原社的正式诞生。与未名社一样,莽原社也没有明确的成立宣言或是团体聚会、章程等,在结社方式上具有极大的随意性,成员高长虹认为莽原社诞生于一次几人的吃酒活动,在《给鲁迅先生》中,他这样对鲁迅说:"莽原本来是由你(指鲁迅,本书作者注)提议,由我们十几个人担任稿件的一个刊物,并无所谓团体,形式上的聚会,只有你,衣萍,有麟,培良及我五人的一次吃酒。"①关于这场吃酒活动,在鲁迅日记中也有明确记录,即发生于1925年4月11日夜晚,鲁迅在当日日记中的记载如是:"夜买酒并邀长虹、培良、有麟共饮,大醉。"②而一同参与这次吃酒活动的荆有麟则在日后的回忆文章中,较为细致地描述了当晚聚会中所发生的事情:"第二天晚上,我们便聚集在鲁迅先生家里吃晚饭,当时到场的,我记得的有:许钦文、章衣萍、高长虹、向培良、韦素园等等。在我报告了同飘萍接洽经过之后,当时便想到刊物的名称。最后还是培良,在字典上翻出'莽原'二字,报头是我找一个八岁小孩写的,鲁迅先生也很高兴那种虽然幼稚而却天真的笔迹。"③根据荆有麟的回忆来看,当晚他便在酒会中跟大家汇报了与邵飘萍接洽的结果,即告知众人他们关于副刊创办的想法得到了邵飘萍的同意和支持。因而紧接着而来的自然是准备给即将诞生的新副

---

　　① 高长虹:《给鲁迅先生》,转引自董大中:《鲁迅与高长虹》,河北人民出版社,1999年版,第388页。
　　② 鲁迅:《鲁迅日记》一,人民文学出版社,2006年版,第560页。
　　③ 荆有麟:《〈莽原〉时代》,《鲁迅回忆录·专著》(上册),北京出版社,1999年版,第200—201页。

刊命名的问题了,并且当夜他们应该就此讨论过。可见,这次深夜会面主要是商讨《莽原》周刊创刊事宜的。而新副刊的名称的得来却很偶然,源于向培良在字典上翻出的"莽原"二字。从这一点看,《莽原》的得名方式与《语丝》的倒是有异曲同工之处,据鲁迅回忆,《语丝》"那名目的来源,听说,是有几个人,任意取一本书,将书任意翻开,用指头点下去,那被点到的字,便是名称。那时我不在场,不知道所用的是什么书,是一次便得了《语丝》的名,还是点了好几次,而曾将不像名称的废去"①。从《莽原》周刊和《语丝》周刊的命名方式来看,20世纪20年代中国文学社团的结社方式是真正的自由随意,而当时文人也是真正的率性和洒脱。

此后不久的1925年4月24日,《莽原》第一期在京发刊,正式发行,莽原社也由此诞生。既然莽原社的成立并无正式的宣言或是集会,因此其成员构成主要依据于《莽原》周刊的撰稿者。自《莽原》问世后,一群作者围绕着刊物发表文章,形成了一支稳定的撰稿队伍。高长虹在《给鲁迅先生》一文中也认为《莽原》周刊是"由我们十几个人担任稿件的一个刊物",那么这十几个人都有谁呢?这或许可以从荆有麟的回忆中找到答案,他列举了当时给《莽原》的写稿者有这样十几位:"当时《莽原》经常撰稿人有:鲁迅、尚钺、长虹、培良、韦丛芜、韦素园、台静农、李霁野、姜华、金仲芸、黄鹏基,等等。"②从中不难发现,《莽原》的撰稿者除了鲁迅之外,主要来自于两个群体,一是狂飙社成员,即尚钺、高长虹、向培良和黄鹏基等人,另一是韦素园、李霁

---

① 鲁迅:《鲁迅全集》第4卷,人民文学出版社,2005年版,第170页。
② 荆有麟:《〈莽原〉时代》,孙伏园、许钦文等著:《鲁迅先生二三事——前期弟子忆鲁迅》,河北教育出版社,2001年版,第252页。

野、台静农和韦丛芜几位安徽青年。学者陈离认为,从《莽原》周刊第一期的作者发文情况来看,实际上就宣告了莽原社成员的组成:"《莽原》周刊第一期共刊载7篇作品,其中鲁迅两篇(《春末闲谈》和《杂语》),李霁野一篇(译文《马赛曲》),韦素园一篇(译文《门槛》),高长虹一篇(《棉袍里的世界》),向培良一篇(《槟榔集》),荆有麟一篇(《走向十字街头》),作者的分布似乎颇具有象征意义。"①而根据莽原社后来的成员分布情况来看,的确也是如此。

《莽原》周刊诞生后,前期主要以批评类文章居多,其发展方向基本如鲁迅所愿,莽原社众作家依靠《莽原》周刊这块文艺阵地,开展各种批评活动。成员高长虹也认为"《莽原》的倾向,是已从文艺而扩张到批评"②。鲁迅在《莽原》周刊上发表的著名文章有《春末闲谈》和《灯下漫笔》等,其中《春末闲谈》即在第一期创刊号上发表。同时,《莽原》作为鲁迅正式以主编身份参与的第一种刊物,其诞生也含有鲁迅培养青年作家的良好愿望,李霁野认为:"这就是鲁迅先生想用来发现和培养青年作家的园地。以后先生陆续编辑过多种期刊,主要都是为了这个目的。"③而在青年作者中,发稿最为卖力者当属高长虹,他在周刊中发稿最多。高长虹在《狂飙》周刊中表现出过人的批评能力,其激烈的反抗性在莽原社青年作者中尤为引人注目。

作为亲身编辑过的刊物中最早的一种,鲁迅后来曾充满深情地

---

① 陈离:《在"我"与"世界"之间——语丝社研究》,东方出版中心,2006年版,第191页。
② 高长虹:《1925,北京出版界形势指掌图》,转引自董大中:《鲁迅与高长虹》,河北人民出版社,1999年版,第399页。
③ 李霁野:《鲁迅先生与未名社》,人民文学出版社,1984年版,第157页。

回忆起《莽原》周刊的诞生和莽原社的出现:"一九二五年十月间,北京突然有莽原社出现,这其实不过是不满于《京报副刊》编辑者的一群,另设《莽原》周刊,却仍附《京报》发行,聊以快意的团体。"①这里的10月应该是鲁迅记忆有误,因为莽原社的诞生时间应该就是《莽原》周刊的创刊时间,正确时间应是4月。鲁迅写这段文字是在1935年,是他为《中国新文学大系》小说二集所作的序言中对于莽原社作家的一段评价,而鲁迅写作此文时距离莽原社成立已时隔十年。在这十年中,莽原社经历了从诞生走向没落,其成员也曾因为利益冲突而发生分化。而这中间所发生的最让鲁迅痛心的事件莫过于社中以高长虹为代表的狂飙社作家群所掀起的矛盾纷争,以及高长虹因此而发起的对于鲁迅的攻击,然而即便如此,鲁迅在客观平实的表述中仍然流露出对于莽原社的怀恋情绪。鲁迅把莽原社称为"聊以快意的团体",眷恋之情溢于言表。十年后,鲁迅再回首看当时《莽原》的创刊经过,回想当日自己如何全力以赴为《莽原》的发展奔走出力,或许让他对于当时的创刊目的看得更清楚,并且也表达了对《莽原》周刊成立后并未完全达到批评目的的遗憾。

第二节 为批评而起的《莽原》

莽原社和未名社都是鲁迅在1925年发起成立的以青年成员为

---

① 鲁迅:《鲁迅全集》第6卷,人民文学出版社,2005年版,第258页。

主的新文学社团。莽原社诞生于1925年4月,未名社诞生于1925年8月,鲁迅在短短的几个月内,接连组建两个文学社团,体现了鲁迅对于中国新文学事业的有力推动,对于这两个文学社团,鲁迅也分别寄予了不同的希望。未名社的成立,体现了鲁迅对中国现代翻译文学事业的重视和促进,以及对于当时从事翻译文学的青年译者的热心扶持和帮助。而鲁迅发起成立莽原社的深层原因则是体现了鲁迅对于批评类文章的重视,即他试图在文艺界发展各种激进的批评力量。如果说在未名社的青年身上,鲁迅看到了中国青年从事翻译文学的希望;那么在莽原社青年身上,则寄托了鲁迅发展批评的文艺之风的强烈愿望。

自留学日本到五四时期的近二十年人生中,鲁迅从青年成长为中年,在艰难的探索中,他始终致力于破除束缚民族发展的各种旧文化枷锁,并以此作为文艺志向,在文艺活动上,鲁迅逐渐形成了两种具体的操作方法,即发展翻译文学和批评文章。从根本上来说,无论是引入外国的进步文学,还是发展批评文风,二者都指向否定,即对于当时中国旧文化、旧制度等一切旧的事物的否定,都是鲁迅开展思想启蒙和思想革命的手段和方法。虽然二者的形式不同,但根本上却都体现出鲁迅试图否定一切旧事物的决心。或者可以更加直接地说,未名社是为翻译而起,而莽原社则是为批评而起。而对于翻译和创作本身,鲁迅的态度则是不分伯仲,认为二者是一样重要的:"创作翻译和批评,我没有研究过等次,但我都给以相当的尊重。对于常被奚落的翻译和介绍,也不轻视,反以为力量是非同小可的。"①

---

① 鲁迅:《鲁迅全集》第8卷,人民文学出版社,2005年版,第185页。

关于《莽原》周刊为批评而起这一点，鲁迅在当时和后来都曾直接谈到过。在《莽原》刚刚诞生之时，鲁迅在给许广平的信件中就表达过这一意愿："中国现今文坛的状况，实在不佳，但究竟做诗及小说者尚有人。最缺少的是'文明批评'和'社会批评'，我之以《莽原》起哄，大半也就为得想引出些新的这样的批评者来，虽在割去敝舌之后，也还有人说话，继续撕去旧社会的假面。可惜现在所收的稿子，也还是小说多。"①在这里，鲁迅也是更加明确地指出了创办《莽原》的目的，即在文艺界试图掀起批评的风潮，带动起各种批评活动，指向对旧社会旧事物的根本否定。

1925年12月31日，此时距离《莽原》周刊创刊已有大半年，虽然刊物的风格并没有完全按照鲁迅想要的方式发展，但是鲁迅仍然再次强调他关于《莽原》周刊的创立初衷，即发展批评之风："我早就很希望中国的青年站出来，对于中国的社会，文明，都毫无忌惮地加以批评，因此曾编印《莽原》周刊，作为发言之地，可惜来说话的竟很少。在别的刊物上，倒大抵是对于反抗者的打击，这实在是使我怕敢想下去的。"②

鲁迅对于批评文章的重视态度，产生于很早以前。五四之前，在给傅斯年的信件中，鲁迅就强调自己偏要发议论："我自己知道实在不是作家，现在的乱嚷，是想闹出几个新的创作家来，——我想中国总该有天才，被社会挤倒在底下，——破破中国的寂寞。"③鲁迅发表批评文章的最早的刊物是《河南》，这是一种倡导批评和议论的刊物，

---

① 鲁迅：《鲁迅全集》第11卷，人民文学出版社，2005年版，第486页。
② 鲁迅：《鲁迅全集》第3卷，人民文学出版社，2005年版，第4页。
③ 鲁迅：《鲁迅全集》第7卷，人民文学出版社，2005年版，第236页。

它明确提出民众的社会批评活动对于国家建设的改造能力,并具有宣传思想革命的意义。

研究者通常更多地关注五四后鲁迅所参与主编或撰稿的各种刊物,如《新青年》、《语丝》和《莽原》等,关注鲁迅在五四后的刊物中发挥的作用,而忽视鲁迅早年在一些刊物中的活动。事实上,早在《河南》中,鲁迅就表现出突出的批评才能,以及以批评促进社会革新的勇气和决心。在留日时期,章太炎及其主编的《民报》对于鲁迅有深远的影响意义。《民报》是中国同盟会的机关刊物,1905年创刊于日本东京,1906年章太炎担任其主编。鲁迅当时深受章太炎的影响,对《民报》的风格很是欣赏,虽然鲁迅没在《民报》上发表过批评文章,但是《民报》对于鲁迅思想革命和启蒙主义思想的形成都是有影响的。

《河南》是由留日学生创办于日本东京,其前身是《豫报》,《豫报》停刊之后,在留日同盟会河南分会会长曾绍文的谋划下,《河南》于1907年12月创刊于日本东京,因为《河南》风格激进,于1909年12月被禁刊。在《河南》存在的短短的两年间,鲁迅以"令飞"、"迅行"的笔名在该刊上一共发表了六篇思想文化类的批评文章,包括《人之历史》、《摩罗诗力说》、《科学史教篇》、《文化偏至论》、《裴多飞诗论》和《破恶声论》,鲁迅呼吁古老中国精神界战士的出现,以及开展批判现实的启蒙主义精神。如《摩罗诗力说》展现了西方诗歌中的叛逆精神,《科学史教篇》主张用科学启蒙民智。在《文化偏至论》中,鲁迅则提出著名的立人思想。而在《河南》上发表的这六篇文章也是鲁迅对于批评文章的最早尝试,对于其启蒙主义思想的形成也有着重要意义。

事实上这六篇文章鲁迅最初并不是为《河南》而撰写的,而是他为自己和周作人、许寿裳创办的《新生》杂志准备的,只是后来由于种种原因,这本杂志最终流产夭折,鲁迅对此事曾有回忆:"《新生》的出版之期接近了,但最先就隐去了若干担当文字的人,接着又逃走了资本,结果只剩下不名一钱的三个人。创始时候既已背时,失败时候当然无可告语,而其后却连这三个人也都为各自的命运所驱策,不能在一处纵谈将来的好梦了,这就是我们的并未产生的《新生》的结局。"①因此,鲁迅才会把之前计划发表在《新生》上的文章改投给《河南》杂志。虽然《新生》失败了,但是从鲁迅创作的六篇文章来看,《新生》的预期风格也是倾向于批评风潮的。尽管这是一本最终流产的杂志,但也体现了鲁迅早年发展批评之风的良好愿望。

留日时期,在《河南》上的六篇文章的发表,对于鲁迅的影响正在于让他初步形成了批评意识和批评态度。回国后,鲁迅并没有立即为当时的刊物撰稿,因为对于现实环境的失望,他一度蛰居于绍兴会馆,一直沉潜于古籍的世界中,度过了沉默的六年。这种情形直至《新青年》的创办,好友钱玄同前来邀请他为《新青年》写稿才被打破,鲁迅认为自己当时"是的,我虽然自有我的确信,然而说到希望,却是不能抹杀的,因为希望是在于将来,决不能以我之必无的证明,来折服了他之所谓可有,于是我终于答应他也做文章了,这便是最初的一篇《狂人日记》"②。于是鲁迅拿起了笔,在1918年5月15日的《新青年》第四卷第五号上,发表了小说《狂人日记》和三首新诗《梦》、《爱之神》和《桃花》,由此开始了为《新青年》的撰稿活动。

---

① 鲁迅:《鲁迅全集》第1卷,人民文学出版社,2005年版,第439页。
② 鲁迅:《鲁迅全集》第1卷,人民文学出版社,2005年版,第441页。

鲁迅不只是为《新青年》写小说和新诗,还写了《我之节烈观》、《我们现在怎样做父亲》等这样的批判旧道德旧观念的杂文,共计有二十多篇,特别是在《随感录》专栏里,他发表了不少针对性极强的短评文章。后来鲁迅在《热风·题记》中曾回忆说:"记得当时的《新青年》是正在四面受敌之中,我所对付的不过一小部分。"鲁迅所对付的这一小部分里,"有的是对于扶乩,静坐,打拳而发的;有的是对于所谓'保存国粹'而发的;有的是对于那时旧官僚的以经验自豪而发的;有的是对于上海《时报》的讽刺画而发的"①。鲁迅在《新青年》时期,创作上最为活跃的阶段,正是在刊物开辟了《随感录》,倡导开展各种批评后,鲁迅真正找到了创作兴趣。研究者通常会注意在《新青年》时期鲁迅所发表的代表其文学成就的小说,而忽视其短评类文章的创作,事实上鲁迅在《新青年》的《随感录》上共发表 27 篇杂感类文章,大大超出其他文体的文章,即 5 篇小说,6 首新诗,这足以体现出鲁迅对于批评文章的偏爱。

1920 年 9 月,从第 8 卷第 1 号起,《新青年》成为中国共产党上海发起组的机关报,开始积极宣传马克思主义。这一改变虽遭到了《新青年》作者群中的自由主义知识分子的强烈抗议,但他们最终无法扭转《新青年》日益增强的政治色彩。1921 年中国共产党成立后,《新青年》正式成为中共中央的理论刊物。《新青年》的风格变化也给鲁迅带来了很大的困惑,因为鲁迅的本意是想依靠《新青年》进行思想革命的,但是《新青年》的政治色彩却日趋浓厚凝重,并且随着当时中国革命的发展愈演愈烈。因为不满意于《新青年》转向政治,鲁迅自

---

① 鲁迅:《鲁迅全集》第 1 卷,人民文学出版社,2005 年版,第 307 页。

1921年以后基本上就撤出了《新青年》。

从《河南》到《新青年》的《随感录》,鲁迅一直试图在文艺界发展批评风潮,但是《河南》遭禁,而《新青年》不仅创作队伍发生分化,而且其政治色彩日益浓厚。针对这样的状况,1920年以后,鲁迅开始寻求新的开展思想启蒙的舆论空间,他在北京的报刊界寻找新的突破。《新青年》之后,鲁迅主要在《晨报》副刊发文。特别是1920年7月后,在孙伏园接手主编《晨报》副刊时期,鲁迅发了大量稿件。鲁迅在《晨报》副刊共计发表了五十多篇作品,包括小说、杂文、学术文章和译文等不同文体。但是由于孙伏园在主编《晨报》副刊时期,主要以发展新文学为主。鲁迅在《晨报》副刊上发表的杂文并不多,主要有《名字》和《咬文嚼字》等。应该说,继《随感录》专栏后,《晨报》副刊也在一定程度上帮助鲁迅实现了批评的愿望。

直至1924年底,由于对鲁迅的《我的失恋》一诗的不同意见,引发了孙伏园和主编刘勉己之间的矛盾。孙伏园愤而退出《晨报》副刊。也因此,鲁迅决定支持孙伏园创办新刊物,随即1924年底,《语丝》在北京诞生,鲁迅也成为了《语丝》最重要的撰稿人。并且因为鲁迅和周作人在创作上的影响力,《语丝》在1925年的发展势头很好,李霁野认为:"这一年也是《语丝》最有生命的时期,继《新青年》之后最为一般喜爱文艺的青年所期待的,怕就是这个小型的刊物了罢,至少我是这样想。先生和启明先生的文章使这个小刊物有一种特殊的风味,是许多其他的刊物怎样也模拟不了的。他们的文章都有自己人格的印记,深为一般青年人所喜爱。"[1]然而即便如此,鲁迅对于《语

---

[1] 李霁野:《鲁迅先生与未名社》,人民文学出版社,1984年版,第179页。

丝》仍有遗憾和不满。

　　1924年底创刊的《语丝》周刊,《发刊词》为周作人所做,基本表明了成员想要发展思想革命的文艺立场:"我们几个人发起这个周刊,并没有什么野心和奢望。我们只觉得现在中国的生活太枯燥,思想界太是沉闷,感到一种不愉快,想说几句话,所以创刊这张小报,作自由发表的地方。"并且还强调:"我们并没有什么主义要宣传,对于政治经济问题也没有什么兴趣,我们所想做的只是想冲破一点中国的生活和思想界的昏浊停滞的空气。我们个人的思想尽自不同,但对于一切专断与卑劣之反抗则没有差异。"①在《语丝》时期,周作人颇为激进,他当时担任《语丝》的主编,同鲁迅一样,也主张用杂感类的文字来开展各种批评,将批评的矛头直指阻碍社会进步的各种不良现象,打破中国人思想性格和精神文化上的沉寂和封闭,同时也绝不回避社会政治生活中的种种弊端。语丝社成员还与以陈西滢为代表的现代评论派成员开展了各种针锋相对的论战。鲁迅曾这样描述过语丝派的风骨:"不愿意在有权者的刀下,颂扬他的威权,并奚落其敌人来取媚,可以说,也是'语丝派'一种几乎共同的态度。"②从周作人和鲁迅对于《语丝》和语丝社的精神风格的分别解读来看,可以看出虽然当时他们在人生道路上已经分道扬镳,但是在文艺志向上他们却仍是志同道合的,他们共同地发挥了《语丝》主力军的作用,在文艺立场上都具有坚定的以发展批评文章来打破中国思想文化沉寂封闭状态的愿望。

---

　　①　周作人:《周作人散文》第二集,中国广播电视出版社,1992年版,第196页。
　　②　鲁迅:《鲁迅全集》第4卷,人民文学出版社,2005年版,第173页。

从周作人撰写的发刊词中还可以看出的是,在《语丝》初创时期,语丝社同人是想利用《语丝》来发展激进的批评之风的。众所周知,《语丝》一大贡献就是开创了独特的语丝文体,鲁迅将其总结为"任意而谈,无所顾忌,要催促新的产生,对于有害于新的旧物,则竭力加以排击"①,《语丝》上刊载的文章以杂文为主,杂感类的文体是《语丝》的一大风格特色。鲁迅偏重于在《语丝》上发表批评类的杂文,而之前遭到《晨报》副刊主编刘勉己撤稿的《我的失恋》一诗也在《语丝》创刊号上发表。《语丝》从第二期开设"随感录",第七期开设"我们的闲话",除此以外,还设有"闲话集成"、"闲话拾遗"等栏目,这些栏目都以发表杂文为主。鲁迅在《语丝》时期发表的杂文主要有《论雷峰塔的倒掉》、《再论雷峰塔的倒掉》、《说胡须》、《论照相之类》、《论睁了眼看》等。

从《新青年》到《晨报》副刊再到《语丝》,尽管它们的风格不尽相同,但是对于鲁迅来说,他先后置身于这三种刊物中,积极撰稿,在不同程度上都展现了他发展批评之风的文艺立场。鲁迅从杂文中看到了发展中国文艺的希望,他试图通过这种文体开展对各种不合理的社会现象的否定和批判,以及对于封建专制的绝对反抗。在20世纪30年代,鲁迅更是对散文创作提出这样的要求:"生存的小品文,必须是匕首,是投枪,能和读者一同杀出一条生存的血路的东西。"②通常研究者关注更多的是鲁迅在定居上海后,出于对20世纪30年代中国革命文学语境和险恶的阶级斗争形势的考虑,而将全部创作精

---

① 鲁迅:《鲁迅全集》第4卷,人民文学出版社,2005年版,第171页。
② 鲁迅:《鲁迅全集》第4卷,人民文学出版社,2005年版,第592—593页。

力转移到杂文创作,并在杂文创作上取得巨大成就。然而考察北京时期的鲁迅的文学创作倾向和思想动态,完全可以看出在五四启蒙文学语境中,他对杂文这种文体表现出鲜明的倾向性。

在《新青年》和《语丝》等刊物中,鲁迅表现出明显的杂文创作倾向,在这些刊物上发表了不少杂文代表作,这些刊物也为他评论时政和批评文化提供了阐发空间。鲁迅在这些刊物上发表的作品让他声名大振,在文坛引发强烈反响。鲁迅很多重要的作品都是发表在这些刊物上的,比如在《新青年》上发表《狂人日记》和《阿Q正传》等,在《语丝》上,鲁迅发表的最为著名的作品即为日后收入《野草》的23篇散文诗。然而对于鲁迅来说,即使参与这些刊物积极撰稿发文,却仍有不满和未尽之处,这主要存在于两个方面,一是在这些刊物中,普遍缺乏普通的青年写作者的参与,以《新青年》为代表的这些刊物的撰稿者主要都是五四时期的名流作家。《新青年》和《语丝》这两个刊物中,鲁迅都是与一众名家为伍。《新青年》作者群中,鲁迅周围的人是胡适、陈独秀、钱玄同和李大钊等。语丝社也汇聚了当时一些有名望的作家,如周作人、川岛、刘半农、林语堂和钱玄同等。可以说这两个刊物在当时都是名流汇集,且以先锋和进步而著称,在五四时期,绝非一般作家能够跻身其中。尽管如此,鲁迅置身于这两个群体中,却依然时常有彷徨和孤独之感。对于当时的鲁迅来说,他更加期待将思想文化领域中破旧创新的力量寄托在青年作者们身上。二是总的来说,尽管《新青年》和《语丝》等刊物都刊发了杂文,但是这些刊物的整体风格仍然比较模糊,都没有达到鲁迅理想中的彻底激进,《新青年》政治色彩浓厚,而《语丝》又在激进中保留着晦暗,《晨报》副刊更是注重于文学性。在《语丝》诞生后,它更多地承载了鲁迅发展批评之风的文学希望,然而《语丝》的发展也让鲁迅并不满意,如荆有麟在《鲁迅回忆断片》中提到鲁迅对于《语丝》的不满:"你看,《现代评论》有多猖狂,现在固然有《语丝》,但《语丝》的态度还太暗。"并且鲁迅还表示《语丝》"不能满足青年人要求"①。

1927年10月,《语丝》遭受奉系军阀查封,编辑部从北京转向上海。同北京时期相比,上海时期的《语丝》迫于政治压力,偏重于文学,而少于时事议论,更是失去了其昔日的激进。鲁迅在《我和〈语丝〉的始终》一文中曾对比了上海时期的《语丝》与北京时期的不同:"试将前几期和近几期一比较,便知道其间的变化,有怎样的不同,最分明的是几乎不提时事,且多登中篇作品了,这是因为容易充满页数而又可免于遭殃。虽然因为毁坏旧物和戳破新盒子而露出里面所藏的旧物来的一种突击之力,至今尚为旧的和自以为新的人们所憎恶,但这力是属于往昔的了。"②鲁迅在这里表达了对于《语丝》曾经的战斗性的怀念,和如今不提时事的不满。此文作于1930年2月,一个月后,《语丝》即停刊。

北京时期的鲁迅一直在努力发掘新生的文艺力量,将发展新文艺的希望更多地寄托在青年身上,因此即便置身于《语丝》和《新青年》的作者群中,鲁迅作为卓越个体的优越感并不强烈,相反他对于五四时期这种存在于一部分知识分子身上的所谓的精英意识非常鄙夷,他曾在1925年所作的《春末闲谈》中讽刺过那些自封为"特殊知识阶级"的留学知识分子。鲁迅认为中国文艺的力量绝不在于少数

---

① 荆有麟:《〈莽原〉时代》,《鲁迅回忆录·专著》(上册),北京出版社,1999年版,第200页。

② 鲁迅:《鲁迅全集》第4卷,人民文学出版社,2005年版,第176页。

的所谓的精英身上,而是在广大的普通青年身上,他希望中国的文艺力量在青年中有所突破,因此在五四以后的部分杂文如《春末闲谈》和《灯下漫笔》中,鲁迅就提出创造中国历史上的新时代,以及扫荡食人的筵席者这样的文化使命应由青年们来承担。

关于鲁迅对以《新青年》为代表的当时中国知识界的不满,李霁野曾经从阶级论的角度进行过解读:"五四时期已具有共产主义思想的知识分子明确走进了无产阶级的阵营,而资产阶级的知识分子们却发生了动摇,原来团结在《新青年》周围的人就起了分化。鲁迅先生对于脱离阵地的资产阶级知识分子开始觉得不满。"①李霁野的这段话出自于《记未名社》一文,该文作于20世纪50年代,自然不可避免地带有浓郁的意识形态色彩,但是李霁野非常准确地指出了鲁迅所置身的《新青年》作者群知识分子的思想分化,即出现两种泾渭分明的政治立场:第一种"脱离阵地的资产阶级知识分子",影射的应是提出"整理国故"论的胡适为代表的自由主义知识分子;另一种"具有共产主义思想的知识分子明确走进了无产阶级的阵营",主要指的是李大钊、陈独秀等人。就当时的鲁迅来说,基本还是独立于两种阵营之外,既未进入无产阶级阵营,但是对于胡适的"整理国故"论也深为不满。并且针对《新青年》作者群出现的精英知识分子的分化现象,鲁迅更渴求着在普通知识分子中寻找到文艺新军,尤其希望在青年知识分子中能获得力量。

除了《语丝》、《晨报》副刊和《新青年》等知名报刊,鲁迅在京时期也给其他报刊投过稿,但鲁迅认为它们同样也存在各种不足。在

---

① 李霁野:《鲁迅先生与未名社》,人民文学出版社,1984年版,第211页。

1925年3月31日,即《莽原》周刊问世前一个月,鲁迅在给许广平的信件中就表达了对于当时北京各种刊物的不满,他还特别提出了对于几个影响较大的文学刊物的看法和意见:"北京的印刷品现在虽然比先前多,但好的却少。《猛进》很勇,而论一时的政象的文字太多。《现代评论》的作者固然多是名人,看去却显得灰色。《语丝》虽总想有反抗精神,而时时有疲劳的颜色,大约因为看得中国的内情太清楚,所以不免有些失望之故罢。"①从鲁迅的评价来看,他理想中的刊物风格应该是激进勇猛和富有反抗精神的,但是这种激进却又并不是只停留于表面的政治评论,而是试图从文化和制度的根源进行深入彻底的剖析,而对于撰稿者,鲁迅却并不在意是否是名流作者。

正是对于北京刊物的整体形势的不满,鲁迅自然渴望通过自己主编一份刊物,行使主编之职责,以引导文艺界建立批评之风。于是,鲁迅欣然接受《京报》主编邵飘萍的邀请,为《京报》创办副刊。《莽原》是鲁迅首次编辑的刊物,与此前在《语丝》和《新青年》等报刊中仅仅担任撰稿人不同的是,这是鲁迅第一次正式担任主编的刊物。1925年4月21日,《京报》刊登了《〈莽原〉出版预告》,此预告为鲁迅亲自撰写,其中特地强调了《莽原》由鲁迅亲自编辑。这则出版预告不仅是为将要诞生的《莽原》宣传和造势,同时也承载着鲁迅发展中国文艺的希望。

实际上,在鲁迅为《莽原》作出版预告之前,《京报》主编邵飘萍就已先为《莽原》撰写了一份广告词:"思想界的一个重要消息:如何改造青年的思想?请自本星期五起快读鲁迅先生主撰的《□□》周

---

① 鲁迅:《鲁迅全集》第11卷,人民文学出版社,2005年版,第471页。

刊,详情明日宣布。本社特白。"①因为鲁迅不满意于邵飘萍的广告词,觉得言辞颇为夸张,所以后来才重新拟了一份出版预告。但是邵飘萍的广告词还是直接指出了《莽原》的创刊目的,即以改造中国青年思想为目标,以普通的青年作为读者定位,暗含着对于中国青年的希望。

鲁迅自己在《莽原》仍然坚持发表杂文,如《灯下漫笔》和《春末闲谈》等。在引导《莽原》的批评风潮中,鲁迅身体力行,以创作各种批评文章实践了自己的文艺主张。1926年初,《莽原》由周刊改为半月刊,鲁迅在《莽原》半月刊创刊号上首先发表了战斗性的杂文《论"费厄泼赖"应该缓行》,李霁野认为鲁迅此举有继续指引《莽原》半月刊发展方向的用意:"先生原是希望用这篇文章的精神,批评文明,批评社会,使刊物朝气蓬勃,发挥战斗作用。"②然而,改版后的《莽原》半月刊并没有朝着鲁迅希望的"批评"和"战斗"的方向发展,即刊发社会和文明批评类文章,而是刊发大量的文学类文章,其中主要是未名社成员自己的文学创作和译文作品。鲁迅《朝花夕拾》中的十篇散文,最初都是发表在《莽原》半月刊上的,此外还刊登了韦丛芜的诗歌《君山》和台静农的乡土小说等,这也算是《莽原》半月刊的另外一种收获吧。

《莽原》周刊的诞生主要是为批评,体现了鲁迅自五四以来就试图在中国文艺界发展批评的愿望。鲁迅虽然希望借《莽原》周刊来发展批评之风,然而对于集合于莽原社中的两类青年作家,即安徽作家

---

① 转引自鲁迅:《鲁迅全集》第8卷,人民文学出版社,2005年版,第472页。

② 李霁野:《鲁迅先生与未名社》,人民文学出版社,1984年版,第78页。

群和狂飙社作家群的文艺倾向,他也是了然于胸的。因此,就在莽原社诞生的同一时间,鲁迅在给许广平的信件中这样评价莽原社:"这些人里面,做小说的和能翻译的居多,而做评论的没有几个,这实在一个大缺点。"①鲁迅写这封信件的时间是在1925年4月28日,《莽原》第一期于24日刚刚发行,鲁迅才编辑了一期却已感到了组稿的压力,因为第一期的稿件并不如他之前所期望的那样的多批评,而仍然是以小说居多。这让鲁迅不禁忧心于《莽原》的前景,而日后《莽原》并不平凡的发展历程也证实了鲁迅的担忧。

第三节　莽原社中的安徽作家群

狂飙社成员无疑是《莽原》周刊的一支重要的生力军,这不仅是因为其中的一些成员如高长虹和向培良参加了《莽原》周刊的创刊,还因为早在《莽原》周刊诞生前,依托于《狂飙》周刊,高长虹等人已经开展了自己社团的文艺活动。作为普通的文学青年,狂飙社作家凭借《狂飙》周刊闯入了北京文学界。而在《莽原》周刊创刊后,狂飙社作家在周刊上发文也比较积极。尤其是作为狂飙社核心成员的高长虹,自《莽原》周刊诞生后,他一直积极为《莽原》撰稿,在《莽原》周刊上发表作品最为频繁,据学者陈离统计:"在《莽原》周刊上发表作品最多的是高长虹,共35篇,其中诗12首,散文6篇,杂文16篇,小说

---

①　鲁迅:《鲁迅全集》第11卷,人民文学出版社,2005年版,第481页。

1篇,32期中26期有高长虹的作品。"①因此,高长虹曾对鲁迅说:"无论有何私事,无论大风泞雨,我没有一个礼拜不赶编辑前一日送稿子去。我曾以生命赴《莽原》矣!"②这是在韦素园接替鲁迅主持《莽原》半月刊,狂飙社作家即遭遇退稿的情况下,高长虹于一时激愤之下在《给鲁迅先生》一文中所写的一段文字,语气不可谓不激烈,透露着强烈的不平和怨愤。鲁迅在当时对高长虹的举动和言辞自然是非常反感的,因此在1926年11月9日给韦素园的信件中曾讥讽过高长虹的过激言辞,表达对高长虹的不满:"要鸣不平,我比长虹可鸣的要多得多多;他说以'生命赴《莽原》'了,我也并没有从《莽原》延年益寿,现在之还在生存,乃是自己寿命未尽之故也。"③但是十年之后,时过境迁,鲁迅对高长虹的情感态度随着时间流逝由激烈归于平淡,虽然鲁迅未能忘怀于此事,但也并未因此失去他的公允,在《中国新文学大系》小说二集的序言中,鲁迅对于高长虹昔日在《莽原》时期的贡献作了公正评价,称之为《莽原》周刊中"奔走最力者"④,肯定了高长虹作为《莽原》周刊时期最突出的写作者的存在价值。

莽原社从成员构成上来说,正是以鲁迅为核心人物,联结着两个青年团体,一是以高长虹为代表的狂飙社作家群,二是以韦素园为代表的安徽作家群。《莽原》周刊创刊之前,安徽青年已经与鲁迅交往

---

① 陈离:《在"我"与"世界"之间——语丝社研究》,东方出版中心,2006年版,第175页。
② 高长虹:《给鲁迅先生》,转引自董大中:《鲁迅与高长虹》,河北人民出版社,1999年版,第388页。
③ 鲁迅:《鲁迅全集》第11卷,人民文学出版社,2005年版,第610页。
④ 鲁迅:《鲁迅全集》第6卷,人民文学出版社,2005年版,第258页。

有一段时日了，他们聚集在鲁迅周围，并从鲁迅那里获得了文学翻译上的支持和指导。但是作为不知名的年轻作者，他们很难得到发表文学作品的机会。因此，《莽原》周刊问世后，作为主编的鲁迅，从一开始就一直关心安徽青年的文学成长，自然会青睐使用这群青年的稿件，在文学资源上倾向和照顾他们。

李霁野翻译的《马赛曲》和韦素园翻译的《门槛》就发表在《莽原》周刊第一期上。尽管在《莽原》周刊的出版预告中鲁迅明确表示在稿件上不作文体限制，但是从初衷来看，鲁迅对于《莽原》周刊还是寄托了能在文坛引领起批评风潮的希望。安徽作家群长于翻译，这是事实，鲁迅在《莽原》周刊第一期即推出安徽青年的翻译作品，更是体现出他对这个小群体的深厚的关爱，以及对于青年从事翻译文学的支持。对于安徽作家群来说，开始在《莽原》周刊发文也意味着一直辗转于文坛边缘的他们，至此终于有了自己的文艺阵地，《莽原》成为他们发表文学作品的重要园地。此后，他们在《莽原》持续发文，借助于《莽原》周刊这个平台，安徽作家群进入文坛。据学者陈离统计："共出32期的《莽原》周刊上，'安徽作家群'一共发表作品(含译作)22篇，其中韦素园8篇，韦丛芜6篇，李霁野6篇，台静农2篇，数量大约为'狂飙社作家群'的四分之一。"①虽然总的数量不多，但是《莽原》周刊的确给安徽作家群提供了发表作品的机会。日后，李霁野也坦承在《莽原》周刊时期，他们获得了发稿的机会："《莽原》周刊出版后，我们偶尔有点短篇文章，就寄给先生看改，有了发表的机会。"②

---

① 陈离：《在"我"与"世界"之间——语丝社研究》，东方出版中心，2006年版，第176页。

② 李霁野：《鲁迅先生与未名社》，人民文学出版社，1984年版，第157页。

1925年夏，未名社诞生。而安徽作家群在《莽原》诞生后围绕《莽原》积极发文，开展创作活动，至此已经达四个月之久。此时韦素园、李霁野、台静农和韦丛芜四位安徽作家在身份上可谓特殊，即同时隶属于两个社团，既是未名社成员，也是莽原社成员。而鲁迅作为两个社团的共同的核心人物，分别存在于两个社团中。但就两个社团本身来说，莽原社和未名社并不存在重合之处，而是彼此独立的，莽原社以发展批评为主，而未名社则是以翻译文学为主，两个社团只是在成员上有重合而有所交集。

    对于《莽原》周刊主要撰稿者的认识，莽原社成员高长虹是如此描述的："担任《莽原》稿件的人，当时是大家'举尔所知'。尚钺，燕生，是我举出的，沐鸿（即高成均，亦即劣者）的稿子也都是我带去的。别一方面，则是霁野，素园，丛芜几个人。《莽原》实只是大家的工作。至于外面人的观览呢，则那又只是鲁迅办的一个刊物，再不会认识其他。"① 根据高长虹的回忆来看，在《莽原》周刊出现后，主要的投稿者来自于两方面，一是他自己和他举荐的几个人，如尚钺、燕生（即常乃德，字燕生，本书作者注）以及高沐鸿等，这几人都是狂飙社成员，燕生和高沐鸿也是高长虹的山西同乡。此外，还有另一群人，那就是李霁野、韦素园、韦丛芜等几位安徽青年。尽管高长虹在这里只是简单列举，并没有完整介绍《莽原》周刊的撰稿者。但是在高长虹的描述中，他非常明确地将《莽原》周刊的撰稿者分为两个部分，而莽原社本身是没有正式纲领和宣言的文学社团，其主要成员就是刊物的撰稿

---

① 高长虹：《1925：北京出版界形势指掌图》，转引自董大中：《鲁迅与高长虹》，河北人民出版社，1999年版，第399页。

者，因此高长虹所言的这两类作者自然在事实上构成了莽原社的成员。

鲁迅也认为安徽作家群是莽原社成员，他曾将高长虹在上海发起狂飙运动，以及发生在狂飙社作家群与安徽作家群之间的矛盾称为莽原社的"内部冲突"："但不久这莽原社内部冲突了，长虹一流，便在上海设立了狂飙社。"①仔细推敲鲁迅的文字，鲁迅以"内部"二字来描述发生在高长虹等狂飙社作家群和安徽青年作家之间的矛盾，自然是将二者共同视为莽原社成员。

鲁迅在不少文章中，都把两派作家的矛盾称为莽原社的内部争斗。在1934年撰写的《忆韦素园君》中，鲁迅是这样描述当时发生在两派青年作家中由退稿风波引发的矛盾的："同时社内也发生了冲突，高长虹从上海寄信来，说素园压下了向培良的稿子，叫我讲一句话。我一声也不响。于是在《狂飙》上骂起来了，先骂素园，后是我。素园在北京压下了培良的稿子，却由上海的高长虹来抱不平，要在厦门的我去下判断，我颇觉得是出色的滑稽，而且一个团体，虽是小小的文学团体罢，每当光景艰难时，内部是一定有人起来捣乱的，这也并不希罕。"②此外，鲁迅在《中国新文学大系》小说二集的序言中也介绍过发生在莽原社中的这场矛盾："但不久这莽原社内部冲突了，长虹一流，便在上海设立了狂飙社。所谓'狂飙运动'，那草案其实是早藏在长虹的衣袋里面的，常要乘机而出，先就印过几期周刊。"③

从这些文章来看，鲁迅以"社内发生冲突"和"内部冲突"来指称

---

① 鲁迅:《鲁迅全集》第6卷，人民文学出版社，2005年版，第259页。
② 鲁迅:《鲁迅全集》第6卷，人民文学出版社2005年版，第67页。
③ 鲁迅:《鲁迅全集》第6卷，人民文学出版社2005年版，第259页。

发生在高长虹和韦素园以及他自己之间的这场矛盾,并且也较为细致地描述了这场冲突的前后经过。鲁迅把高长虹对于自己和韦素园的攻击称为内部人的捣乱,可见他是把高长虹和韦素园共同作为莽原社成员来看待的,即将狂飙社作家群和安徽作家群同视为莽原社作家,这是鲁迅的一种自觉的态度流露,而从实际情况来看,事实也是如此。《莽原》周刊及改版后的《莽原》半月刊一直都是韦素园等人发文的文艺阵地,他们均在刊物上发表了文章。

1925年8月,未名社在北京成立,此时莽原社成员仍然依托于《莽原》周刊开展文艺活动。而未名社在发展初期,在出版物上除了一种《未名丛刊》之外,暂时还没有自己的刊物,因此未名社成员仍然依托《莽原》周刊发文。因此,安徽作家群在当时既是未名社的成员,同时又属于莽原社,形成错综复杂的社团成员交织关系。有学者就认为:"其实,韦素园、韦丛芜、李霁野、台静农既是未名社成员,又是莽原社成员。""可以说,莽原社在鲁迅麾下集合了两班人马:狂飙社成员与未名社成员。"①其实这里也存在一点表述上的不准确,即只能说未名社中的安徽作家群以及鲁迅是莽原社成员,而将未名社全部成员都指称为莽原社作家是不准确的。因为曹靖华作为未名社成员之一,一直不在北京,并且在《莽原》周刊发行时期,曹靖华也没有参与周刊的撰稿活动,在文艺活动上与《莽原》周刊并未发生联系,因此他不能算是莽原社成员。总而言之,莽原社和未名社因为共同的一本刊物《莽原》周刊,以及同一个文学领袖鲁迅,而紧紧联结在一起,在成员构成上存在着错综复杂的交织关系。

---

① 黄开发编选:《未名社作品选》,人民文学出版社,2011年版,第3页。

综上所述，尽管安徽作家群并没有参与《莽原》周刊早期的筹备和成立活动，但无论是从安徽作家群在《莽原》周刊的发文情况来看，还是根据莽原社成员鲁迅和高长虹的回忆来看，安徽作家群在事实上都是莽原社成员的一部分。然而对于自身和莽原社的关系问题，安徽作家群却并不愿意承认，相反甚至表现出强烈的否认态度，从而也使得这一问题成为具有争议性的话题。尤其是20世纪70年代以来，关于未名社的各种史料开始受到研究者的关注，这其中关于莽原社和未名社的关系问题，以及安徽作家群的社团身份问题等，自然会成为研究者所关注的热门话题。

20世纪70年代以来，在研究界开始关注未名社时，社团中有三位成员，即韦素园、鲁迅和韦丛芜已不在人世，而仅有的几位存世者在面对安徽作家群和莽原社的关系问题时，都极力否认他们跟莽原社之间存在关联，绝不认为他们是莽原社的成员，比如李霁野在当时就表示："若说半月刊和周刊有点历史联系，倒也是可以的，因为'莽原'二字相同，又都是鲁迅先生编辑的。但这只是表面的联系，未名社的几个成员，和高长虹等并无社团关系，更与所谓狂飙运动无关……"①以及"我们与以前为《莽原》周刊写稿的高长虹等并无联系，更谈不上社团关系了"②。身在台湾的台静农也表达过同样的意见，虽然台静农没有像李霁野这样专门撰文来表明他的态度立场，但是根据学者陈漱渝记录的与台静农会面情况来看，台静农也是否认安徽作家群与莽原社之间关系的："关于莽原社与未名社的关系，台老

---

① 李霁野：《鲁迅先生与未名社》，人民文学出版社，1984年版，第77—78页。

② 李霁野：《鲁迅先生与未名社》，人民文学出版社，1984年版，第80页。

的说法跟李霁野先生的说法完全一致,他说他只是给鲁迅主编的《莽原》周刊投过稿,不能算是莽原社的成员。"①

除了李霁野和台静农之外,当时仍健在的未名社成员还有曹靖华。但是曹靖华在社中的情况最为特殊,在未名社结社时,曹靖华甚至都不在北京。而在未名社整个存在时期,曹靖华由于在河南和广东等地参加革命活动,长期在个人生活上独立于社团之外,除了在社中出版译作外,他几乎未曾直接参与过社团的其他活动。对于曹靖华在文学史现象上不属于莽原社,这一点不应该存在争议。作为未名社六名成员之一,曹靖华缺席于未名社活动,也让他避开了未名社作家与狂飙社作家之间的矛盾纷争,因而未曾与狂飙社作家有过任何的针锋相对。曹靖华在晚年写了大量散文,其中不乏回忆早年生活往事的文章,涉及不少现代文学史料。然而关于未名社与莽原社在成员上的错综复杂的交织关系问题,曹靖华并非直接的当事人或亲历者,因此他既无法还原当时两个社团之间的纠纷现场,也不能在日后对于未名社成员与莽原社的关系做出相关评价,因此这些话题在他的回忆散文中也是没有涉及的。

安徽作家群中的两个当事成员之所以强烈否认自己是莽原社的成员,极力否认他们与莽原社的关系,多少是与高长虹有关的。1926年10月,高长虹在上海的《狂飙》周刊上分别发表了给韦素园和鲁迅的公开信,即《给韦素园先生》和《给鲁迅先生》,将狂飙社作家群与安徽作家群的矛盾公示于天下。在这两封公开信中,高长虹主要是公开表达他对于安徽作家群的核心人物韦素园的强烈不满,即在他看

---

① 陈子善编:《回忆台静农》,上海教育出版社,1995年版,第290页。

来，韦素园篡夺了本应属于他的《莽原》的主导权，因而他表达了对于韦素园的声讨，并且还试图争取鲁迅的支持和帮助。同时在公开信中，高长虹还顺带表达了对于其他三位安徽作家的不满，甚至还用"安徽帮"一词表达对安徽作家群的嘲讽。高长虹针对安徽作家群提出"安徽帮"的称呼，这一行为本身就是具有歧视性的，这自然让安徽作家无法原谅高长虹的行为，并进而与他形成了长久的隔阂。

此外，李霁野和台静农极力否认他们与莽原社之间的交集，还因为对高长虹个人道德品性的反感，不愿与之为伍。安徽作家群都极其尊重和爱戴鲁迅，而高长虹自1926年10月在上海发表《给鲁迅先生》的公开信，试图寻求鲁迅的支持失败后，不久又发表了《1925，北京出版界形势指掌图》一文，进而发起对于鲁迅更猛烈的攻击，引发了一场师生之间的矛盾冲突。作为由鲁迅亲手扶植起来的文学青年，高长虹此举是具有背叛师恩的意味的。在与安徽作家群的矛盾中，高长虹出于争取个人利益的考虑，而将本与此事件无关的鲁迅牵扯进来。鲁迅在安徽作家群与狂飙社作家群的冲突中，在公开场合中他都是站在安徽作家群一方的。因此出于对鲁迅的尊敬和维护，安徽作家群自然会对高长虹的所作所为感到愤慨。并且从性格上来说，高长虹颇为狂妄自大，而安徽作家群总体上内敛沉静，这种性格反差也让安徽作家更加难以包容高长虹的所作所为，陈漱渝回忆在对台静农的访谈中，台静农就提到对于高长虹个性的反感："他（台静农，本书作者注）说此公狂妄自大，精神不大正常的样子。"①

而从最深层的根本原因来看，安徽作家群最终纳入中国现代文

---

① 陈子善编：《回忆台静农》，上海教育出版社，1995年版，第290页。

学史的视野,则主要凭借其未名社成员的正式身份。当安徽作家群拥有自己独立的未名社成员身份后,自是更加不愿意存在于莽原社的阴影之下。如果没有与狂飙社作家群的矛盾纠纷,也许他们不会急于否定自己的莽原社成员身份。然而正是因为与狂飙社作家群的诸多矛盾,他们并不在意于这一种身份,进而想极力撇清自己与莽原社之间的关系。正是因为未名社的当事作家对于自己与莽原社关系的否认,也使得这一问题成为中国现代文学研究中一个颇具争议性的话题。

第四节 安徽作家群和狂飙社作家群的矛盾

尽管同为莽原社的成员,但安徽作家群和狂飙社作家群之间的矛盾由来已久,一直存在,而双方的冲突正式爆发于 1926 年 10 月,这冲突的爆发是由一起退稿事件引发的。1926 年 9 月,在鲁迅离京后,接替他编辑《莽原》半月刊工作的是安徽作家群中的韦素园。在接手《莽原》半月刊编辑工作后,韦素园在组稿时,就将在京的狂飙社作家向培良的剧本《冬天》按下不发。而在这件事之前,韦素园还曾将高长虹的弟弟高歌的小说《剃刀》退稿。向培良对韦素园的做法深表不满,因此写信给已在上海发展狂飙运动的高长虹,将此事告诉高长虹。个性激烈的高长虹在接到向培良的信件后,自是按捺不住,勃然大怒,在 1926 年双十节这一天,他给韦素园和鲁迅二人分别写了一封信。随后高长虹将两封信以《给韦素园先生》和《给鲁迅先生》命名,刊登在复刊后的《狂飙》周刊第二期上,于1926年10月17日公开发表。虽然说是私人信件,但高长虹却是以指名道姓的公开信的方式,将自己与安徽作家群的矛盾公布于天下。高长虹的公开信如同导火索一般,将狂飙社作家群和安徽作家群的矛盾彻底点燃。高长虹此举不可谓不狂妄,体现出他的年轻气盛和意气用事,在社会上引起强烈反响。

未名社中的安徽青年最初出现于文坛时,是作为莽原社的一部分作者,在《莽原》周刊诞生时,他们便在周刊积极发文。由于莽原社并非是一个有着明确的文艺纲领或宣言的社团,其诞生的标志便是1925年4月《莽原》周刊的问世,其成员即来自于周刊的主要撰稿者,因此,从发文情况来看,安徽青年作家事实上是莽原社的成员。而除了安徽作家群之外,莽原社的另一部分成员就是以高长虹为代表的狂飙社作家群,并且在莽原社发起成立前,狂飙社作家群还参与了先期的筹划工作。及至1925年8月安徽作家群与鲁迅组建未名社时,未名社只编辑和印行《未名丛刊》,却无自己的刊物,因此安徽作家群仍旧要依托于《莽原》周刊发文,而此时他们在身份上,既是未名社的成员,同时也是莽原社的成员。1926年1月,《莽原》周刊改为半月刊,从《京报》移出,改由未名社出版,但仍由鲁迅担任主编,两派青年作家群都共同受惠于鲁迅的扶持和帮助,虽然他们因为鲁迅的情感倾向性以及争夺《莽原》的平台资源而互生嫌隙,但介于鲁迅的存在和影响,却也能暂时相安无事。

退稿事件发生在1926年9月,从时间上来看,正是鲁迅刚刚离开北京初到南方时。退稿事件既然是发生在鲁迅离京后,鲁迅当然不能算是当事人,而高长虹却以致鲁迅公开信的形式,将鲁迅牵扯进来,其目的只是为了在这场矛盾中能获得鲁迅的支持。在京时期,鲁迅对于这两个青年群体都是本着关爱和扶持态度的,并无两样,并且他也凭借自己的影响和努力,将两派青年统一于莽原社中。而初至南方时期,鲁迅在全然陌生的人生环境中,艰难地开展自己的事业和生活。因此面对突如其来的莽原社内部矛盾,鲁迅一方面没有太多精力应对,另一方面他也感到深重的悲哀,因此他没有给予直接的公开回应。

对于安徽作家群来说,此事恰好发生在鲁迅离京,他们获得《莽原》半月刊的主编权之时,韦素园的此举不免受到外界质疑。由于时间久远,史料不足,今天已经难以恢复当日的事件原貌。关于韦素园退还狂飙社成员给《莽原》的投稿这一举动,其真实原因究竟是稿件自身存在问题,还是韦素园有意为之,今天我们已经很难直接评价和论断。未名社成员李霁野对此事曾有这样的回忆:"高歌寄来一篇文章,素园看后认为不好,但并非有什么成见,他还给我们传阅,我们同意他的意见,这才退回了。期刊篇幅有限,稿件即使可用,也不能随到随发;但除了有时要寄给鲁迅先生决定用否之外,不会压得很久,向培良的稿子也不例外。"①李霁野作为当事人之一,站在未名社的立场,他提供的回忆只是试图说明当日安徽作家群在这场风波中,并非是主观偏见不发狂飙社作家的稿件,而确实是因为稿件质量的原因。李霁野身为安徽作家群的一员,他的回忆使得这一问题显得更加扑朔迷离,也更让人难以直接论断孰是孰非。

---

① 李霁野:《鲁迅先生与"安徽帮"——关于高长虹一伙攻击鲁迅与未名社的一桩公案》,《江淮论坛》1981年第4期,第31页。

同时,李霁野还回忆了安徽作家群编辑《莽原》半月刊的情况:"未名社的几个成员确实同高长虹等'互不相识',他们只有一二人向《莽原》周刊编者鲁迅先生投寄过少数几篇短稿,所以在决定出《莽原》半月刊时,我们根本没有计划把他们列入撰稿人之内;鲁迅先生既没有提出过他们的名字,也没有介绍过他们任何稿件。"①一方面,李霁野的这段回忆存在一点文学史实错误,即鲁迅不仅编辑了《莽原》周刊,并且自1926年初《莽原》由周刊改为半月刊后,也一直是由鲁迅负责编辑,直到1926年8月26日离京前,鲁迅一共编辑了16期半月刊,第16期出版于8月25日。此后,《莽原》半月刊才正式由以韦素园为核心的安徽作家群负责编辑。另一方面,作为这场矛盾直接当事人之一的李霁野也坦承了他们在编辑《莽原》时,并没有把高长虹等狂飙社作家列入撰稿人。因此结合李霁野的这段话来看,韦素园担任主编时,对于狂飙社成员稿件的拒绝行为,多少也包含一些主观偏见。而李霁野仅仅以不认识为由来解释他们对于狂飙社成员稿件的拒绝,至少也在一定程度上暴露了他们对于狂飙社作家存在着一定的偏见。

据高长虹所言,在《莽原》由周刊改为半月刊时,鲁迅曾考虑将《莽原》半月刊的编辑任务交给高长虹,但高长虹以"畏难"为由放弃②。因此鲁迅才考虑由安徽作家韦素园负责《莽原》半月刊的编辑事务。鲁迅负责编辑了16期的半月刊,直到他8月底离开北京。即便在1926年4月后,高长虹开始在上海发展自己的狂飙运动,鲁迅

---

① 李霁野:《鲁迅先生与未名社》,人民文学出版社,1984年版,第78页。
② 高长虹:《给鲁迅先生》,转引自董大中:《鲁迅与高长虹》,河北人民出版社,1999年版,第388页。

在主持《莽原》半月刊时期,狂飙社作家仍然能够在《莽原》半月刊上发文。然而及至由韦素园负责《莽原》半月刊的编辑后,却立即拒绝狂飙社成员的投稿。退稿事件使得莽原社成员中的两派,即狂飙社作家群和安徽作家群正式分化,高长虹在《给鲁迅先生》的公开信发表后,并未获得鲁迅的支持,进而对鲁迅也产生了强烈的不满和愤慨情绪,继续发文攻击和诋毁鲁迅,进一步激化了莽原社的内部矛盾。再加上复刊后的《狂飙》周刊在上海的发展形势一片大好,狂飙社作家自此正式退出《莽原》,《莽原》半月刊在实际上也转变为未名社的社刊了。而作为社团来说,莽原社至此也名存实亡。因此,唐弢曾说:"在《莽原》作稿者,以未名社同人为主体。"①这主要指的是半月刊时期的《莽原》。

在《给鲁迅先生》这封公开信中,高长虹从韦素园的退稿行为谈起,主要表达了他对韦素园在社团中表现出的宗派主义倾向的不满,质疑其有排斥狂飙社作家,想将《莽原》据为安徽作家群所有的动机,进而产生了对于整个"安徽帮"小群体的不满。并且在这封公开信中,高长虹还强调这种不满情绪由来已久,并非起于一时:"我对于《莽原》想说的话甚多,一向搁于情势,未能说出,现在一时也无从提起,究竟有没有说的必要,待几天再看。"②可见这已不是逞一时之快,而是长久的积怨。

客观地说,对于围绕《莽原》半月刊而起的这场冲突事件,以及这

---

① 钱德明主编,杨义选编,唐弢:《唐弢书话》,北京出版社,1996年版,第72页。
② 高长虹:《给鲁迅先生》,转引自董大中:《鲁迅与高长虹》,河北人民出版社,1999年版,第388—389页。

矛盾冲突对《莽原》和莽原社发展造成的不良影响，高长虹也流露出遗憾和痛心的态度，体现了他对于《莽原》的深厚情感。另外在对待鲁迅的态度上，高长虹在这封信的开头就谈到当初鲁迅对于《狂飙》的支持，言辞中流露出怀念的情绪。在信末，高长虹谈到《狂飙》周刊在上海已获得新生和独立，同时他也希望能得到鲁迅的继续支持，高长虹的态度在狂妄中却又带着谦卑，颇为矛盾。

高长虹在北京时期，虽和韦素园同为《莽原》的撰稿人，但是二人关系并不密切，联系甚少。在《给韦素园先生》这封信中，高长虹忆及二人上次见面是在北京时韦素园给高长虹送稿费。高长虹还提到这是他给韦素园的第一次写信，而第一次通信却是如此不愉快。这些都说明此前二人关系的生疏。如果说在跟鲁迅的通信中，高长虹尚还念及与鲁迅昔日的情谊，言辞中颇有眷念。那么在给韦素园的信件中，高长虹则是毫无情面可言，完全没有丝毫的客气和礼貌，他激烈批评韦素园在编辑《莽原》时的专横霸道，发出"《莽原》须不是你家的"①的激愤之词，并且还借用林冲对王伦的话来挖苦嘲讽韦素园并无大量大材垄断《莽原》。

在给鲁迅和韦素园的公开信事件中，也充分暴露出高长虹的性格特征，即恃才自傲、狂妄自大和冲动狭隘。尽管高长虹的言辞傲慢无礼，但也并非无丝毫可取之处，比如他对于《莽原》的维护，以及对于安徽作家群编辑《莽原》方式的批评，都具有一定的合理性。然而高长虹在给韦素园的信件中表现出来的咄咄逼人的姿态，以及对于

---

① 高长虹：《给韦素园先生》，转引自董大中：《鲁迅与高长虹》，河北人民出版社，1999年版，第390页。

韦素园的谩骂式的拷问质疑,自然会引起安徽作家群的反感。而对于本与此事并无直接关联的鲁迅,高长虹出于争取其支持的考虑,却将鲁迅强行牵扯进来,用公开信的形式将鲁迅推向公众视野中,这当然也会引起鲁迅的强烈反感。因此,在这场现代文坛的著名文学公案中,虽然鲁迅在私人场合,如给许广平的信件中表达过对两个青年群体的共同不满,但当他置身于公众视野中时,选择了坚定地站在安徽作家群一边。鲁迅在公开信事件之后的一段时间里,曾以沉默应对,然而高长虹却并不为所动,继续发文攻击鲁迅,此后展开了一场旷日持久的高鲁矛盾,也是鲁迅晚年遭遇的一次著名论战。

  1925年11月27日,《莽原》周刊出至第32期时,因为"《京报》要停止副刊以外的小幅了,便改为半月刊,由未名社出版"①。因此,1926年1月,《莽原》由周刊改为半月刊,并且仍然沿用"莽原"这一名称。虽然从1926年1月开始《莽原》半月刊改由未名社出版,但是并不是说《莽原》就成为未名社的刊物。由周刊改为半月刊后的《莽原》仍由鲁迅负责编辑,维系着全部莽原社成员的发文,仍然还是莽原社的文艺阵地。如此这样,及至1926年4月,高长虹去上海,在上海积极为狂飙运动造势,全力发展狂飙社的文艺活动,并且有部分狂飙社作家如尚钺等,积极追随高长虹的狂飙运动而去。应该说作为狂飙社核心成员的高长虹的离开,对于狂飙社作家群在莽原社中的文艺活动还是有影响的,因为高长虹此前一直都是莽原社中最具有创作力的作家,且擅长批评文章。高长虹从莽原社的淡出,不仅降低了狂飙社作家群在莽原社中的影响力,甚至还影响了《莽原》半月刊的批

---

① 鲁迅:《鲁迅全集》第六卷,人民文学出版社,2005年版,第258页。

评风格。

退稿事件和随之而来的公开信事件绝非安徽作家群跟狂飙社作家群之间的首次矛盾,而只是彻底将两派作家的矛盾公布于天下。两派青年作家的矛盾并不是起于这一时一事,而是积怨已久。此前,在京时期,两派青年作家之间已有龃龉,但介于鲁迅的凝聚力,他们统一于莽原社中,暂时相安无事。比如高长虹在《1925,北京出版界形势指掌图》一文中,曾披露过他因为在社中拿稿费而引起安徽作家的不满:"当暑假将到的时候,尚钺走了,有麟听说素园等不来稿了,因为我有稿费,他们没有。"①此前,在北京时期,高长虹为了保证《莽原》周刊的稿源,几乎每周都为《莽原》撰稿,他说以生命赴《莽原》,虽有些夸张,但他当时的确是《莽原》最具有创作力的作者。鲁迅因为考虑到高长虹的经济困窘,因此每月从社中支取一些稿费给他。但据高长虹回忆来看,此事曾引起安徽作家的不满。虽然这只是高长虹的未经考证的一面之词,但是至少也透露出狂飙社作家群与安徽作家群之间早已有矛盾,即便共同置身于《莽原》阵营中,却并非和谐的同人关系。

鲁迅初到南方,即遭遇莽原社的内部分裂,高长虹通过两封公开信,将狂飙社作家群和安徽作家群的矛盾公布于天下,随后两方青年彼此水火不容。尽管高长虹给鲁迅写公开信的目的是为了寻求鲁迅的支持,然而鲁迅在开始时对此事是冷眼旁观,并不介入的。鲁迅对这场矛盾根源并非不知情,作为莽原社的核心人物,他刚刚离开北

---

① 高长虹:《1925,北京出版界形势指掌图》,转引自董大中:《鲁迅与高长虹》,河北人民出版社,1999年版,第404页。

京，却即刻遭遇自家社团内部成员的矛盾分化，这对于他来说是异常尴尬和苦痛的。而矛盾的根本原因或许正在于他自身，这其中的苦楚更是让鲁迅难以对外人所言明，因此他在开始时是无法直接应对的，只能在给许广平的信件中评价两派青年，并倾诉他的苦衷："这是你知道的，单在这三四年中，我对于熟识的和初初相识的文学青年是怎么样，只要有可以尽力之处就尽力，并没有什么坏心思。然而男的呢，他们自己之间也掩不住嫉妒，到底争起来了，一方面于心不满足，就想打杀我，给那方面也失了助力。"①

由这段书信文字可知关于狂飙社作家群与安徽作家群的矛盾根源，鲁迅是心知肚明的，其根本正在于他们因为争夺鲁迅的支持而互相嫉妒。这两派青年在与鲁迅结识后，都获得了鲁迅的扶持和帮助，共同依托于《莽原》这个文艺阵地发文，并且都获得了相应的发展。然而正是因为鲁迅所持有的文学资源，让他们相互嫉妒起鲁迅对于他们的倾向性。作为同是从异乡来到京城的普通文学青年，安徽作家群和狂飙社作家群在文坛所面临的生存压力是相同的。或许相对来说，安徽作家群比狂飙社作家群面临的压力更大，因为狂飙社作家尚有自己的《狂飙》周刊，而安徽作家群则是毫无文学的象征性资本。因此对于共同倚仗的文坛前辈鲁迅，他们自然是特别重视和在乎的。这种暗中的争风和嫉妒现象或许在一开始就已存在。但是由于此前鲁迅在京时在社团中的平衡，他们尚不敢表露出来。及至鲁迅一离开北京，先是安徽作家群引起的退稿事件，接着又是高长虹的公开信事件，彻底将双方的矛盾暴露出来。

---

① 鲁迅：《鲁迅全集》第11卷，人民文学出版社，2005年版，第280页。

在安徽作家群和狂飙社作家群这两个群体中,其成员的文学才能也是完全不同的。狂飙社青年长于批评,安徽青年长于翻译,尽管他们具备的文艺能力不同,但这两种才能对于当时的中国文艺界来说,都是亟需的。无论是批评,还是翻译,在当时都是有益于中国思想和文化进步的。而对于竭力想打破中国文艺界沉闷气象的鲁迅来说,自然是想将他们都网罗在一起。因此,在1925年4月24日《莽原》周刊的创刊号上,人们会看到这样一种新奇的景象,即既有狂飙社作家的作品,也有安徽作家的译文,而实际上后者并未参与《莽原》周刊的发起和筹建活动。出于强烈的文艺使命感的驱使,鲁迅着力于将这两种新生的文艺力量整合在一起,用他们新鲜的文艺活动打破文坛旧气象,以推动中国文学的进步。

对于这两个青年团体来说,尽管有鲁迅这样的文坛前辈作为联系和纽带,但是它们彼此的独立性很强,非常难以整合。安徽青年作家从整体上来说更加专注于纯文学,而少批评,性格较为保守内敛;狂飙社作家虽然也有小说和诗歌等方面的文学创作,且取得了一定创作实绩,但以高长虹为代表的成员却长于批评,且风格非常激进。从鲁迅个人来说,他发起成立《莽原》周刊的初衷,当然期盼的是批评风格,以高长虹为代表的狂飙社作家,凭借其出色的批评能力在一定程度上支撑起了《莽原》。因此狂飙社作家完全撤出《莽原》半月刊,必然会对刊物造成影响。鲁迅就曾敏锐地捕捉到了《莽原》半月刊的变化,这可以从他给李霁野的一段书信中看出:"《莽原》的确少劲,是因为创作,批评少而译文多的缘故。我想,如果我们各定外国文艺杂志一两份,此后专向纯文艺方面用力,一面介绍图画之类,恐怕还要有趣些。"①这封信写于1927年11月3日,距离高长虹等狂飙社作家完全脱离《莽原》已有一年,鲁迅完全注意到了仅有未名社青年作家支撑的《莽原》半月刊风格的明显变化,那就是"少劲"和不"有趣",而这也离他最初创办《莽原》周刊的目的越来越远,然而鲁迅对此却也只有无奈,索性向未名社的京中同人提出《莽原》半月刊专向纯文艺方向努力的建议。

至于鲁迅对待两个青年团体的情感态度,除却私人的感情因素之外,单从发展中国文学的角度来说,鲁迅最初对于他们都是寄托了相同的希望,安徽作家群和狂飙社作家群同为进步的文学青年,都是当时中国的文学新军,在鲁迅看来他们都是扫荡文坛沉寂和陈腐气象的希望所在。在安徽作家群身上暗含着鲁迅引入外来文学的希望,对狂飙社成员鲁迅则更多寄托着开创文学批评风气的希望。但是就性格本身来说,鲁迅在当时应该是更倾向于安徽作家群的,而他一直都和台静农、曹靖华、李霁野保持着深厚的友谊,更是印证了这一点。

安徽作家群和狂飙社作家群因为同一个文学领袖鲁迅,同一本文学刊物《莽原》,以及莽原社和未名社两个文学社团,形成了错综复杂的人员交织关系。两派青年的争端归根结底在于争夺《莽原》这块金字招牌,以及争夺鲁迅对于他们的文学关照,从根本上说还是争夺文学资源,在一定程度上暴露了底层青年作家挣扎于文坛的艰难和不易。

对于几个安徽作家来说,虽然他们不愿承认自己是莽原社的成员,而只承认自己只是曾为《莽原》撰稿,但实际上对于莽原社这样的并非正式成立的社团,无论在当时的文学现场,还是在后来的文学史

---

① 鲁迅:《鲁迅全集》第12卷,人民文学出版社2005年版,第84页。

描述上，人们对于其成员构成的考察，主要还是根据撰稿者来定的。《莽原》周刊开启了安徽作家群的文学生涯，此前他们只是进行了零散的翻译活动，译作虽获鲁迅重视，但仍然无法出版。《莽原》周刊问世后，给予了安徽作家群一个发表作品的平台，让他们的文学创作走向大众视野，带动和提升了他们在文坛的知名度。莽原社是安徽作家群成长的基础，在莽原社的成员中，鲁迅是主编，狂飙社成员凭借《狂飙》周刊初露锋芒，而安徽作家置身于这样一个群体中，自然更容易获得文学成长，这一点是不争的事实。

从《莽原》周刊开始，安徽作家群逐渐开始被文学界接受。鲁迅通过徐旭生推荐韦素园去《民报》担任编辑工作，接着不久由于《民报》停刊，韦素园返回社中，又接替鲁迅编辑《莽原》的工作，韦素园开始进入编辑界；正是在韦素园担任《民报》副刊编辑后，李霁野所译的《上古的人》得以陆续刊登在《民报》副刊上。后来在此基础上，李霁野译出完整的单行本，并结集出版。在鲁迅的影响下，这一时期，台静农和李霁野都尝试创作乡土小说，他们的作品被鲁迅收入《中国新文学大系》小说二集中。而韦丛芜的诗歌活动也是从《莽原》周刊开始的，他逐渐成长为新诗人。《莽原》周刊时期，安徽作家群的创作力并不算强，弱于狂飙社作家。但安徽作家本身并不以创作取胜，在文艺事业上他们主要还是以翻译为主。尽管在《莽原》周刊时期，安徽作家群作为新生的作者，发表的作品不算多，却也基本都形成了他们日后的文学风貌。

第三章 未名社的出版物

第一节 专收翻译的《未名丛刊》

未名社在存在的六七年时间中,主要贡献了两种出版物,一是丛书,二是期刊。丛书包括《未名丛刊》和《未名新集》两种:《未名丛刊》专收译作,主要是由未名社成员翻译的俄苏文学和理论作品;《未名新集》则收录文学创作,主要包括鲁迅、台静农、韦素园、韦丛芜和李霁野的不同文体的文学作品集。在期刊上,未名社则编辑和出版了《莽原》半月刊和《未名》半月刊,编者先是鲁迅,后来主要是由未名社在京的安徽作家承担。从 1925 年秋天,未名社印行《未名丛刊》的第一种,即由鲁迅翻译的厨川北村的《出了象牙之塔》开始,未名社的文艺活动正式开始。在此后存在的几年的时间中,未名社推出了很多高质量的丛书和刊物,在文艺界和读者中都产生了较大影响。

在中国现代文学社团的文艺活动中,有的社团是有着明确纲领和组织的,在结社后,成员依托于社团再创办刊物或是编辑丛书;有的是没有明确的纲领或是成立宣言,而是发行刊物或丛书,依托于某种出版物结成社团或派别。前者如文学研究会和创造社,而未名社显然是后者,甚至其社团名称也是根据《未名丛刊》的名称得来的。与未名社在成员构成上有着复杂交织关系的莽原社也是如此,莽原社也是先有《莽原》周刊,然后才围绕刊物集合撰稿者,形成社团。在未名社成立之前,日后作为未名社出版物的《未名丛刊》业已存在,未名社成员正是依托《未名丛刊》出版丛书,开启自己的文艺活动,进而形成社团。但与一般现代文学社团不同的是,未名社成员非常稳定,从成立到结束,成员没有任何变动,只有六位。

在未名社的两种丛书中,最早印行的是从北新书局分离出来的《未名丛刊》。关于《未名丛刊》如何成为未名社独立印行的丛书,鲁迅的介绍比较细致:"那时我正在编印两种小丛书,一种是《乌合丛书》专收创作,一种是《未名丛刊》,专收翻译,都由北新书局出版。出版者和读者的不喜欢翻译书,那时和现在也并不两样,所以《未名丛刊》是特别冷落的。恰巧,素园他们愿意绍介外国文学到中国来,便和李小峰商量,要将《未名丛刊》移出,由几个同人自办。小峰一口答应了,于是这一种丛刊便和北新书局脱离。稿子是我们自己的,另筹了一笔印费,就算开始。因这丛书的名目,连社名也就叫了'未名'——但并非'没有名目'的意思,是'还没有名目'的意思,恰如孩子'还未成丁'似的。"①从鲁迅的这段话中可以看出,《未名丛刊》专收翻译文丛,在未名社成立之前业已存在,是由鲁迅负责编辑,由北新书局出版的。但是对于北新书局来说,由于当时的读者并不喜欢翻

---

① 鲁迅:《鲁迅全集》第6卷,人民文学出版社,2005年版,第65—66页。

译书,作为书局老板的李小峰不能不考虑到《未名丛刊》的出版成本和收益。而对于韦素园这样的从事翻译文学的普通青年译者来说,他们出版自己的译作非常艰难,因为一般的书店都不会出版不知名作者的译作。因此鲁迅建议这群安徽青年仿效日本的丸善书店,通过独立经营丛书,来实现他们出版自己译作的愿望。基于这种考虑,鲁迅才跟李小峰商量,将《未名丛刊》从北新书局移出,由他和韦素园等几名安徽青年独立编辑印行。进而,鲁迅和这群有志于发展翻译文学事业的安徽青年结社,连社名也是根据《未名丛刊》的"未名"二字而来的。

《未名丛刊》在北新书局名下的时候,其最初的得名也比较偶然,"所谓《未名丛刊》者,并非无名丛书之意,乃是还未想定名目,然而这就作为名字,不再去苦想他了"①。鲁迅将《未名丛刊》从北新书局移出时,不仅继续沿用这一名称,甚至连社团名称也叫了"未名社"。

《未名丛刊》作为北新书局名下的丛书,在北新书局时期出版的第一种书籍即为鲁迅的《苦闷的象征》,此书正式印成于1925年3月。在初版的《苦闷的象征》的版权页上,同时还刊登了一篇名为《〈未名丛刊〉是什么,要怎样?》的广告文,是鲁迅专为《未名丛刊》所作的广告,也可以说是《未名丛刊》的宣言书,标志着《未名丛刊》的诞生。在这篇广告文中,鲁迅既介绍了《未名丛刊》的性质和风格、印行情况以及对它寄托的希望,同时还宣告了《未名丛刊》拟计划出版的三本译作,分别是任国桢的《苏俄的文艺论战》、李霁野的《往星中》和鲁迅的《小约翰》。

---

① 鲁迅:《鲁迅全集》第7卷,人民文学出版社,2005年版,第477页。

然而尚未等到这三种译作出版,《未名丛刊》就已从北新书局移出,改由未名社编辑和出版。《未名丛刊》能从北新书局独立出来,是鲁迅出面与书局老板李小峰商讨的结果,从根本上来说,正是体现了鲁迅对于翻译文学的重视。因为在北新书局时,鲁迅主编了两种丛书,即《未名丛刊》和《乌合丛书》,《未名丛刊》专收译作,而《乌合丛书》专收文学创作。但是由于在当时的书刊市场中,创作比译作更受读者欢迎,因此《未名丛刊》在北新书局中颇受冷遇。鲁迅对于北新书局不注重出版译作,尤其不重视新译者的译作的行为非常不满。对此,作为"新译作者"的李霁野也深有同感:"但是北新书局正式成立之后,为图发展,不能不渐渐注意生意经,对于新译作者的作品已经不甚欢迎,诗歌和戏剧更不愿译。"①《往星中》是李霁野作为译者的第一部译作,因为此部译作他与鲁迅结缘相识,在翻译上得到鲁迅的悉心指导。然而1924年夏天,此书被译成后一直束之高阁,无缘出版。虽然鲁迅当时在北新书局主持《未名丛刊》的编辑工作,也曾在出版广告中将《往星中》列入出版计划,但是直到1925年8月未名社成立时,《往星中》仍未如期出版。

因此,鲁迅同李小峰商量后,将《未名丛刊》从北新书局移出,由未名社同人自筹经费自办。从长远来看,鲁迅是为了发展中国的翻译文学事业;从短期来看,鲁迅则是为帮助和扶持李霁野这群有志于翻译文学的青年译者。根据李霁野回忆,他们在商讨自筹经费独立印行出版物时,计划"先筹起能出四次半月刊和一本书籍的资本,估

---

① 李霁野:《鲁迅先生与未名社》,人民文学出版社,1984年版,第158页。

计约需六百元"①。商讨后,鲁迅只让青年成员每人出资五十元,余下的资金则全由他自己负责。这之后鲁迅先后筹款四百多元,五位年轻成员各出资五十元,作为未名社最初的社款,专门用于印发书刊。而这其中,四位安徽青年的200元是从同乡台林逸处借来的,河南青年曹靖华当时虽不在北京,也寄来了50元筹款并要求入社。

鲁迅在未名社开办之初即拿出200元,在1925年10月18日的日记中,他有这样的一条记载:"夜素园、静农、霁野来,付以印费二百。"②这是鲁迅支付给未名社的第一笔筹款,对于当时的他来说也是非常大的一笔消费了。众所周知,鲁迅爱好购书,根据他在日记中记载的年度消费显示,他1925年全年的书账不过159.13元。而略早于未名社,鲁迅在参加语丝社,印行《语丝》周刊时,开始也是由几位发起人共同筹资出版。然而鲁迅对《语丝》的经济上的支持,却是不能跟未名社相比的,据鲁迅回忆:"《语丝》的销路可只是增加起来,原定是撰稿者同时负担印费的,我付了十元之后,就不见再来收取了,因为收支已足相抵,后来并且有了盈余。"③鲁迅不惜斥资在经济上全力扶持未名社的发展,根本正在于他对于翻译文学的重视。

鲁迅在1925年9月29日给许钦文的信件中,也谈到了《未名丛刊》从北新书局脱离,未名社自立门户这件事,并且还谈到了未名社计划将要出版的译书:"现在我已与小峰分家,《乌合丛书》归他印(但仍加严重的监督),《未名丛刊》则分出自立门户;虽云自立,而仍交李霁野等经理。《乌合》中之《故乡》已交去;《未名》中之《出了象牙之

---

① 李霁野:《李霁野文集》一,百花文艺出版社,1991年版,第41页。
② 鲁迅:《鲁迅日记》一,人民文学出版社,2006年版,第588页。
③ 鲁迅:《鲁迅全集》第4卷,人民文学出版社,2005年版,第172页。

塔》已付印,大约一月半可成。还有《往星中》亦将付印。"①同时,鲁迅在这封信中还谈到之前在《〈未名丛刊〉是什么,要怎样?》中预告出版的任国桢译《苏俄的文艺论战》已经在1925年8月出版,鲁迅另封邮包寄给许钦文。

《苏俄的文艺论战》仍由北新书局出版,从出版时间上来看,正是发生在《未名丛刊》从北新书局移出由未名社负责的过渡时期。鲁迅在《〈未名丛刊〉是什么,要怎样?》中预告出版的三种作品,《苏俄的文艺论战》是唯一一部不由未名社出版的。究其原因,应该是未名社成员出于它并非是自家成员译作的考虑,李霁野也说明未名社在刚刚成立时,是暂时不收成员以外的稿件的:"因为力量有限,先不收成员以外的稿件。"②虽然《苏俄的文艺论战》的译者任国桢在北京大学求学时,就与鲁迅相识,并结下深厚的师生情谊,但是对于未名社成员来说,《未名丛刊》从北新书局脱离出来,成为由他们独立经营的丛书,他们当然希望出版的第一本译作是自己成员的译作,因此不会将《苏俄的文艺论战》作为第一种丛书出版。不仅是当时,就是在日后未名社发展的几年中,由于成员不善经营以及其他因素的影响,未名社始终没有摆脱出版资金的压力,未名社成员仍然不得不遵循此规则,即《未名丛刊》一直只出版自己成员的译作。

因此,鲁迅在给许钦文的信中谈到未名社将要出版《出了象牙之塔》和《往星中》,则是真正宣告了未名社出版事业的正式开始,同时也是未名社社团文艺活动的开始,成员李霁野也认为:"未名社的工

---

① 鲁迅:《鲁迅全集》第11卷,人民文学出版社,2005年版,第514—515页。
② 李霁野:《鲁迅先生与未名社》,人民文学出版社,1984年版,第80页。

作就从此开始了。"①选择以自己成员的译作作为独立后的首发,这不仅是从资金有限的角度考虑,同时也是践行了社团成立的初衷,即自己筹款印行和出版自己成员的译作。未名社的社团组建方式,虽是鲁迅建议仿效日本丸善书店的做法,但在当时的出版界并非一件新鲜事。如朴社就是一个由现代作家自己参与出版的社团,然而其成员实力非常强大,囊括了如叶圣陶、顾颉刚、茅盾、俞平伯、郭绍虞、朱自清等在内的文坛和学界名流,而相比之下,未名社在成员构成上,其成员除了鲁迅之外,都是普通的文学青年,这种成员构成在当时的社团中也是少见的。

鲁迅的《出了象牙之塔》是由未名社印行的《未名丛刊》的第一种,正式出版于1925年12月,意义可谓重大和特殊。《出了象牙之塔》是一部关于批评的译作,在后记中,鲁迅如此称赞原作者厨川白村:"但从这本书,尤其是最紧要的前三篇看来,却确已现了战士身而出世,于本国的微温,中道,妥协,虚假,小气,自大,保守等世态,一一加以辛辣的攻击和无所假借的批评。就是从我们外国人的眼睛看,也往往觉得有'快刀断乱麻'似的爽利,至于禁不住称快。"②可见,鲁迅也是试图借这本书的文风来引导中国文艺界的批评之风潮,体现了鲁迅对于批评之风的倡导。

以鲁迅的译作作为未名社独立印行书籍的开始,也是未名社成员出于能在短时间内快速回收成本,保证社团出版正常运转,尽快步入正轨的考虑。因为未名社最初的成立资本都是由社中成员所筹,

---

① 李霁野:《鲁迅先生与未名社》,人民文学出版社,1984年版,第8页。
② 鲁迅:《鲁迅全集》第10卷,人民文学出版社,2005年版,第268页。

且很有限,因此尽快回收成本是必要的。正如李霁野所说:"我们首先印行《出了象牙之塔》,因为我们希望较快地收回印费印行别的书籍。"①

据李霁野回忆,由鲁迅翻译的《出了象牙之塔》作为未名社推出的《未名丛刊》第一种,果然不负众望,初版三千册,约一年多就卖完了,但是未名社的青年成员准备再版此书时,却遭到了鲁迅的拒绝。鲁迅在给台静农的信件中对此事是这样解释的:"《象牙之塔》出再版不妨迟,我是说过的,意思是在可以移本钱去印新稿。但如有印资,则不必迟。"②可见鲁迅放弃《出了象牙之塔》的再版,目的却只在于把收回的钱拿去印行社中青年成员的新稿,足见他甘为人梯,热心扶植和培养翻译人才,以及对文学青年的真诚关怀和帮助。因此,紧随《出了象牙之塔》之后,未名社推出的即是李霁野的《往星中》,作为《未名丛刊》的第二种,在1926年5月正式出版。

在未名社初版的《出了象牙之塔》的版权页上,也刊登了鲁迅所作的一则《〈未名丛刊〉是什么,要怎样》的广告,这是鲁迅为移出后的《未名丛刊》所作的新广告,这篇广告文是鲁迅在之前为北新书局时期的《未名丛刊》所作的同名广告的基础上修改完成的,可以视为是未名社时期的《未名丛刊》的宣言书。比较这两篇广告文,鲁迅在为未名社所作的广告中,除了删除了之前的出版预告外,还增加了这样一段话:"创作,谁都知道可尊,但还有人只能翻译,或者偏爱翻译,而且深信有些翻译竟胜于有些创作,所以仍是悍然翻译,而印在这《未

---

① 李霁野:《鲁迅先生与未名社》,人民文学出版社,1984年版,第69页。
② 鲁迅:《鲁迅全集》第12卷,人民文学出版社,2005年版,第28页。

名丛刊》中。"①鲁迅在这里特别强调了译者坚守翻译文学的不易,并请求读者支持《未名丛刊》,体现了鲁迅发展翻译文学的良苦用心。

自鲁迅的《出了象牙之塔》和李霁野的《往星中》的出版,未名社的文艺活动正式开启。未名社名下的《未名丛刊》一共印行了23种书,有17种是由未名社出版的,另外6种则由北新书局出版。而交由北新书局印行的译作中,主要是两种情况:一是作者并非未名社成员,如任国桢的《苏俄的文艺论战》、董秋芳的《争自由的波浪》和胡敩的《十二个》;二是在未名社成立前,鲁迅由其他出版社出版过的三本旧译作的再版,包括《工人绥惠略夫》、《一个青年的梦》和《苦闷的象征》。可见即使是交由北新书局印行的《未名丛刊》的部分书籍,却也并非是随意安排的,而是有着一定考虑的,足见未名社成员行事作风的严谨。

而由未名社出版部印行的17本自己成员的译作中,鲁迅在继《出了象牙之塔》后,只在1928年1月出版过一本《小约翰》。李霁野日后回忆说未名社"印行鲁迅先生的四种译作"②,短短的一句话,至少有两点表述不准确:一是数量上,鲁迅在未名社中共出版了五种译作,即《出了象牙之塔》、《小约翰》,以及《苦闷的象征》、《工人绥惠略夫》和《一个青年的梦》;二是这五本译作并非全部由未名社初版,前二者是由未名社初版的,而后三者都属于再版,《苦闷的象征》1924年12月由新潮社印行,《工人绥惠略夫》和《一个青年的梦》都是由商务印书馆初版的,分别出版于1922年5月和7月,此三本译作后来

---

① 鲁迅:《鲁迅全集》第8卷,人民文学出版社,2005年版,第481页。
② 李霁野:《鲁迅先生与未名社》,人民文学出版社,1984年版,第77页。

也曾交由上海北新书局再版。

鲁迅选择在未名社出版第二本译作《小约翰》,也有着其深刻用意。《小约翰》是鲁迅本人最喜欢的一本译作,是由荷兰作家望·蔼覃所作的一篇象征写实的童话诗。鲁迅将它交给未名社初版,体现了对于社团的重视。鲁迅是从德文重译的,并为这本译作作了一篇长长的序言,细致讲述了他翻译此书的过程和对它的看法感受、翻译时的心境,以及他采取的直译的方法和人名等的翻译,体现出对于该书的强烈的喜爱之情。鲁迅与《小约翰》的结缘是在日留学时期,1906年鲁迅偶然间在一本德文杂志上看到一篇对于该书及其作者的介绍文章,进而发生兴趣购买原著。此后鲁迅一直想翻译此书,但由于种种原因耽搁下来。直到20年后,鲁迅仍未能忘怀这件事。因此,在1926年7月,鲁迅与友人齐寿山合作翻译,也算是圆了青年时代的一个梦。鲁迅曾如此描述他对于《小约翰》的深刻的喜爱之情:"我也不愿意别人劝我去吃他所爱吃的东西,然而我所爱吃的,却往往不自觉地劝人吃。看的东西也一样,《小约翰》即是其一,是自己爱看,又愿意别人也看的书,于是不知不觉,遂有了翻成中文的意思。这意思的发生,大约是很早的,因为我久已觉得仿佛对于作者和读者,负着一宗很大的债了。"①

翻译《小约翰》时,鲁迅也正处在人生极为动荡不安的阶段,从1926年7月开始,至1927年6月翻译完成,正好历经一年。在生活空间上,此时的鲁迅从北京,到厦门大学,然后到中山大学,再从中山大学辞职,最终在离开南方前几个月独居于出租屋,才完成此书的翻

---

① 鲁迅:《鲁迅全集》第10卷,人民文学出版社,2005年版,第283页。

译。在人生经历上,一路从北到南,伴随着鲁迅的是北京女子师范大学风潮、厦门国学院风波和中山大学的清党事件等,在这些不愉快的事件中,鲁迅体验着深刻巨大的孤寂和痛楚,《小约翰》无疑是他在人生这一彷徨时期的一种特殊的安慰。因此,对于《小约翰》的翻译,不仅是鲁迅青年时代文学梦想的实现,而且也是他中年时期的一种灵魂慰藉。

鲁迅对于《小约翰》极其推崇,1927年9月25日在给台静农的信件中,他推辞台静农提名他为诺贝尔文学奖候选人的建议时,曾如此表明他的拒绝态度:"世界上比我好的作家何限,他们得不到。你看我译的那本《小约翰》,我那里做得出来,然而这作者就没有得到。"①及至晚年,1936年2月在给夏传经的信件中,鲁迅仍然说:"我所译著的书,别纸录上,凡编译的,惟有《引玉集》,《小约翰》,《死魂灵》三种尚佳,别的皆较旧,失了时效,或不足观,其实是不必看的。"②自1936年初,鲁迅身体情况就不理想,先是肩部及肋骨部疼痛,而3月初肺病复发,写这封信时,鲁迅面临着身体健康的严峻危机。对于自身的健康状况,鲁迅应是最为清楚的,因此从他在这段信中流露出的态度来看,也有对于自己开展的译著工作的总结。在这番极其谦虚的言辞中,鲁迅仍然坚信以《小约翰》为代表的几本少数作品是他所有译作中的精华,足见他对于此书的钟爱之情。

而鲁迅把自己如此喜爱的一部译作交由未名社出版,自然是体现出对于未名社的器重。事实上,鲁迅在京时期,就已多次跟未名社

---

① 鲁迅:《鲁迅全集》第12卷,人民文学出版社,2005年版,第73页。
② 鲁迅:《鲁迅全集》第14卷,人民文学出版社,2005年版,第33页。

的青年成员表达过他对于此书的喜爱和重视。而对于能够出版《小约翰》,未名社的青年作家也深以为荣,李霁野曾说:"鲁迅先生译的《小约翰》,未名社几个成员能先睹为快,未名社能首先印行,我们是很觉荣幸的。"①

除鲁迅的译作之外,未名社还出版了社中青年成员的译作,共计16种,具体包括:韦素园的《外套》和《黄花集》;李霁野的《往星中》、《黑假面人》、《文学与革命》、《不幸的一群》、《近代文艺批评断片》;韦丛芜的《穷人》、《罪与罚》、《格列佛游记》(一、二卷)、《英国文学——拜伦时代》;曹靖华的《白茶》、《蠢货》、《烟袋》和《第四十一》。在五位青年成员中,唯独只有台静农因文艺志向不在翻译上,自始至终未参与过翻译活动,虽然置身于一个以翻译文学为重的文学社团,并且尚有鲁迅这样的知名译者的热心指导,但台静农并未因此改变自己的文艺志向,而是坚持追求自己的治学之路,由此也可以看出他可贵的独立人格精神。

从《未名丛刊》的出版数量来看,除却在未名社成立前已完成的三本译作,鲁迅在未名社成立后只出版了两本新的译作,与社中其他四位青年成员相比并不算多。这也体现了鲁迅发起未名社,独立经营《未名丛刊》的初衷,即鼓励和扶持青年译者的翻译。在四位青年成员中,只有韦素园和鲁迅一样在社中出版了两本译作,而这却也并非出于韦素园的本意。事实上,韦素园是一个对于文学翻译事业异常执着的译者,他对于翻译文学的兴趣和追求在未名社的青年成员中尤为突出,然而遗憾的是他在1926年冬天不幸肺病加重,至去世

---

① 李霁野:《鲁迅先生与未名社》,人民文学出版社,1984年版,第74页。

前长期卧于病榻,虽念念不忘于翻译事业,但却由于受病体束缚,而无法继续他所挚爱的文学翻译活动。

《小约翰》之后,鲁迅再未在未名社中出版自己的译作,鲁迅以自己的行为印证了当初成立未名社的目的,即推动青年人尤其是不知名青年译者的文学翻译活动。事实上,鲁迅本人此时的译作颇为丰富。1928年除《小约翰》之外,5月鲁迅在北新书局出版了《思想 山水 人物》。特别是1929年一年,鲁迅就出版了7本译作,然而没有一部通过未名社出版,其中《近代美术思潮论》、《壁下译丛》由上海北新书局出版,《现代新兴文学的诸问题》和《艺术论》由上海大江书铺出版,《奇剑及其他》和《在沙漠上及其他》由上海朝花社出版,《文艺与批评》则由上海水沫书店出版。七部译作均在上海出版,这不仅是因为当时鲁迅已定居上海,文艺活动主要在上海开展,相应地个人的出版事业也以上海为主。还因为20世纪20年代中后期,中国的出版重心南移,上海逐渐成为新的文艺中心。对于未名社来说,尽管此时也成立了售书处,但是社中代售书款常常收不回来,致使资金紧张。或许对于鲁迅来说,《小约翰》之后不再在社中出版译作,还有一种考虑,即将出版机会留给未名社的青年成员,这也是一种深刻的同人精神的体现。

从内容上来说,《未名丛刊》中的二十多种丛书虽然涉及英国、美国、波兰、丹麦、俄苏等不同民族,但主要还是集中于俄苏的文学和理论作品,如韦素园的《外套》、李霁野的《不幸的一群》、曹靖华的《烟袋》和韦丛芜的《罪与罚》等,这些作品都是俄苏文学中富有代表性的经典作品,文学性和艺术品位都较高。因此,有论者这样盛赞未名社成员和其所经营的《未名丛刊》:"在书贾与政治性的津贴以外,有着为文化而努力的傻子,未名社这一群人,也算是开了风气了。"①

从未名社作家的翻译文学语言种类来看,韦素园和曹靖华采取的是俄译汉,二人早年都有学习俄语的经历,属于现代文坛最早的俄译汉译者,并且他们在翻译文学的道路上,都曾受到瞿秋白的鼓舞。韦丛芜和李霁野采取的是英译汉,他们从自学英文开始,成为翻译家。未名社青年的文学起点并不高,属于自学和苦学式的成长,这种文学成长方式也体现了这个社团的执着和踏实的泥土精神。鲁迅采取的主要是日译汉,鲁迅留日多年,精通日语,如《出了象牙之塔》、《一个青年的梦》的翻译都是日译汉;而鲁迅对于德语也能够基本掌握,如《小约翰》和《工人绥惠略夫》是德译汉的重译。

因为《未名丛刊》所推出的丛书具有较高的品质,在当时的出版界也是具有一定的影响力的,甚至吸引了开明书店老板章雪村的注意,鲁迅南下经过上海时曾遭遇章雪村提出欲获得《未名丛刊》专卖权的想法。初到厦门的鲁迅在1926年10月4日,立即就将此事写信告知京中的未名社同人:"在上海时看见章雪村,他说想专卖《未名丛刊》(大约只是上海方面),我没有答应他,说须得大家商量,以后就不提了。近来不知道他可曾又来信?他的书店,大概是比较的可靠的。但应否答应他,应仍由北京方面定夺。"②在鲁迅写这封信时,未名社自成立后独立经营《未名丛刊》不过短短一年而已,竟吸引开明书店这样有影响力的出版机构的关注,不能不说是未名社在先期的书籍出版上确有吸引人之处,即其出版的书刊具有较高的文化品质。

---

① 曹聚仁:《书林又话》,上海书店出版社,1999年版,第43页。
② 鲁迅:《鲁迅全集》第11卷,人民文学出版社,2005年版,第562页。

同时,鲁迅在信中流露出的与京中成员商议,以及希望京中几位慎重对待此事的态度,则体现出他并不以未名社中心人物自居的谦虚谨慎态度,以及他对于未名社社团事务认真负责的精神品质。

此外在这封信中,就鲁迅描述的与章雪村的谈话情况来看,后者以商量的态度对待与未名社的合作事宜,在一定程度上体现了《未名丛刊》和未名社在当时的文坛和出版界的影响力。章雪村向鲁迅表明开明书店想专卖《未名丛刊》,当然是体现了他对于《未名丛刊》的重视和期待,鲁迅不免动容于其对《未名丛刊》的好感,因此在当时称开明书店是"比较的可靠的"。然而,世事难料,造化弄人,当时的鲁迅根本无法料想,在写这封信的五年后,未名社在内忧外扰中走向没落,面临各种困境,难以立足之时,未名社的京中成员决定将社团事务转让给开明书店代理,而成员也必须相应地遵循开明书店的规则。当鲁迅获知此事后,其内心的落寞和悲凉可想而知,因此彼时的鲁迅在给曹靖华的信件中又将开明书店称为"一个刻薄的书店"①,对开明书店先后情感态度的变化,也折射了鲁迅对于未名社由盛而衰的无奈和心痛。

第二节 专收创作的《未名新集》

《未名新集》作为未名社的第二种文丛,专收未名社成员的文学

---

① 鲁迅:《鲁迅全集》第12卷,人民文学出版社,2005年版,第266页。

创作,是未名社成立后独立开创的。《未名新集》筹划于1926年下半年,正是鲁迅初到南方时。1927年3月,韦丛芜的诗集《君山》作为《未名新集》的第一种丛书正式出版,标志着《未名新集》的问世。此后,《未名新集》还陆续印行了台静农的《地之子》、鲁迅的《朝花夕拾》、韦丛芜的《冰块》、李霁野的《影》和台静农的《建塔者》,共计6本。最后一本是台静农的《建塔者》,出版于1930年。从时间上来看,《未名新集》前后持续三年,数量并不多。未名社的作家除鲁迅外,几位年轻作家的文学成就主要集中在翻译文学上,创作并非他们所擅长或兴趣所在。然而从质量上来看,这六本作品集仍具有较高的文学价值,不仅代表着他们个人的创作水平,并且在中国现代文坛也占有较为重要的位置。

  1926年10月29日,鲁迅在给李霁野的信中这样说:"据长虹说,似乎《莽原》便是《狂飙》的化身,这事我却到他说后才知道。我并不希罕'莽原'这两个字,此后就废弃它。《坟》也不要称《莽原丛刊》之一了。"同时还建议:"《君山》单行本也可以印了。"[①]写这封信时鲁迅到南方刚好两个月,从这封书信可以看出的是,京中几位年轻成员当时正与鲁迅商量筹划出版一种新的丛刊——《莽原丛刊》,在鲁迅离开这么短时间内,未名社成员就着手开创新的丛刊,可见这个时期成员对于社团发展有着巨大的信心。而未名社成员以"莽原"来命名新丛刊,毫无疑问此命名应是根据未名社编辑的《莽原》半月刊而来的,而"丛刊"二字应是根据《未名丛刊》而来的,即都是根据未名社当时业已存在的期刊和丛书来命名的。

---

  ① 鲁迅:《鲁迅全集》第11卷,人民文学出版社,2005年版,第595页。

从这段书信文字中还可以推测出的是,鲁迅当时计划出版的杂文集《坟》,本是列入《莽原丛刊》之一种的,但是他却临时改变主意,决定不把《坟》列入其中。那么鲁迅是因为什么原因而做出这一决定的呢?原因正在于高长虹离开北京到上海发展狂飙运动,将《狂飙》周刊南移,为了在上海文学界制造《狂飙》周刊的影响力,迅速提升《狂飙》的名气,他多次利用莽原社、《莽原》半月刊和鲁迅的影响力为自己的《狂飙》周刊制造话题,不仅有意夸大自己在《莽原》周刊中的作用,夸大他对于《莽原》的贡献,甚至还有意误导大众《狂飙》即为《莽原》的前身,并捏造鲁迅和《狂飙》周刊及狂飙运动之间的关联。对于高长虹的龌龊卑劣行径,鲁迅深为不满,进而对于"莽原"二字都心生嫌弃了,因此,既不想以"莽原"来给新丛刊命名,也不愿意将自己的《坟》列入新的丛刊中。从最后的结果来看,未名社的京中同人尊重了鲁迅的意见,《坟》最后作为独立的出版物,没有列入未名社的丛刊中,而于1927年3月单独出版。

1926年11月23日,鲁迅在给李霁野的信件中又写下这样的建议:"《莽原丛刊》,我想改作《未名新集》;《坟》不在内,独立,如《中国小说史略》一般。该集以《君山》为第一部。"①鲁迅在这封信中,明确提出将新丛刊由原计划的《莽原丛刊》更改为《未名新集》,鲁迅弃用之前计划的"莽原"二字,而以未名社的社团名称来给新丛刊命名,并且同时以"新集"二字突出新丛刊,以区别于之前的《未名丛刊》。同时,鲁迅还在信件中再次强调自己的杂文集《坟》不列入《未名新集》的出版计划,而是独立出版,并建议以未名社中最年轻的成员韦丛芜

---

① 鲁迅:《鲁迅全集》第11卷,人民文学出版社,2005年版,第629页。

的《君山》作为《未名新集》的第一种,这也是他针对高长虹恶意利用《莽原》和莽原社为自己的狂飙运动制造话题,所采取的一种特殊的回击方式。

鲁迅不仅是未名社中最知名的作家,更是当时文坛的名流作家,其作品和文集在当时的文学市场自然有着巨大的影响力,因此当《未名丛刊》脱离北新书局,由未名社独立出版时,所推出的第一种书即为鲁迅的《出了象牙之塔》。而《未名新集》作为未名社全新推出的一种新丛书,要想在出版界脱颖而出,迅速在市场占有一席之地,选择什么样的著作作为第一种书自然很重要。从鲁迅给李霁野的信件中可以推测的是,在此之前,未名社成员应是出于鲁迅在文坛和出版界的巨大名望的角度考虑,将鲁迅的《坟》列入《未名新集》的第一种,这也是迅速推动新丛刊和有利于社团发展的理所当然的事情。然而由于高长虹在上海的所作所为,让鲁迅不得不放弃将《坟》作为新丛刊第一种出版物的计划,而是选择以韦丛芜的《君山》取代《坟》作为《未名新集》的第一种。因此,新的《未名新集》出人意料地使用一个年轻诗人韦丛芜的诗集《君山》作为首发。

《君山》出版于1927年3月,作为《未名新集》的第一种,虽然出自于一位非知名的年轻作者之手,但这本诗集仍受到未名社成员极高的重视,享受了高规格的出版待遇。《君山》的封面由林风眠设计,并由画家司徒乔绘制了十幅插图。此时鲁迅身在南方,《君山》的出版设计主要是由京中同人负责的,鲁迅对于京中同人的工作非常满意,在1926年12月5日给韦素园的信件中,鲁迅表达了对于他们的支持和赞成:"《君山》多加插画,很好。"①《君山》的出版标志着《未名新集》的正式诞生,《君山》出版于未名社的一个特殊的忧患时期,即面临狂飙社作家的攻击,因此未名社成员对于《君山》的重视态度体现出同人在面对危机时期的齐心协力。

在《君山》出版后,未名社京中同人立即将此书邮寄给鲁迅,但是期间却发生了一个不愉快的小插曲。即《君山》在邮寄途中,曾因政治原因被当局扣留在邮局里,鲁迅愤慨地表示:"这一本诗,不但说不到'赤',并且也说不到'白',正和作者的年纪一样,是'青'的,而竟被禁锢在邮局里。"②鲁迅以一个"青"字来总结《君山》的风格特征可谓准确和传神,的确如此,《君山》以长篇叙事诗的形式,描写了诗人于旅途当中,偶遇一对姐妹,并与二人一起产生了一段微妙复杂的情感经历,抒发了青年人所特有的敏感热烈的情爱心理。而诗中所写的爱情经历和心理,事实上正是来自于韦丛芜的亲身经历,带有强烈的自叙传色彩。而在形式上,《君山》共40节,600多行,也是新诗中少有的长篇叙事诗。

《君山》之后,《未名新集》推出的第二本著作就是鲁迅的散文集《朝花夕拾》,这不仅是鲁迅个人最有影响力的散文集,同时也是《未名新集》中最为突出的一种了。《朝花夕拾》出版于1928年9月,但内中所收录的十篇散文都创作于1926年,是分两个时期完成的,前五篇写于在京时期,后五篇完成于厦门时期,总计十篇,最初以《旧事重提》为题在《莽原》半月刊上陆续发表。作为鲁迅的两个散文集之

---

① 鲁迅:《鲁迅全集》第11卷,人民文学出版社,2005年版,第643页。
② 鲁迅:《鲁迅全集》第3卷,人民文学出版社,2005年版,第504页。

一,通常研究者会注意到《野草》的写作背景是他一生中一个极度苦闷和彷徨的时期。但是《朝花夕拾》的写作背景同样不平凡,在《朝花夕拾》小引中,鲁迅专门谈到写作该文集的曲折背景:"环境也不一:前两篇写于北京寓所的东壁下;中三篇是流离中所作,地方是医院和木匠房;后五篇却在厦门大学的图书馆的楼上,已经是被学者们挤出集团之后了。"①在这十篇散文写作过程中,鲁迅先是在北京经历了三一八惨案、女师大风潮以及与现代评论派的论争,因支持学生运动而遭受到政府的通缉,几次避难于外国医院,最终不得不选择南下。至厦门后,却又在厦门大学遭遇国学门事件,并重新遭遇现代评论派成员。因此,《朝花夕拾》的写作背景同样也是鲁迅人生中一个极为动荡的时期,在坎坷和艰辛的人生境遇中,鲁迅展开了对于早年往事的温情回忆和叙述,同时也表达着对黑暗现实的强烈不满和坚决反抗。

自1926年初,《莽原》周刊改版为半月刊,由未名社出版。面对不平凡的1926年,鲁迅即便身处各种困境,却仍以不断的投稿坚决支持着《莽原》半月刊。《莽原》由周刊改为半月刊后不久,鲁迅即开始筹划以《旧事重提》为主题的系列散文创作,其中第一篇《狗·猫·鼠》发表于1926年3月10日的《莽原》半月刊第一卷第5期,最后一篇《范爱农》发表于1926年12月25日的第一卷第24期。在连续创作这十篇散文时,鲁迅出于对读者的考虑,要求京中同人务必将这十篇散文在《莽原》半月刊上于一年内全部登完,李霁野回忆:"鲁迅先生嘱咐我们,十篇回忆散文要在《莽原》半月刊上于一年内全部登完,以便购买合订本的人不必再买《朝花夕拾》单行本;愿意要单行本的

---

① 鲁迅:《鲁迅全集》第2卷,人民文学出版社,2005年版,第236页。

期刊订户,人数不多时就赠送。从这点小事,也可以看出先生对读者的关心。"①

李霁野的《影》和台静农的《地之子》于1928年11月出版,是《未名新集》同一时期推出的两本小说集。李霁野的《影》共收入《露珠》、《革命者》、《昼梦》和《艺术家的故事》等6个短篇。小说集的名称为"影",李霁野解释为:"有好几年自己实在好像是影一样生活在人间,这几篇就是那时生活底影中影。过去的生活底影已经是杳无踪迹的了,也不想再追回它来,这影也让它就随同那影消灭了罢。这小集只是墓碑,不过证明他们曾经存在。"②李霁野的《影》与台静农《地之子》的乡土风格截然不同,重在描写小资产阶级知识分子的精神苦闷,体现了青年人的人生的迷惘和幻灭感,也体现了李霁野对于消逝的青春的一种特殊的祭奠。李霁野不擅长小说创作,其更突出的创作成就体现在散文上。《影》也是李霁野唯一一部小说集,鲁迅在编辑《中国新文学大系》小说二集时,曾挑选了李霁野的《嫩黄瓜》和《微笑的脸面》两篇小说,并对其小说创作如此评价:"又有李霁野,以锐敏的感觉创作,有时深而细,真如数着每一片叶的叶脉,但因此就往往不能广,这也是孤寂的发掘者所难以两全的。"③

而台静农的《地之子》却是《未名新集》的一个意外收获,台静农本来既无意于翻译文学,也无意于文学创作,但为了支持病中的韦素园和《莽原》半月刊,出于友谊和责任而开始创作小说。鲁迅曾如此

---

① 李霁野:《鲁迅先生与未名社》,人民文学出版社,1984年版,第77页。
② 转引自唐弢:《晦庵书话》,生活·读书·新知三联书店,2007年版,第210页。
③ 鲁迅:《鲁迅全集》第6卷,人民文学出版社,2005年版,第263页。

评价他的小说创作活动:"台静农是先不想到写小说,后不愿意写小说的人,但为了韦素园的奖劝,为了《莽原》的索稿,他挨到一九二六年,也只得动手了。"①又因为听从鲁迅的建议,台静农在《地之子》中的小说,基本都是从民间取材。台静农本无心插柳的小说创作,在中国现代乡土小说中却占有重要的一席之地,其乡土题材比李霁野的小知识分子题材要宽广深刻得多,因而取得了较高的文学成就。台静农也是未名社中唯一一个不事翻译的成员,在青年时代的求学时期他就表现出对于国学和书画艺术的浓厚兴趣,最后成为海外有名的书法家和学者。

台静农的小说创作只短暂集中在未名社时期,他的小说创作才华也只定格在《未名新集》中。1930年台静农的《建塔者》出版,成为《未名新集》的最后一部,虽然《建塔者》在时间上与《地之子》相差不久,但是题材风格迥异,主要是描写革命者的斗争生活和壮烈牺牲。《建塔者》在艺术成就上虽不及《地之子》,但是在20世纪30年代的革命文学语境中却是先锋的创作,体现出台静农性格激进和进步的一面。此后,除了在抗战时期创作了几篇历史题材小说,台静农不再从事小说创作,然而他却也并不以为憾事。及至晚年,台静农的小说在海外重新出版,其友人和学生如发现出土文物般惊异于其青年时期的小说才能,即杰出的乡土描写能力和深刻冷峻的剖析能力,那是完全有别于他的学者和书法家的形象的,台静农对此却非常淡然。

韦丛芜的《冰块》出版于1929年4月,其中收录了诗人自己创作的诗歌十二首,以及翻译的惠特曼诗歌两首。《冰块》在装帧设计上,

---

① 鲁迅:《鲁迅全集》第6卷,人民文学出版社,2005年版,第263页。

体现出未名社人对于书品质量的注重,让书评家唐弢非常欣赏:"封面出关瑞梧手笔,新月初上,松枝倒挂。今已绝版。未名出书,多用重磅道林纸,毛边精装,书式美观,求之今日,鲜兮难得。"①与《君山》不同,《冰块》中的诗歌多属于政治抒情诗,抒发了大革命失败后小资产阶级知识分子的苦闷情绪。虽然韦丛芜只有两本薄薄的诗集,但是《君山》和《冰块》的出版,他的诗人之名在文坛得以建立。未名社成员中不乏小说和散文创作者,诗人却仅此一位。

除却鲁迅的文学创作不说,单以青年成员而言,未名社的青年成员在文学创作活动上,韦丛芜长于诗歌,韦素园贡献了散文创作,台静农和李霁野以小说扬名。鲁迅在编辑《中国新文学大系》小说二集的时候,在序言中对于未名社及其成员的小说创作都做了介绍,并且对未名社成员的作品也做了重点的选编,主要是李霁野和台静农二人的作品,特别是台静农的小说入选四篇,是《中国新文学大系》小说二集中唯一一位与鲁迅在作品入选篇数上持平的作者。在未名社存在时期,由于社团以发展翻译文学为文艺宗旨,社中成员主要致力于翻译文学事业,因此,他们的文学创作才能并未完全呈现出来。但即便如此,未名社的青年作家通过不多的创作,仍然展现出了他们独特的文学才华。

但从评论和接受的角度来说,未名社青年作家的文学创作却多数长期湮没在文学史中,相对来说,他们的文坛知名度主要还是体现在他们的翻译文学上,未名社的文学事件和相应的文学史意义主要

---

① 唐弢:《晦庵书话》,生活·读书·新知三联书店,2007年版,第334页。

在于其翻译文学。作为现代文学社团的未名社,凭借翻译文学建立其文学史声名,其翻译文学在中国现代文学中留下了极为光辉的一笔。此外未名社的青年作家翻译文学大于创作,并且他们在社团存在时期的创作数量普遍较少,且创作质量并不均衡,风格也不统一。相对来说,台静农作为小说家虽然只有两本小说集,但是他凭借《地之子》就可以进入现代杰出乡土小说作家队伍,以及韦丛芜的《君山》也是现代诗歌中少有的长篇叙事诗佳作。而韦素园和李霁野在未名社时期的文学创作相对较少,他们主要书写小资产阶级知识分子的爱情与人生困惑,个体风格不如台静农和韦丛芜明显和突出,难以在社团中脱颖而出。总体上来看,未名社青年作家的文学创作很难集中评价,这其中个人风格以台静农和韦丛芜相对较为突出,相应地他们的文学创作获得的评论和关注也更多一些。

未名社青年成员在追求翻译文学事业的道路上,普遍获得了鲁迅的悉心指导。而在文学创作上,未名社青年成员同样也受到了鲁迅的直接影响,比如台静农创作乡土小说,从民间取材就是听从鲁迅的建议,而在他的民俗书写和白描艺术上都可以看出鲁迅小说的影响。韦素园的一些散文创作也受到了鲁迅的影响,无论是在题材立意上,还是描写艺术上,都有鲁迅散文集《野草》的影响。李霁野的散文创作最初也是在听从鲁迅的建议下开始的:"鲁迅先生在同我们谈到《出了象牙之塔》的时候,劝我多读点英国的 Essay,并教导我勉力写点这种体裁的文章。"[①]作为当时文坛的最知名作家,鲁迅的文学才能得到广泛的认可,在未名社内部自然也是如此,因此在文学创作

---

① 李霁野:《鲁迅先生与未名社》,人民文学出版社,1984年版,第68页。

上,这些青年们会自觉或不自觉地追随鲁迅。

未名社另一位青年作家曹靖华此时尚没有表现出他的文学创作才能,一方面由于当时的他非常激进,个人精力多放在广泛参加革命事业上。在文学活动上,这一时期曹靖华主要致力于翻译文学事业,且成绩不俗。另一方面,在个人生活上,曹靖华一直游离于未名社之外,与其他成员的人生交集少,未名社群体性的生活和工作方式对于他没有太大影响。留守京中的四位安徽籍未名社成员长期共同生活,在文学创作上彼此影响,共同成长。鲁迅离京后,《莽原》半月刊的组稿和编辑任务全部落在安徽作家群身上,支持《莽原》的发展,成为他们文学创作的共同动力。而游离于社团之外的曹靖华在文学活动上没有受到其他同人的影响,因此在这一时期没有形成明确的文学创作意识,他以散文为代表的文学创作主要是集中在晚年时期。

第三节　从《莽原》半月刊到《未名》半月刊

未名社在刊物上,贡献了《莽原》半月刊和《未名》半月刊。自1925年4月,《莽原》周刊诞生后,安徽作家群成为周刊撰稿者的一部分,进而成为莽原社事实上的成员。1925年8月,安徽作家群与鲁迅共同发起成立未名社,在莽原社成员之外,他们又拥有了自己的新的身份,即未名社作家。但是未名社最初在出版物上,只有从北新书局移出的《未名丛刊》丛书一种,而尚未创办自己的刊物,因此未名社形成后,《莽原》周刊仍旧是未名社成员重要的发文园地。

《莽原》周刊发展至1925年底,由于种种原因陆续出现了一些新的变化。首先是1925年11月27日,《莽原》周刊出至第32期时,因为《京报》的副刊调整,《莽原》将被停刊,鲁迅决定将《莽原》改为半月刊,由未名社出版。因此,1926年1月,《莽原》由周刊正式改版为半月刊,由未名社负责印行出版,但仍由鲁迅负责编辑,并且在刊物名称上仍然继续沿用"莽原"。关于《莽原》半月刊,李霁野有一些特殊的记忆:"关于这个期刊,有两件事值得一记:鲁迅先生的名文《论"费厄泼赖"应该缓行》,在第一期首先发表;《朝花夕拾》也陆续在这个期刊上刊登。"①毫无疑问,鲁迅在《莽原》半月刊所做的这两件事是对于半月刊的一种巨大的支持,鲁迅的作品自然会带动和提升《莽原》半月刊的知名度。而对于京中的未名社同人来说,鲁迅的举动也是让他们深受鼓舞和倍感自豪的,因此李霁野才会将之视为是特别的回忆。《莽原》由周刊改组为半月刊,但此时仍是莽原社的社刊,却是由未名社印行。尽管这一时期的《莽原》在身份上是模糊不清的,但是它作为未名社出版物的事实是不容更改的。

　　其次是在《莽原》半月刊出版了几个月后,莽原社内部成员开始出现分化。1926年4月,成员高长虹决定去上海继续开展他的狂飙运动,将狂飙社南移到上海,但起初并不顺利,因此狂飙社作家仍然还在《莽原》半月刊上发文。1926年8月,鲁迅离开北京去厦门任教前,将《莽原》半月刊的编辑任务交给了未名社成员韦素园,至此,形成了由未名社京中成员对于《莽原》半月刊的主导权,但还不能说《莽原》半月刊就此已成为未名社的刊物了。紧接着9月份由于韦素园

---

① 李霁野:《鲁迅先生与未名社》,人民文学出版社,1984年版,第161页。

按下狂飙社成员的稿件不发,彻底激化了安徽作家群和狂飙社作家群之间的矛盾,并从根本上加速了莽原社的内部分化和衰落,进而也促成了《莽原》半月刊由莽原社社刊向未名社社刊的转变。同时针对高长虹所引发的莽原社的内部分裂行为,1926年9月,初至厦门的鲁迅在给韦素园的信中提出这样的建议:"《莽原》如作者多几个,大概是不足虑的,最后的决定究竟是在实质上。"[①]可见,鲁迅建议以增加撰稿者来应对高长虹的内部分裂。

1926年10月,高长虹南下后已有半年,历经半年的奔走努力,《狂飙》周刊终于在上海复刊,由光华书局出版,高长虹的狂飙社领袖身份也得以恢复。为了进一步扩大《狂飙》的影响,高长虹在上海的刊物上做广告将鲁迅称为"思想界先驱者",并声称狂飙社大规模进行的文艺工作可见于北京的《乌合》、《未名》、《莽原》和《弦上》四种出版物,其中前三种都与鲁迅有关,是由鲁迅主编的,可见高长虹是有意欺骗和误导读者,利用鲁迅和鲁迅主编的出版物来为他的狂飙运动和《狂飙》造势。与安徽作家群矛盾的公开化以及《狂飙》的复活,让高长虹偕同狂飙社成员将文艺重心转移到《狂飙》周刊上,自此以后狂飙社作家彻底撤出《莽原》半月刊,《莽原》半月刊正式成为未名社的刊物,莽原社也不复存在。

针对高长虹利用《莽原》为《狂飙》制造声势和影响的卑劣行径,身在南方的鲁迅和京中同人频繁通信,商讨应对之策。鲁迅首先开始考虑《莽原》改名,在1926年10月29日与李霁野的通信中鲁迅提出:"至于期刊,则我以为有两法,一,从明年一月起,多约些做的人,

---

[①] 鲁迅:《鲁迅全集》第11卷,人民文学出版社,2005年版,第610—611页。

改名另出,以免什么历史关系的牵扯,倘做的人少,就改为月刊,但稿须精选,至于名目,我想'未名'就可以。二,索性暂时不出,待大家有兴致做的时候再说。"①这是鲁迅最早考虑用《未名》替代《莽原》来作为期刊的名称,当时鲁迅离京尚不足两个月,而《莽原》却面临着巨大的内忧外患。外患来自于狂飙社作家对于安徽作家群发起的攻击,内忧则是鲁迅离开北京后,由驻守京中的安徽作家群独当一面主持《莽原》的编辑工作,然而他们的经验和能力尚不足以独立应对,因此当时的《莽原》面临着严峻的稿源危机。针对这些危机,鲁迅在这封信里提出两种建议。从事件的发展情况来看,鲁迅给出的第二种建议,即暂时停刊,肯定是北京未名社同人所不情愿的,因为此后京中成员继续在艰难中维持着《莽原》的编辑和出版。

紧接着,在11月7日给韦素园的信件中,鲁迅又建议更换《莽原》的封面:"关于《莽原》封面,我想最好是请司徒君再画一个,或就近另设法,因为我刚寄陶元庆一信,托他画许多书面,实在难于再开口了。"②由于高长虹对于《莽原》的恶意利用,使得未名社成员不想延续《莽原》半月刊所保留的莽原社时期的风貌,比如期刊的封面,鲁迅建议京中同人请求画家司徒乔再画一幅,以替代原有的封面。

两天后,即在11月9日,鲁迅却突然决定暂时不改《莽原》的名称,且继续印行出版。面对高长虹的不断攻击和制造话题,鲁迅此时也决定不再以沉默或是回避的态度,而是采取积极正面的态度应对。因此,在与韦素园的通信中,鲁迅强调声称:"我想《莽原》只要稿,款

---

① 鲁迅:《鲁迅全集》第11卷,人民文学出版社,2005年版,第595页。
② 鲁迅:《鲁迅全集》第11卷,人民文学出版社,2005年版,第604页。

两样不缺,便管自己办下去。对于长虹,印一张夹在里面也好,索性置之不理也好,不成什么问题。他的种种话,也不足与辨,《莽原》收不到,也不能算一种罪状的。"①信中鲁迅提到的"《莽原》收不到"指的是高长虹在给鲁迅和韦素园的公开信事件中,声称他自到上海后就收不到《莽原》了,有影射未名社成员故意排挤和针对他的意思。而鲁迅告诉京中成员或者给他印一份,或者置之不理均可以。11月21日鲁迅在给韦素园的信件中又建议未名社未来的发展应该是专出书,兼出刊物,建议《莽原》停刊,而另出《未名》。

  翻看鲁迅此时的书信,可以发现在整个1926年年底,他就《莽原》是否易名为《未名》的问题,与京中未名社同人频繁通信。鲁迅在这场矛盾中,最终坚持《莽原》不改名,或许对于具有韧性战斗精神的鲁迅来说,《莽原》易名本身就是一种妥协。11月23日,鲁迅仍然坚持《莽原》不易名:"(这里系指《莽原》,本书作者注)倘不停,我想名目也不必改了,还是《莽原》。《莽原》究竟不是长虹家的。"②在11月28日给韦素园的信件中又重申不改名:"《莽原》改名,我本为息事宁人起见。现在既然破脸,也不必一定改掉了,《莽原》究竟不是长虹的。"③在1926年12月5日给韦素园的信件中继续表明《莽原》不改名的态度立场:"当初我说改名,原为避免纠纷,现长虹既挑战,无须改了,陶君的画,或者可作别用。明年还是叫《莽原》,用旧画。"④此处的画指的是未名社成员在1926年11月以社团名义,委托陶元庆为

---

① 鲁迅:《鲁迅全集》第11卷,人民文学出版社,2005年版,第610页。
② 鲁迅:《鲁迅全集》第11卷,人民文学出版社,2005年版,第630页。
③ 鲁迅:《鲁迅全集》第11卷,人民文学出版社,2005年版,第637页。
④ 鲁迅:《鲁迅全集》第11卷,人民文学出版社,2005年版,第643—644页。

《莽原》半月刊所作的新封面画,《莽原》周刊创刊时的封面是由画家司徒乔所做的,未名社成员因为与高长虹的矛盾纠纷,而《莽原》又确实与高长虹有着一定的关联,因而导致他们一度想更换《莽原》的封面画。

应该说,高长虹对未名社成员发起的攻击对鲁迅也造成了一定的困扰,因为鲁迅就《莽原》易名一事与京中成员在通信中讨论较多,直到1926年12月8日鲁迅在给韦素园的信件中还在询问京中同人的意见:"我前信主张不必改名,也就因为长虹之骂,商之霁野,以为如何?"①同时在这次通信中,鲁迅在得知《莽原》半月刊的销售量已经达到两千时,他非常欣慰于《莽原》良好的发展势头,这或许是在充满危机的1926年,能够安慰他寂寞心灵的一件事了。

在与未名社京中同人多次讨论《莽原》半月刊更名与否问题的同时,鲁迅也开始撰文回击高长虹借用自己的声名为其狂飙运动造势的卑劣行为。鲁迅写下《所谓"思想界先驱者"鲁迅启事》一文,刊登在1926年12月10日《莽原》半月刊第23期上,同时又发表于《语丝》、《北新》和《新女性》等期刊上,表明自己的态度和立场:"我在北京编辑《莽原》,《乌合丛书》,《未名丛刊》三种出版物,所用稿件,皆系以个人名义送来;对于狂飙运动,向不知是怎么一回事:如何运动,运动甚么。"②鲁迅通过此文向社会公告自己所编的刊物只有《莽原》、《未名》和《乌合》,并且俱与狂飙运动无关,这是对高长虹卑劣行为的一次正面有力的回击。

---

① 鲁迅:《鲁迅全集》第11卷,人民文学出版社,2005年版,第648页。
② 鲁迅:《鲁迅全集》第3卷,人民文学出版社,2005年版,第410页。

至 1926 年底,经过长达两个月的讨论,未名社同人最终决定 1927 年的《莽原》半月刊暂不易名,仍沿用旧名。随着 1927 年 1 月《狂飙》出至第 17 期时在上海的停刊,关于《莽原》易名的风波在未名社内部终于暂时平息。此后,鲁迅在与未名社京中同人的通信中,再未纠结于刊物名称更换的问题,关于这一话题的讨论终于暂时中止。但是至 1927 年 10 月,鲁迅定居上海后,发现狂飙社在上海仍然有活动,虽然此时的《狂飙》周刊已经没落,然而却仍有人将高长虹与《莽原》联系在一起。因此 10 月 17 日,鲁迅在给李霁野的信件中再次提起《莽原》半月刊更名的问题:"《莽原》这名称,先前因为赌气,没有改。据我的意思,从明年一月起,可以改称《未名》了,因为《狂飙》已销声匿迹。而且《莽原》开初,和长虹辈有关系,现在也犯不上再用。长虹辈此地有许多人尚称他们为'莽原小鬼',所以《莽原》之名也不甚有趣。但这是我个人的意思,请大家决定。"①

　　自未名社中的安徽作家群对《莽原》半月刊进行编辑和组稿工作后,由于他们主要刊发自己成员的稿件,且社中成员一直以翻译文学为着力点,因此在稿件选择上主要以译文为主,这也导致《莽原》的风格日趋文艺而少激进。因此鲁迅在决定将《莽原》易名为《未名》的同时,对于刊物日后的发展方向,他也提出自己的意见,在 1927 年 11 月 3 日给李霁野的信中,鲁迅这样说:"《莽原》的确少劲,是因为创作,批评少而译文多的缘故。我想,如果我们各定外国文艺杂志一两份,此后专向纯文艺方面用力,一面绍介图画之类,恐怕还要有趣

---

① 鲁迅:《鲁迅全集》第 12 卷,人民文学出版社,2005 年版,第 79 页。

些。"①尽管鲁迅发起《莽原》的初衷是为批评而起,然而他也逐渐意识到在未名社青年成员的主持下,《莽原》风格由批评走向翻译,这种变化或许已是无法扭转的了,因此鲁迅索性建议京中同人不妨让《莽原》专向纯文艺方面发展。

1927年11月25日,《莽原》半月刊第一卷第二十三期上刊登了《关于莽原的结束和未名的开始》一文,该文对于坚持了两年的《莽原》半月刊作了总结,并介绍即将诞生的《未名》半月刊及其发展方向。学者也认为"未名社则以介绍翻译外国文学为主导,显示出在理论建设和创作本体上的实验化倾向",并指出"未名社主导人物是李霁野、韦素园、台静农等人,进入未名时期都不很强调批评主体。在《关于莽原的结束和未名的开始》一文中他们甚至表示要放弃批评:'思想批评啦,学术介绍啦,专门学者撰稿啦……都很好听,但是《未名半月刊》没有这些好货色。'他们并不为没有这些好货色感到惋惜,更没有任何弥补的意思"②。

在《关于莽原的结束和未名的开始》这一短短的广告文中,未名社成员几次提到了社团经济的困窘,如"最困难的就是钱","减少一点印刷费",以及"没有总长津贴千元或若干元"。此时未名社仍然面临着经济危机,然而成员却仍为读者考虑,"我们只想减去四页纸,一方减少一点印刷费,一方减少一点读者的负担。行数以后每页加

---

① 鲁迅:《鲁迅全集》第12卷,人民文学出版社,2005年版,第84页。
② 朱寿桐:《中国现代社团文学史》,人民文学出版社,2004年版,第161页。

四行，所以内容在量上是和以前差不多的"①。体现了未名社切切实实的尊重读者的立场，务实稳重的办刊之风。书评家唐弢就对《莽原》的办刊风格有高度评价："我所藏《莽原》二卷，四十八期，犹是十七八岁时在城隍庙旧书铺中购得者，彼时对书本不甚爱惜，阅后辄弃置。独此志随身携带，至今犹存案头，非震于编者大名，实以切实之刊物不多见；而此中文章，虽绳之以今日之标准，犹有光彩夺目，兀然不倒者，此其所以为佳刊物也！"②

1928年1月，《莽原》半月刊正式易名为《未名》半月刊。"莽原"二字的消失，意味着莽原社时代的终结。《未名》半月刊于1928年1月1日正式创刊，至1930年4月30日出到第二卷第九到十二期合刊号终刊。《未名》半月刊在两年多的时间里共出版两卷，共计24期，其中有延期出版的现象。虽署名为"未名半月刊社编"，但实际上由于韦素园自1926年底病倒后无法顾及社团事务，不再参与任何编辑工作，而台静农一直不参与社团活动，因此实际编者是李霁野和韦丛芜，前期主要由李霁野负责，1930年初韦丛芜接替李霁野管理社务，此后《未名》半月刊主要由他负责编辑。

在《未名》半月刊走向终结时，未名社成员为《未名》的结束创作了一篇《收场白》，全文如下：

<blockquote>两卷共包二十四期的未名半月刊，竟占了两年零四个月的</blockquote>

---

① 转引自山东师范学院中文系现代文学教研组编：《鲁迅主编及参与或指导编辑的杂志》，1976年版，第230—231页。

② 钱德明主编，杨义选编，唐弢：《唐弢书话》，北京出版社，1996年版，第72页。

时间,这刊物的命运是何等地艰辛,也就可想而知了。在编印第一卷第一期的时候,我们大抵都具有继荐原半月刊而维持此刊物的决心,然而出到第五期的时候,他的生命竟因革命与文学被张宗昌的部下文臣查禁,并由那时的北京当局把我们几个人"传"去拘留,而夭折了。经过半年的休息,因出版部之创立,他又复活了,然而此后的他乃是负着伤,而又忍受着高压,苟延残喘而已。时至今日他算是寿终正寝了。

我们感谢所有帮忙撰稿的人,特别是岂明先生。

在这一年中,我们除努力将售缺各书重版出来而外,拟将余力全放在印行《罪与罚》、《近代英国文学史》、《建塔者》等书上。

我们希望明年有更新的书籍,更新的期刊,更新的精神供献给读者,更希望有新的友人合作,但那是明年的事且待明年再说吧。

十九年四月二十八日写于北平市①

这篇短短的《收场白》回顾了《未名》半月刊诞生以来,所走过的不平凡的两年零四个月的道路,从创刊到遭遇军阀查封,然后重新复刊再到最终走向末路的坎坷经历。而一句"时至今日他算是寿终正寝了",则传达了未名社成员对于《未名》的被迫结束的不甘和无奈,流露出不舍和凄凉的情绪。而对于社团以外参与撰稿的人,成员还特别提及对于周作人的感谢。《未名》半月刊时期,稿件绝大多数来自于社团内部的五位青年成员,《未名》主要成了自家成员的文艺园

---

① 《未名》半月刊第二卷第九到十二期终刊号,未名社出版部,1930年版。

地,他们或译作,或创作,而总体上译作远远多于创作。来自社团以外的稿件较少,也是以译文为主,且主要是青年作家的投稿,撰稿者如饶超华、戴望舒、杨丙辰等,他们的投稿却也极为有限,甚至有的作家只发表过一次稿件。在24期的《未名》半月刊中,最知名的撰稿人应该是周作人,他在《未名》半月刊上发表了《荣光之手》、《娼女礼赞》和《论居丧》等作品,称得上是未名社成员之外的最为积极的撰稿者,这种行为对于负责组稿的未名社的京中成员来说当然是一种巨大的支持,因此在《未名》走向终结时,他们会特别表达对于周作人的感激之情。

此外这篇《收场白》还透露了暂时不会结束未名社的出版活动的愿望,比如重版已经售完的书,以及印行《罪与罚》、《近代英国文学史》和《建塔者》等书。就最后的发展结果来看,由于最现实的资金问题,重版售缺之书的愿望并没有实现。而《收场白》中提到的三种书的出版计划最终在1930年未名社解散前实现,这三种书中有两本的译者是韦丛芜,即《罪与罚》和《近代英国文学史》,而《建塔者》的作者则是台静农。从出版时间来看,台静农的《建塔者》是最后出版的,而韦丛芜的两本书略早一些,《近代英国文学史》在出版时改名为《英国文学——拜伦时代》。由于主持未名社最后时期工作的是韦丛芜,而未名社的出版绝唱停留于此,其中有两本竟都属于他自己的,因此韦丛芜的举动也颇受人质疑诟病,被认为有利己主义倾向。

关于《未名》半月刊的终刊号也有一个特别的插曲,即这一期有一位特别的撰稿者李广田,其散文处女作《狱前》发表在终刊号上,并且《狱前》的创作和发表都与未名社之间有着渊源。1927年,李广田和朋友在山东济南第一师范组织了一个书报社代销处,专门赊购和销售当时文坛的进步书刊,其中就包括未名社的书籍,他们的销售方式是卖出之后再继续购买,如此循环。这样到了1928年初,李广田的书报社购买了未名社出版的由李霁野翻译的托洛茨基的《文学与革命》,书籍在从北京寄往山东时,遭遇当时山东督办张宗昌的查封,同时还牵连到北京的未名社,1928年4月未名社也因此遭到查封,导致李霁野、台静农和韦丛芜三人被捕入狱,李霁野和台静农更是坐牢长达五十天。而李广田的遭遇更加坎坷,他遭捕后被判处死刑,家人多方努力,甚至变卖家产也没能将他营救出来。后来因为北伐军打到济南,张宗昌逃跑,李广田才侥幸得以释放,保全生命。获释后,李广田以自己这次独特的经历为原型,以"李曦晨"的笔名,写下散文《狱前》,记载了他这样一次特殊的人生体验和心路历程。而李广田最后将这篇散文发表在《未名》半月刊上,也是一种特别的纪念。

　　未名社在存在的几年中,在长期的经济压力下,仍然贡献了较为可观的出版物,出版的期刊和丛书不仅数量多,而且质量高,切切实实地实现了鲁迅朴素的出版理想,即"未名社之立脚点,一在出版多,二在出版的书可靠"①,即让读者不会因为买未名社的出版物而觉得上当受骗。

---

① 鲁迅:《鲁迅全集》第11卷,人民文学出版社,2005年版,第643页。

第四节　未名社成员编辑的两本鲁迅研究集

除了《未名丛刊》和《未名新集》中收录的译作和著作之外，未名社尚有两本单独印行的出版物，一是台静农所编的《关于鲁迅及其著作》，另一种则是鲁迅的杂文集《坟》，分别由未名社出版于1926年7月和1927年3月。在未名社存在的几年中，未名社成员曾编辑过两种关于鲁迅的研究文集，除了台静农编辑的《关于鲁迅及其著作》，另一本则是由临时成员李何林编辑的《鲁迅论》，由开明书店出版于1930年。

《关于鲁迅及其著作》一书，从内容上来看，既非译作，也非创作，因此不能列入未名社的两种丛书中，只能单独出版，这在未名社出版的书籍中称得上是特别，也可以看出未名社成员对于这本书的重视。该书的内容正如书名所示，所收录的文章都是谈论鲁迅及其著作的，是一本关于鲁迅其人其作的研究文集。《关于鲁迅及其著作》一书，从谈论对象到选编者都是未名社成员，因而绝对是一本具有同人风貌的出版物。同时，从鲁迅研究的角度来说，《关于鲁迅及其著作》是最早的关于鲁迅研究的专集，也是第一本收录鲁迅照片的正式出版物，在鲁迅研究中具有重要意义。

结合鲁迅的人生经历来看，《关于鲁迅及其著作》的编辑时间非常特别，恰逢他离开北京去南方之时，当时的他正处于政治斗争的风口浪尖上。尽管鲁迅一生历经了各种政治风云变幻，但1926年上半年的经历仍然可以称得上惊心动魄。因为在女师大风潮事件中,鲁迅坚决支持学生运动,章士钊发布了对于他的免职。鲁迅被迫提出上诉,身陷官司纠纷。1926年3月26日,段祺瑞执政府密令通缉鲁迅等文化教育界人士48人,鲁迅为此避难于日本人所开的山本医院,直至4月初。紧接着奉系军阀张作霖的先头部队到达北京,北京形势紧张,鲁迅在好友齐寿山的帮助下,于15日与许寿裳一起移住德国医院,至23日返回家。26日,48名通缉者之一邵飘萍被奉系军阀暗杀,为防止意外,鲁迅又避居法国医院。整个四月,鲁迅差不多都在避难中度过,经历了三次曲折的政治避难。此时的鲁迅在政治生活上无疑是陷入水深火热之中,面临着巨大的危机。而散文集《朝花夕拾》的前五篇正是完成于这一时期,鲁迅在该书序言中也回顾了这一时期独特的人生体验。《关于鲁迅及其著作》的编辑时间正是发生在此时,因此该书的编辑出版也是具有特别意义的,在鲁迅遭遇人生的巨大忧患和危机时期,未名社同人整理出了关于鲁迅的早期研究文章,这对于鲁迅来说也是一种莫大的精神鼓舞。并且鲁迅依然保持淡定从容之心应对,与同人一起筹备此文集的出版,也是对于各种政治困扰的一种独特应对。

编者台静农在该书的序言开头就说:"我在最近的期间,约有一月工夫,能将这几年来一般人士对于鲁迅先生及其著作的观察,感想和批评搜集起来,这在我是一件很能慰心的事,因为我完成了我所愿意完成的一部分工作,虽然我并不知道别人对于这事的意见如何。"①从这段话中可以得知的是,《关于鲁迅及其著作》的编辑时间很短,只

---

① 台静农编:《关于鲁迅及其著作》,未名社出版,1926年版,第1页。

有一个月。而从文集的选篇来看,所选的文章在早期鲁迅研究中都具有一定的代表性,编辑质量较高。该书收录的文章都是关于鲁迅的印象和创作的评价,因此,以"关于鲁迅及其著作"来命名是非常合适的。

从《关于鲁迅及其著作》一书的选篇来看,该书由 13 篇评论鲁迅其人其作的文章,以及鲁迅自己所作的《鲁迅自叙传略》一篇构成,此外台静农还为此书撰写了一篇序言。《鲁迅自叙传略》发表于《语丝》周刊第十一期,这篇文章同时也是鲁迅为王希礼翻译的俄文版《阿Q正传》所作的。

对于该书的选编标准,台静农在序言中也做了介绍:"有一两篇文字,在我个人是觉得并非无意义的;还有国外的人,如法国罗曼罗兰对于法文译本《阿Q正传》的评语,和这一篇的俄文译者俄国王希礼君致曹靖华君的信,日本清水安三《支那的新人及黎明运动》中关于他的记载,以及最近美国巴特勒特去访问他的时候的重要的谈话,本来都拟加入,后来却依了鲁迅先生自己的意见,一概中止了,但反而加添了一篇陈源教授的信。"[①]从中可以看出的是,虽然该书是台静农直接选编的,但是鲁迅对于该书的篇目选择也给予了直接的意见,即摒弃国外的评论,而全部选择国内的评论。

从所选择的 13 篇文章来看,评论者的分布非常广泛,显示出编者的特别用心。在这 13 篇文章中,按照编排顺序来看,首先是 5 篇关于鲁迅的印象描述和文艺个性评论,包括曙天女士《访鲁迅先生》、张定璜《鲁迅先生》、尚钺《鲁迅先生》、陈源《致志摩》和马珏《初次见

---

① 台静农编:《关于鲁迅及其著作》,未名社出版,1926 年版,第 1—2 页。

鲁迅先生》；其次是关于鲁迅小说集《呐喊》的评论文章6篇，包括雁冰《读〈呐喊〉》、Y生《读〈呐喊〉》、成仿吾《〈呐喊〉的评论》、冯文炳《呐喊》、玉狼《鲁迅的〈呐喊〉》和天用《呐喊》；此外还有2篇是孙福熙评论小说《示众》的《我所见于示众者》，以及景宋的《鲁迅先生撰译书录》。在5篇关于鲁迅的个人和文学印象谈的文章中，有2篇出自于女性作者之手。吴曙天是语丝社的撰稿人，也是章衣萍的妻子，而马钰是鲁迅好友马幼渔的女儿，她们二人均提供了一种女性眼中的鲁迅形象。而全部文章的作者中，评论者来自于语丝社、莽原社和新月派、文学研究会、创造社、现代评论派等，论者分布广泛，他们从不同的角度和立场发表了对于鲁迅的作品和个性的不同描述。特别是最后对于陈西滢信件的添加，陈西滢作为鲁迅在京时期的最著名的文艺论敌，他最初用口头语言攻击鲁迅的《中国小说史略》是剽窃日本人盐谷温的著作，后来用公开信的形式在《晨报》副刊上刊登《闲话的闲话之闲话引出来的几封信》发起对鲁迅的文字攻击。在陈西滢的这几封信中就有一封1926年1月30日发表的题为《致志摩》的长信，内容上掺杂了大量对鲁迅的主观印象，其中不乏污蔑和造谣之词。鲁迅对此采取了正面的回应，写下《不是信》一文反击，发表于1926年2月8日的《语丝》周刊第65期上。在《关于鲁迅及其著作》中，可以说《致志摩》是唯一一篇对于鲁迅及其创作进行攻击的文章。选择反对者谈论自己的文章，不仅体现了鲁迅注重于多方意见，而并不仅仅拘泥于赞扬之词，同时也体现出鲁迅的自信和勇气。

在《关于鲁迅及其著作》中，由张定璜创作的《鲁迅先生》也是一篇具有特别意义的评论文章。张定璜字凤举，是鲁迅在北京女子师范大学和北京大学的同事，也是鲁迅在京时期的朋友，同时也是《语丝》的撰稿人之一。这篇文章在学界被较广泛地认为是早期鲁迅研究中最有代表性的,但在当事人李霁野提供的回忆文章中,似乎鲁迅当时对于张定璜的某些评价并不认同:"张定璜说他的特色'第一个是冷静,第二个是冷静,第三个还是冷静',他提起来就摇头。"①从鲁迅的性格来说,他对于这样过于夸张和空洞的评价应是无法接受的。

由未名社成员编辑的另一本鲁迅研究文集是《鲁迅论》,编者是李何林,但其本人却并非未名社正式成员,而是临时成员。李何林原名李延寿,也是安徽霍邱人,不仅与未名社安徽作家是同乡,还曾与李霁野和韦丛芜在阜阳第三师范学校一起求学。李何林在1926年到武汉参加北伐军,1927年随军北伐河南奉军,接着又东下讨伐蒋介石,并参加了"八一三"南昌起义。起义失败后,李何林回到霍邱参加地下党组织的革命活动。1928年7月因身份暴露被通缉,辗转逃难到北京,投奔未名社的同乡。出于安全考虑,李何林在当时曾改名为李竹年,而李何林则是他在这一时期所使用的笔名,日后也成为他闻名于世的笔名。

李何林进入未名社不久后,正好赶上未名社从西老虎胡同迁移到景山东街四十号,并开设出版部售书处,当时李何林和一同政治避难的王青士都参加了未名社的工作。在未名社期间,李何林选编了两本文集,即《中国文艺论战》和《鲁迅论》,但是并没有由未名社出版,李霁野的解释是"社里还无力印行"②,这个解释是可靠的,因为未名社当时的经济状况确实并不景气,保证自己成员作品的正常出版

---

① 李霁野:《鲁迅先生与未名社》,人民文学出版社,1984年版,第207页。
② 李霁野:《鲁迅先生与未名社》,人民文学出版社,1984年版,第43页。

都比较困难,因此李何林的《鲁迅论》最后交给上海的北新书局出版,出版于1930年4月。

而在《鲁迅论》之前,李何林还曾编辑过《中国文艺论战》。《中国文艺论战》的形成背景是1928年的中国文艺界的一场关于革命文学的剧烈论争,创造社和太阳社在这一时期提出革命文学的口号和主张,并进而批判和否定五四文学传统,李何林敏锐地意识到这场文艺论争在中国文艺进程中的重要意义,于是他用了两个月时间,搜集相关文章,结集成书。这是第一部关于中国现代文艺思想论战的史料集,也是一部和鲁迅有关的书。该书的编辑看似零散,实际上有一个中心,即紧紧围绕鲁迅,集中选择了以鲁迅为代表的语丝派和创造社之间的文艺论争。虽然在当时除了创造社之外,还有同样倡导革命文学的对于鲁迅的批评。但是创造社对于以鲁迅为代表的五四文学传统的否定最为直接,很多批评文章都出自于创造社成员之手,比如1928年冯乃超在《文化批判》上发表《艺术与生活》抨击鲁迅,开启了创造社文人对于鲁迅的批判,紧接着成仿吾发表《从文学革命到革命文学》集中批评鲁迅和语丝派是"闲暇,闲暇,第三个闲暇",称他们为"有闲阶级"[1]。对于这一点李何林的认识非常清楚:"至于以鲁迅为中心的'语丝派'则和创造社一般人立于针锋相对的地位!——也就是它们两方作成了这一次论战的两个敌对阵营的主力。"[2]因此在选编《中国文艺论战》的时候,他着重于突出语丝派和创造社的文艺论争文章。画室(冯雪峰)作为鲁迅晚年的学生,也认为当时创造社对

---

[1] 史若平编:《成仿吾研究资料》,知识产权出版社,2011年版,第188页。
[2] 李何林编:《中国文艺论战》原版序言,陕西人民出版社,1984年版,第10页。

于鲁迅的攻击尤为突出,并且还认为创造社的革命作家有借此为社团扬名之嫌:"一本大杂志有半本是攻击鲁迅的文章,在别的许多的地方是大书着'创造社'的字样,而这只是为要抬出创造社来。"①

因此,在文章的编排上,《中国文艺论战》一书主要以创造社和语丝派的文章为主,分为五个部分,"语丝派及其他"文章24篇,"创造社及其他"文章13篇,"小说月报及其他"3篇,"新月"2篇,以及"现代文化及其他"5篇。该书中的文章从发表时间上来看集中于1927年到1929年,而1928年的占了绝大多数,因为这一年正是关于革命文学论争最为火热之时。

从主观上来说,李何林编辑《中国文艺论战》一书还有一个原因,那就是出于对文艺现象和文艺问题的兴趣。而李何林对于文艺批评活动和文艺论争的兴趣却是在编辑这两部书之前就已存在的。在未名社短暂工作期间,李何林的文学视野更是大大开阔,他阅读到大量的期刊文章,正如他说的:"又由于从'五四'以来我就对于'文言白话'、'新旧文学'之争,'为人生而艺术'和'为艺术而艺术'之争,很感兴趣;对'革命文学'之争,也很感兴趣。"②

作为初出茅庐的文艺工作者,《中国文艺论战》从成书到出版的时间非常短暂,并获得文艺界的认同,这使得李何林深受鼓舞,尽管他当时已经离开未名社,去往河北省立女子师范学院任教,但他还是在工作之余开始全面关注鲁迅,收集鲁迅研究方面的书刊文章,在20

---

① 画室:《革命与智识阶级》,李何林编:《中国文艺论战》,陕西人民出版社,1984年版,第18页。

② 李何林:重印《中国文艺论战》说明,李何林编:《中国文艺论战》,陕西人民出版社,1984年版,第3页。

世纪20年代末期把二十几篇有关鲁迅的文学评论文章收集起来,于是就有了《鲁迅论》一书的诞生。李何林的《鲁迅论》,是继台静农的《关于鲁迅及其著作》和钟敬文的《鲁迅在广东》之后的第三本关于鲁迅的专集,李何林谈及自己的编辑理由是:"关于这些文字的收集成书,以供一般读者的参考,虽然已经有台静农的《关于鲁迅及其著作》和钟敬文的《鲁迅在广东》;但后者限于一时一地,前者所搜集的又仅到一九二六年为止(即一九二六年以前的也不完全)。里面也都不全是理论的批评的文字,而夹杂些记游式的访问篇章。并且自从近两年来所谓'革命文学'喊出来以后,对于鲁迅及其著作似乎已经又有新的评价,又有很多站在另一观点上而作的批评的文字发表了。"①可见李何林编辑这本书也有考虑革命文学语境下的鲁迅评论的因素,而这一立场也是与他编辑《中国文艺论战》的态度相一致的,因而他所选择的24篇文章中,除了有10篇与《关于鲁迅及其著作》重合外,另外还选了14篇新的评论文章,其中主要是增加了革命文学语境下的鲁迅批评文章。《鲁迅论》一书中的批评者的文艺立场更多元化,批评文章也更加具有现实针对性。

虽然李何林从来都不是未名社的正式成员,当时出于对李何林的保护,李霁野曾跟李何林签订了其作为临时成员的合同。在未名社的短暂避难时间,李何林正式开启了自己的文艺生涯,也让自己的文艺兴趣得到了初次实践。正是在未名社时期,李何林开始了对于文艺资料的系统阅读,并形成了独特的文艺洞察力和鉴别能力。在短短的几个月时间中,李何林编辑了《中国文艺论战》和《鲁迅论》两

---

① 李何林编:《鲁迅论》,陕西人民出版社,1984年版,第17页。

本书，即是他文艺活动的开始，也体现出他的文艺倾向，为他日后从事鲁迅研究和文艺批评活动打下了坚实的基础。李何林日后成为鲁迅研究专家以及鲁迅博物馆第一任馆长并非偶然，其实在他最初编辑这两本书时，就已经体现出他对于鲁迅研究话题的浓厚兴趣。尽管李何林身在未名社时，鲁迅已在上海，然而他却一直深怀着对于鲁迅的仰慕和尊敬之情。此后李何林也没有机会与鲁迅见面，但是对于鲁迅的维护和尊重却自此开始。在抗战时期，李何林编辑了《近二十年中国文艺思潮论》，体现了他对鲁迅的尊重。此书出版于1940年，开头以《现代中国两大文艺思想家》为标题，分别刊出鲁迅和瞿秋白的照片。在当时以周扬为代表的"国防文学"和以鲁迅为代表的"大众文学"的两个口号之争的问题上，李何林以自己的这一行为举动，坚定地站在了鲁迅的立场上。

第四章　鲁迅与未名社

第一节　北京后期：发起成立未名社

作为一个由鲁迅亲手扶植和培育成长起来的文学社团,未名社从成立走向衰亡的发展历程自然都是和鲁迅的人生紧密相连的。未名社作为鲁迅早年发起成立的文学社团,在他参与的文学社团中也较为特别,因为它诞生和成长于鲁迅人生中一个动荡不安的时期,而它的兴衰成败也交织着鲁迅种种复杂的情感态度。未名社的社址和出版部自始至终都在北京,五位青年成员中有四位成员长期驻守北京,只有曹靖华从未参与过社团的事务活动,未在未名社驻守过,主要以文学翻译活动支持着未名社。鲁迅虽然不像曹靖华那样在人生上脱离社团,但相对其他四位成员来说,也较为特殊一点。从地理空间的变化来考察鲁迅和未名社的关系,可以将鲁迅与未名社的关系分为三个阶段,即北京后期、南方时期和上海时期。

参与未名社是鲁迅个体人生经历中的一个重要组成部分,在未名社存在的几年中,鲁迅在个人人生道路上颇为曲折:在生活空间上,经历了从北京到厦门、广州,再到上海;在政治生活上,鲁迅的遭遇也颇为坎坷,在北京后期,因为正面对抗军阀政府暴政,一度遭遇政府通缉,辗转南下。而在短暂的南方时期,鲁迅再次牵扯到与现代评论派的人事纠纷中。到达上海不久,他又迅速陷入革命文学的夹击和围攻中。但在坎坷的人生浮沉中,鲁迅始终心系未名社。并且在离京后,鲁迅与驻守京中的未名社同人始终保持联系,适时针对社团发展给予各种指导建议。

1933年春,未名社在京、沪两地报纸分别刊登启事,宣布取消未名社及未名社出版部的名称,宣告社团及其文艺活动的正式结束。实际上在1932年,未名社的文艺活动已经基本结束,并且所有事务也都转给开明书店。鲁迅全力发起了未名社的成立,亲手扶植了未名社青年在文学翻译和创作活动上的成长。同时,作为核心和灵魂成员的鲁迅,也和未名社其他成员一起亲历和见证了社团从繁荣走向衰落。鲁迅与未名社同人患难与共,如同他深情赞美过的英年早逝的韦素园一样,始终"在默默中支持了未名社"①。

虽然未名社发起于1925年夏天,但是此前鲁迅就开始了与社中青年成员的往来,因此考察北京时期的鲁迅和未名社的关系,这个时间还可以往前推,存在一个前未名社时期,即在社团成立之前鲁迅与青年成员的交往,那应该是从鲁迅帮助李霁野审阅译稿《往星中》开始,即1924年9月开始,至1926年8月鲁迅离开北京结束,正好是两年的时间。鲁迅在北京的最后两年时间经历了与未名社青年作家

---

① 鲁迅:《鲁迅全集》第6卷,人民文学出版社,2005年版,第69页。

的相识,发起成立未名社,并在未名社短暂主持工作。

北京时期的最后两年对于鲁迅来说,无论在私人生活空间,还是在公共生活空间上,都是极为艰难的一个时期。在私人生活中,鲁迅自1923年7月遭遇兄弟失和后,不仅承受了巨大的心灵痛楚,还遭受了健康上的打击,并导致肺病复发。伴随兄弟失和接踵而至的是母亲鲁瑞和妻子朱安的安置问题。鲁迅从八道湾搬出后,经由学生许羡苏介绍,在砖塔胡同的俞芬家暂时借住。对于鲁迅来说,他从不注重于物质生活的享受,因为他一直坚信"生活太安逸了,工作就被生活所累了"①,因此,他个人的居住问题容易解决。但是鲁迅搬离八道湾时,曾询问过朱安的去留问题,而朱安表示不愿意再回绍兴故乡,要继续留在北京。此外,鲁迅的母亲鲁瑞也表达过想跟他一起生活的意愿,因为她深知周作人的责任心不强,她只有将赡养自己晚年的希望寄托于鲁迅身上。

对于鲁迅来说,要同时照顾好母亲和朱安,自然必须要重新购置房产,为此他背负上了沉重的生活负担。自1923年下半年到1924年上半年,鲁迅私人生活上最大的事情就是购置房产。1923年10月30日,鲁迅决定购买西三条胡同二十一号的房屋六间,并付下定金;12月2日,鲁迅正式签订购房合同,买下房屋。1924年上半年,因为房屋状况并不理想,鲁迅在日常生活中的一件重要事情就是对房屋进行修缮。房屋的修缮事务较为烦琐,占去了鲁迅很大一部分精力,至5月份才完工。

察看1924年上半年的鲁迅日记,可以发现他在金钱上支出较

---

① 孙伏园、孙福熙:《孙氏兄弟谈鲁迅》,新星出版社,2006年版,第15页。

多,并且还有借债,这种状况一直持续到下半年才有所缓解。购置房产对于鲁迅来说不是第一次,在这之前的1919年,他曾将整个大家庭从绍兴迁到北京,那次主要也是由他一个人承担。尽管1919年购置八道湾的房子时,是为全家人打算,鲁迅投入的精力更多,但他当时的心情是喜悦的。对于在家族中扮演长子和长兄角色的鲁迅来说,上有老母,下有兄弟,一家人能其乐融融地生活在一起无疑是一件美好的事情。因此在房屋的选择上鲁迅非常精心,八道湾住宅地理位置好,是一所四合院,房屋多,适合大家庭生活。虽然房价昂贵,但当时在经济生活上,周作人跟鲁迅一起,共同承担了房产的购置和家庭开支。而更重要的是,此时的鲁迅和周作人之间兄弟情深,因此鲁迅并不将之视为苦差事。

与1919年购置八道湾房产时的经历相比,1923年购置西三条胡同的住宅,对鲁迅来说是一段非常痛苦的经历。此前鲁迅在八道湾居住时,一直与周作人共同担负着大家庭的日常生活开支,而管理家庭经济账目的周作人的日本夫人羽太信子生活非常奢侈,使得鲁迅并没有什么积蓄。因此再次购置房产时,鲁迅选择在西三条胡同购房,西三条地处阜成门城墙边,算是旧时北京的贫民区了,当时居住于此地的多是社会底层人,居住环境自然是不可与八道湾相提并论的。而在情感上,因为与周作人的失和,和至亲的被迫分离,对于鲁迅来说更是痛苦的事情。因此,在经济、情感和疾病的多重压力下,鲁迅完成了对西三条胡同新居的购置和修缮。1924年5月25日,鲁迅正式搬迁至西三条胡同新居,与他一起迁入的还有妻子朱安和母亲鲁瑞。这种因为照顾亲人生活所带来的巨大的精神消耗,让鲁迅倍感沉重和压抑,及至晚年,鲁迅在1932年6月5日给台静农的信件中,仍然以苍凉的口吻如此倾诉:"负担亲族生活,实为大苦,我一生亦大半困于此事,以至头白。"①鲁迅的好友许寿裳也认为,造成鲁迅早逝有三个原因:"(一)心境的寂寞,(二)精力的剥夺,(三)经济的压迫,而以这(三)为最大的致命伤。"②而在经济的压迫这一点上,其中不少是来自于家族的经济负担。

同时在京后期,鲁迅在各种矛盾和困扰中,还遭遇了与许广平的恋爱。1923年底,鲁迅开始在北京女子师范大学兼职上课,获得学生许广平的倾慕之情。在反对校长杨荫榆的斗争中,鲁迅坚定地站在以许广平为代表的进步学生立场上,更是拉近了两人之间的距离。尽管与许广平的爱情才是鲁迅人生中真正意义上的恋爱,然而对于当时已有家室,且是文坛名流作家的鲁迅来说,这场恋爱在一开始就让他背负上了沉重的道德压力。最终,在巨大的道德与情爱的困惑冲突中,鲁迅还是勇敢地选择了与许广平的恋爱。

1925年3月11日,许广平斗胆给老师鲁迅写了一封信,鲁迅当日即给予回复,自此在书信世界中,两人展开了从师生到恋人再到伴侣的情感历程。即便鲁迅在恋爱事件没有明朗之前,主观上根本不想将之公布,但是关于他们恋爱的各种流言蜚语在当时还是迅速传开,尤其是在鲁迅离京南下后,谣言更是四起。鲁迅携许广平一同南下,给好事者提供了丰富的想象空间和各种谈资。鲁迅南下的原因颇为复杂,不可否认的是其中不乏避开恋爱舆论的压力,以及为今后人生考虑的打算。鲁迅料想公布恋爱后可能会造成强烈的社会反

---

① 鲁迅:《鲁迅全集》第12卷,人民文学出版社,2005年版,第308页。
② 许寿裳:《亡友鲁迅印象记》,人民文学出版社,1977年版,第105页。

响,因此选择离开北京,将谣言置于身后。鲁迅一路向南,取道上海,去往厦门,人还未至上海,关于他和许广平的恋爱事件就已由京中的知情人散布出来,上海的亲友多数因此已先行知道了。这其中,传布此事的就有鲁迅的京中好友孙伏园。在1926年9月14日初到厦门时,鲁迅在给许广平的信件中谈到,三弟周建人在他至上海之前就已知晓他和许广平的恋爱事件,而上海的相识之人看到鲁迅与许广平的结伴同行更是坚信此事,周建人对于兄长的安慰则是:"这也很好,省得将来自己发表。"①

公众生活上,1924年底,在遭受新月派的排挤后,鲁迅与孙伏园等人发起成立《语丝》周刊。1925年初,《京报》副刊发出征求"青年爱读书"和"青年必读书"的启事,发起由文坛名家指导青年读书的活动,鲁迅应邀参加。在2月21日的《京报》副刊上,鲁迅发表《青年必读书》一文,文中提出这样的观点:"中国书虽有劝人入世的话,也多是僵尸的乐观;外国书即使是颓唐和厌世的,但却是活人的颓唐和厌世。"并进而提出:"我以为要少——或者竟不——看中国书,多看外国书。"②此文一出,一片哗然,在社会上引起多方面的争议,特别是鲁迅和现代评论派开展了激烈的文艺论争。不看中国书自然只是一种过激的言辞,却也显示出鲁迅的一种决绝的勇气和态度,即引入外来的新鲜的文艺血液注入古老中国文化的血脉,达到以新抗旧,彻底打破和改变中国旧文化面貌的目的。

4月,出于对当时北京报刊界的不满,鲁迅接受《京报》主编邵飘

---

① 鲁迅:《鲁迅全集》第11卷,人民文学出版社,2005年版,第546页。
② 鲁迅:《鲁迅全集》第3卷,人民文学出版社,2005年版,第12页。

萍的邀请,创办《莽原》周刊,发起成立莽原社。8月,几乎在开创未名社的同一时间,鲁迅坚定支持女师大学潮,在军阀政府和进步学生的对立冲突中,他站在了学生的立场上,因此被段祺瑞执政府免去教育部佥事的职务。围绕女师大风潮事件,鲁迅在《语丝》上与现代评论派成员之间展开了更加激烈的论战。特别是鲁迅与陈源的笔战,尤为频繁激烈,二人因此结怨,闹得不可开交。李霁野认为:"鲁迅先生同《现代评论》派陈源即西滢之流的斗争,是为'青年必读书'引起的斗争的继续。这也是一场严肃的政治斗争,因为《现代评论》派的后台是北洋军阀。女师大风潮是这场斗争的序曲和组成部分。"①

1925年9月底,在各种危机困扰中,鲁迅肺病严重复发。1925年11月底,女师大复校,章士钊被驱逐到天津,皖系军阀段祺瑞衰落,段祺瑞执政府遭到民众驱逐。1926年1月,鲁迅获得教育部的复职。3月份发生三一八惨案,因为支持学生的爱国活动,鲁迅遭到北洋政府通缉。4月,奉系军阀先头部队到达京郊,北京形势又趋于紧张,鲁迅先后两次到德国医院和法国医院避难。在这种严峻的情形下,1926年7月,鲁迅接受厦门大学聘请。1926年8月26日,鲁迅与许广平一起离开北京南下,他去往厦门,而许广平则去往广州。

可见,在1925年夏天未名社成立前后,无论是在私人生活中,还是在公众生活中,鲁迅都面临着各种困境和压力,且深深地感到寂寞和孤独,这种寂寞让他喜欢跟青年们在一起。但是同时,鲁迅又担心在跟青年们的交往中,怕自己的灵魂中不好的东西会传染给青年们,让他们因此而变得消沉。1924年9月24日,在给学生李秉中的信件

---

① 李霁野:《鲁迅先生与未名社》,人民文学出版社,1984年版,第10页。

中鲁迅就谈到自己这种矛盾的心境:"我这里的客并不多,我喜欢寂寞,又憎恶寂寞,所以有青年肯来访问我,很使我喜欢。但我说一句真话罢,这大约你未曾觉得的,就是这人如果以我为是,我便发生一种悲哀,怕他要陷入我一类的命运;倘若一见之后,觉得我非其族类,不复再来,我便知道他较我更有希望,十分放心了。"①又说:"我自己总觉得我的灵魂里有毒气和鬼气,我极憎恶他,想除去他,而不能。我虽然竭力遮蔽着,总还恐怕传染给别人,我之所以对于和我往来较多的人有时不免觉到悲哀者以此。"②

在这样一个苦恼彷徨的人生阶段,鲁迅与几个有意于翻译文学的安徽青年相遇,后者作为文坛的边缘存在者,却有着对于翻译文学的巨大热情。鲁迅从他们身上发现了难能可贵的对于翻译文学的追求精神,觉得可以以此作为打破旧文化束缚的一个突破点。长期以来,鲁迅对于中国的文化现状都极为不满,其陈腐和落后在鲁迅看来是制约民族发展的障碍,他试图倡导思想界的革命,也曾振臂高呼,但却没有应者云集。因此鲁迅一直渴望遇到志同道合之人,与他一起打破中国文化的沉寂状态。在《青年必读书》一文中,鲁迅流露出的态度可以说是对于旧文化的反抗,虽然未免有些偏激,但却也属于无奈之言。要引进国外的进步文化,就需要翻译人才,因此和未名社青年组团结社,翻译丛书,看似偶然,实则体现了鲁迅试图引入外来文学中的新鲜文化因子打破中国的文艺现状的心愿。1933年,在《自选集自序》一文中,鲁迅曾谈到这个阶段他对于当时文坛在失望

---

① 鲁迅:《鲁迅全集》第11卷,人民文学出版社,2005年版,第452页。
② 鲁迅:《鲁迅全集》第11卷,人民文学出版社,2005年版,第453页。

中有所期待的矛盾心理,以及他在困惑中是如何开展文学创作的:"后来《新青年》团体散掉了,有的高升,有的退隐,有的前进,我又经验了一回同一战阵中的伙伴还是会这么变化,并且落得一个'作家'的头衔,依然在沙漠中走来走去,不过已经逃不出在散漫的刊物上做文字,叫作随便谈谈。有了小感触,就写些短文,夸大点说,就是散文诗,以后印成一本,谓之《野草》。得到较整齐的材料,则还是做短篇小说,只因为成了游勇,布不成阵了,所以技术虽然比先前好一些,思想也似乎较无拘束,而战斗的意气却冷得不少。新的战友在那里呢?我想,这是很不好的。于是集印了这时期的十一篇作品。谓之《彷徨》,愿以后不再这模样。"①

对于鲁迅来说,文学翻译是他全部文艺活动中的重要一项,然而长期以来,由于他在文学创作上的成就过于辉煌,因而掩盖了他文学翻译活动的光辉。有学者认为:"鲁迅首先是个翻译家,其次是个作家。"②南京求学时期,鲁迅开始接受外来文学的影响,许寿裳介绍当时的鲁迅"课余辄读译本新书"③。1903年秋,鲁迅译成《月界旅行》,这应该是他最早的译作了。

鲁迅在日本留学期间,弃医从文,主张发展新文艺来救国救民,同时他也一直在苦苦寻找具体的策略和方法,在最初的尝试中,翻译成为他文艺救国的一个重要策略。因此在日本时期,鲁迅就和周作人翻译《域外小说集》,专门介绍外国文学。《域外小说集》于1909年

---

① 鲁迅:《鲁迅全集》第4卷,人民文学出版社,2005年版,第469页。
② 孙郁:《文字后的历史》,《当代作家评论》2001年第1期,第70页。
③ 中国社会科学院文学研究所鲁迅研究室编:《1913—1983鲁迅研究学术论著资料汇编》第二卷,中国文联出版公司,1986年版,第12页。

在东京出版,这也是鲁迅和周作人的第一部译作。《域外小说集》共两册,收入译作16篇,均以文言翻译。鲁迅在初版的序言中称:"异域文术新宗,自此始入华土。使有士卓特,不为常俗所囿,必将犁然有当于心。按邦国时期,籀读其心声,以相度神思之所在,则此虽大涛之微沤与,而性解思惟,实寓于此。中国译界,亦由是无迟暮之感矣。"①其中鲁迅据德文重译3篇,即安德列耶夫的《谩》和《默》,以及迦尔洵的《四日》,其余13篇则由周作人据英文翻译或重译。《域外小说集》中的作品多是来自于俄国及东欧进步民族的,这些小说大多具有凝重悲凉的风格,特别是由鲁迅翻译的安德列耶夫的作品。鲁迅日后曾回忆《域外小说集》产生的背景,就谈到当时他和周作人"但也不是自己想创作,注重的倒是在绍介,在翻译,而尤其注重于短篇,特别是被压迫的民族中的作者的作品。因为那时正盛行着排满论,有些青年,都引那叫喊和反抗的作者为同调的"②。可见,鲁迅和周作人翻译《域外小说集》的目的正是为了引入外国文学,尤其是被压迫民族的作品,以激荡当时的社会气氛。正是从翻译《域外小说集》开始,鲁迅开始有意识地倡导进步文学翻译事业,并且这也成为他终生的文艺追求。

留日归国后,鲁迅也曾寻找新的文艺手段开展思想革命,但却又深深无奈于当时黑暗的现实环境。1912年5月,鲁迅接受蔡元培邀请,进京担任教育部部员。此后的六年里,鲁迅在绍兴会馆中一直默默潜心于古籍的整理和校订。直到1918年4月,鲁迅终于接受钱玄

---

① 鲁迅:《鲁迅全集》第10卷,人民文学出版社,2005年版,第168页。
② 鲁迅:《鲁迅全集》第4卷,人民文学出版社,2005年版,第525页。

同的邀请,为《新青年》撰文,发表《狂人日记》,并成为《新青年》作者群中的一员。《新青年》让鲁迅看到了思想革命的希望,在《新青年》时期,鲁迅尤其注重在《随感录》栏目上发文,正是在《随感录》上撰写的批评类的杂感文字,让鲁迅发现了另外一种文艺救国的具体策略,即开展各类文艺批评活动。在《新青年》时期,鲁迅在创作之余,仍然没有放弃翻译,他一共翻译了四篇作品,包括《一个青年的梦》、《幸福》、《三浦右卫门的最后》和《狭的笼》,虽然数量不算多,但可以看出他对于翻译文学的探索。1920年1月,鲁迅译成武者小路笃实的《一个青年的梦》,10月译成《工人绥惠略夫》,1922年5月译成爱罗先珂的《桃色的云》,1924年10月译成厨川白村的《苦闷的象征》。

在鲁迅生活的时代,翻译文学并没有得到应有的重视。然而鲁迅敏锐地认识到引入进步的外国文学的重要性,并为此倾注了大量的心血,除了自己的亲身实践之外,他尤其着意扶植翻译人才,特别是青年译者。因此,鲁迅一直苦苦寻觅志同道合的青年。从时间上来看,鲁迅最先遇到的正是安徽作家群,这群青年出身平凡,毫无耀眼之处,文学起点并不高,但是鲁迅慧眼识珠,从他们身上发现了难得的翻译才能,这才能却并不为一般青年所具备,也是中国文艺紧缺的,而让鲁迅更为赏识的是,这群青年还坚定地以此作为自己的文学志向孜孜以求。

在京后期,鲁迅对于未名社的支持首先是经济上的,未名社这个小团体是从零开始的,是由鲁迅和几个毫无经济能力和文学声名的青年人自谋经营的,社团的文艺活动从编辑和印行《未名丛刊》开始。这跟鲁迅同时期所参加的文学社团都不同,虽然莽原社成员绝大多数也是年轻人,且也以发行《莽原》周刊作为社团的文艺活动,但是由于《莽原》开始时是作为《京报》的周刊而存在的,所以不存在印行资本的压力。语丝社只是在开始时提出由成员募集资金,但是语丝社成员主要都是文坛名流作者,且《语丝》只是周刊,出版成本较低。最重要的是《语丝》一经问世,其销量一直很好,很快就收回印刷成本紧接着印行下一期。而未名社的成员都只是普通文学青年,连基本的生计问题都难以维持,因此鲁迅对于未名社的资金支持更大,在社团发展初期,鲁迅在自身经济并不宽裕的情况下,先后投入了四百多元,自费印行社中不知名的青年译者的书稿,这是对于中国翻译文学事业的巨大支持。

鲁迅对未名社的支持,其次是工作上的,亲自担任《莽原》周刊和半月刊的编辑,鲁迅通过行使《莽原》的主编权,借助于《莽原》的平台资源,促进了未名社作家在文学上的快速成长。从1925年4月到1926年8月鲁迅离京前,他一直担任《莽原》的主编,前后一共编辑了48期,包括《莽原》周刊32期,《莽原》半月刊16期。从1926年9月开始至1927年12月,《莽原》由未名社京中青年作家独立编辑,他们负责编辑了32期《莽原》半月刊。从数量上来看,鲁迅担负了《莽原》的大部分编辑工作。无论是未名社成立前,还是成立后,社团成员都曾依托于《莽原》发文,《莽原》是他们最依赖的文艺阵地,为未名社成员发文提供了重要平台。在《莽原》周刊诞生后,鲁迅鼓励和支持安徽青年作家发文投稿,使得他们在短时间内成长为《莽原》的撰稿者。虽然《莽原》的创办是为批评而起,但是鲁迅仍然在不多的版面上为安徽作家群留下了发表空间,这既是对于他们个人的文学上的扶持,也是对于翻译文学的重视。

此外,鲁迅还全力负责编辑了未名社的各种出版物。鲁迅亲手设计未名社出版物的广告,风格平实,绝不夸大其词。鲁迅严格校订书稿内容和文字,不仅只是校订自己的书籍,他还义不容辞地帮助未名社青年成员校订书稿。未名社青年的外文基础都不算好,且大部分成员在当时处于文学起步时期,文学功底也不强,但是鲁迅以极大的耐心对他们进行了指导。对于各种出版物,鲁迅不仅注重内容质量,而且还很注重出版物的外在。鲁迅对于书籍的装帧设计,特别是书本的封面设计都极为讲究。甚至具体到字体、标点符号和印刷排版,以及用纸和装订等,鲁迅都事无巨细,绝不含糊。李霁野曾回忆鲁迅对于出版物的严谨认真态度:"先生离京前,译作除由我们校二次外,还亲校二次,所以错字绝少。纸张、墨色、装订、书面的颜色等等,先生都一一注意,一丝不苟。这些看来似乎是小事,但我以为很可以从此看出先生的认真精神。"①唐弢也曾盛赞鲁迅对于出版物的细致认真:"凡有从实践中得来的好的主张,一定坚持到底,真所谓数十年如一日。至于对各国人名通例,详加解释,连标点符号的用法,亦一一介绍,更可见开垦者筚路蓝缕的苦心。"②

第二节　南方时期:全力支持

鲁迅于1926年8月26日离开北京,先是经过上海,然后从上海

---

① 李霁野:《鲁迅先生与未名社》,人民文学出版社,1984年版,第66页。
② 唐弢:《晦庵书话》,生活·读书·新知三联书店,2007年版,第13—14页。

到厦门。鲁迅自 1926 年 9 月在厦门大学任教,1927 年初辞职。紧接着到中山大学任教。1927 年 4 月鲁迅从中山大学辞职,后在广州租住的房屋中写作,到 1927 年 10 月初回上海,这期间有一年多的时间。

南方之行鲁迅的主要活动是教书,这是出于对经济的考虑。在初到厦门的时候,鲁迅在给许广平的信件中说:"我在此地其实也是卖身,除为了薪水之外,再没有别的什么,但我现在或者还可以暂时敷衍,再看情形。"①鲁迅在京后期遭遇种种政治冲击,一度遭到政府通缉,由于失去教育部的公务员工作,他需要谋求新的生路,缓解暂时的经济困境。正在这时林语堂前来找他去厦门大学任教,鲁迅选择接受厦门大学的聘请,一个重要的原因就是因为厦门大学给他每月高达 400 元的薪水,这对于当时的他来说自然具有不小的经济吸引力,而且还可以让他暂时远离北京的各种纷扰。总之,离开北京去往厦门,可以让鲁迅暂时避开诸如生计、恋爱和政治生活的种种困扰,是他为自己所寻求的一种权宜之计。

鲁迅于 1926 年 9 月 4 日到达厦门大学,1926 年 10 月初,他从韦素园寄来的明信片中得知未名社从原来的新开路 5 号,即韦素园在北京大学红楼附近的租住处迁至西老胡同一号,自此,未名社终于有了正式的社址。未名社自成立后,经过一年多的发展,已经有了较为稳定的读者,且社团经营状况较好,成员对于社团的发展充满着信心。

据现有的鲁迅书信来看,鲁迅于 9 月 4 日到达厦门后,立即给京

---

① 鲁迅:《鲁迅全集》第 11 卷,人民文学出版社,2005 年,第 574 页。

中的亲友写信。鲁迅写第一封信时,尚在轮船上还未到达厦门,是给许广平的,然后又接连在9月13日和14日给许广平写了两封信,足见处于恋爱中的他心情的热烈。9月7日鲁迅给好友许寿裳写了一封信,主要是谈论试图通过林语堂为许寿裳在厦门大学谋取职位之事,但是一直没有结果,让鲁迅心生不安,他立即写信告知好友,可见鲁迅对这位好友的重视。同时鲁迅还在信中向许寿裳汇报了自己初到厦门的一些情况,厦门大学虽给鲁迅发了聘书,但校方办事效率低,鲁迅到达厦门后,校方并未立即跟他签订合同,一向讲究契约精神的鲁迅对此自然不满,甚至刚到就生出"我之行止,临时再定"①之意。

初到厦门,面临一个完全陌生的环境,鲁迅在生活上有许多不适应。尤其是他身处北京已久,对于南方的气候、语言和饮食等都有各种不适之感,甚至连读书他都觉得南方比不上京中方便,然而他也只是偶尔在给许广平或是其他朋友的信件中简单谈论。对于鲁迅来说,最重要的还是远离京中的朋友,虽然同至厦门的也有京中相识之人,但缺乏真正可以谈得来之人,所以他在精神上不免是寂寞孤独的。

对于厦门的文化氛围,鲁迅更是失望,相对于文化中心北京来说,厦门的文艺环境自然是单调沉闷,闭塞压抑的。习惯了北京激进热闹的文坛气候,鲁迅对于厦门寂寞的文艺气候是失望的。鲁迅初到厦门大学,谈到对厦门的印象是"伏处孤岛,又无刺激"②,在10月

---

① 鲁迅:《鲁迅全集》第11卷,人民文学出版社,2005年,第542页。
② 鲁迅:《鲁迅全集》第11卷,人民文学出版社,2005年版,第547页。

4日他给京中未名社成员的信件中又说:"这学校孤立海滨,和社会隔离,一点刺激也没有。"①虽然这种情绪中不乏初到新地方的不适应,但是仍能看出鲁迅的性格中激烈的因子,他不喜欢一切温和与稳定的东西。比如鲁迅对厦门气候的看法是这样的:"此地初见虽然像有趣,而其实却很单调,永是这样的山,这样的海。便是天气,也永是这样暖和;树和花草,也永是这样开着,绿着。我初到时穿夏布衫,现在也还穿夏布衫,听说想脱下它,还得两礼拜。"②这是自然气候上的,而对于文艺气候,鲁迅向来坚持开展各种批评,其自身激烈的战斗性让他习惯于文艺论争的环境,不喜欢安静平和的人生状态,并且离开了险恶的斗争环境反而让他无法写作。

从鲁迅初至厦门所谈的对于厦门的各种印象来看,他绝非能安于平和状态之人,日后必然要离开南方。1926年11月7日,鲁迅在到达厦门两个月后,更是坚定了日后出走的想法,在给韦素园的信件中说:"又无刺戟,思想都停滞了,毫无做文章之意。这样下去,是不行的,所以我现在心思颇活动,想走到别处去。"③1927年9月底,鲁迅决定离开南方时,在给未名社成员的信件中,他仍旧在感慨"南方没有希望"④,而他的出走行为更是印证了初至厦门时的想法。

鲁迅对于南方的另一个不好印象则是来自于现代评论派的阴影,他从北京出走,当然有避开北京各种风潮之用意,这其中,就有与现代评论派的矛盾。然而,让鲁迅始料未及的是,由北向南,从北京

---

① 鲁迅:《鲁迅全集》第11卷,人民文学出版社,2005年版,第562页。
② 鲁迅:《鲁迅全集》第11卷,人民文学出版社,2005年版,第562页。
③ 鲁迅:《鲁迅全集》第11卷,人民文学出版社,2005年版,第604页。
④ 鲁迅:《鲁迅全集》第12卷,人民文学出版社,2005年版,第76页。

到厦门,却依然摆脱不了现代评论派的阴影。1926年下半年,在厦门大学新设的国学院中,鲁迅即遭遇倾向于现代评论派的顾颉刚。顾颉刚在北京时就与现代评论派成员过从甚密,而鲁迅与他在北京大学国文系共事时期关系并不融洽。到厦门后,又重新遭遇顾颉刚,鲁迅不仅要与其共事,甚至朝夕相处,单调的人际交往或许更加会强化二人的矛盾,这让鲁迅也更难以释怀现代评论派带给他的消极影响。在厦门大学和中山大学的短暂教学中,鲁迅在公开和私人的场合中都表达了对于现代评论派成员的不满。鲁迅到南方后完成了《朝花夕拾》的后五篇,在这五篇文章中,他一直继续开展着对于现代评论派的讽刺和批评。尤其是1927年9月离开南方之前,鲁迅与现代评论派再次掀起论战。当时陈西滢在《西滢闲话》中把鲁迅称为语丝派首领,而他自己则是现代评论派主将,言称看《华盖集》必看《闲话》,鲁迅则撰文在《语丝》上进行回击。

在个人生活上,鲁迅到达南方后相对比较安静,时间较为宽裕,暂时摆脱了经济上的压力,他对于职业作家的想法渐渐形成,对于自己人生的出路问题渐渐明确和清晰:"总之,薪水与创作,是势不两立的。要创作,还是要薪水呢?我现在一时还决不定。"[1]察看这一时期鲁迅在给李霁野和许广平等人的书信中,可以看到他频频谈论关于创作和教书的矛盾。最终,鲁迅放弃在厦门大学和中山大学的教学职位,去往上海成为职业作家,可以说正是南方之行坚定了他的职业选择。

在南方时期,鲁迅对于青年问题也进行了重新认识和思考。这

---

[1] 鲁迅:《鲁迅全集》第11卷,人民文学出版社,2005年版,第595页。

主要是受政治因素的直接影响。鲁迅到达广州不久,就遭遇四一二反革命政变的发生,让他亲眼见识了青年世界的复杂。鲁迅意识到青年的世界并非他之前所想象的单纯,由此他开始怀疑此前所信奉的青年必胜于老年的人生信仰,进一步促成了他对于进化论思想的放弃。而另一个让鲁迅重新思考青年问题的直接原因则是此时发生在莽原社内部的矛盾,初至厦门,鲁迅即遭遇狂飙社作家群和安徽作家群之间的矛盾。尽管在公众场合中,鲁迅选择支持安徽作家群。但是在私人话语空间中,鲁迅却表现出了对于两派青年的共同的不满,而这个私人空间也比较特殊,主要是对于爱人许广平的倾诉。退稿事件将两个青年群体之间长期以来的矛盾彻底引发,鲁迅对于事件的起因以及矛盾双方在事件中的表现并非不清楚,1926年10月23日在给许广平的信件中,鲁迅这样说:"长虹和韦素园又闹起来了,在上海出版的《狂飙》上大骂,又登了一封给我的信,要我说几句话。他们真是吃得闲空,然而我却不愿意陪着玩了,先前也陪得够苦了,所以拟置之不理。(闹的原因是因为《莽原》上不登培良的一篇剧本。)我的生命,实在为少爷们耗去了好几年,现在躲在岛上了,他们还不放。"①在信中,鲁迅向许广平道出了难以对外人所说的巨大痛楚,即对于亲手扶植起来的文学青年的深深失望。鲁迅一向认为青年是发展新文学的生力军,为了发展新文艺,一直乐于培养文学新人,甘当文学青年的人梯,在京时期即承受了巨大的压力和委屈。为了推动中国进步文艺的发展,鲁迅心怀着对于青年们的足够的耐心和包容,将狂飙社作家群和安徽作家群整合于同一莽原社中。然而

---

① 鲁迅:《鲁迅全集》第11卷,人民文学出版社,2005年版,第588页。

他刚刚离开北京,莽原社内部就起了如此大的矛盾纠纷,让鲁迅自然是愤愤不平。

对于莽原社内部的两派青年之间的矛盾,鲁迅并不简单地将之看作仅仅是普通的社团内部的利益争夺,他从这场争端中意外地发现了中国文学青年的可怕的劣根性,如懒惰松懈、利己主义和责任意识淡薄等,也看到了中国文学青年的渺小,这让鲁迅对于此前所坚持的将自己开展思想革命和文化建设的理想寄托于中国青年身上的信念产生深深怀疑:"我现在对于做文章的青年,实在有些失望,我想有希望的青年似乎大抵打仗去了,至于弄弄笔墨的,却还未看见一个真有几分为社会的,他们多是挂新招牌的利己主义者。而他们却以为他们比我新一二十年,我真觉得他们无自知之明,这也是他们之所以'小'的地方。"[1]

鲁迅主要是为暂时躲避各种风潮,因此才选择偏安于南方。在南方的一年中,鲁迅一直以书信的方式跟未名社成员保持联系。从现有的鲁迅书信记录来看,自1926年9月初到厦门至1927年9月底离开广州,鲁迅在南方时期一共给未名社成员写了34封信。从信件内容来看,鲁迅主要谈论社团事务较多,包括自己为《莽原》半月刊的撰稿,未名社的书稿发售,以及对于社中青年作家文学活动的指导等。鲁迅谈论得最多的是关于《莽原》半月刊和未名社的发展,他对于《莽原》的发展多次提出非常明确具体的意见,对于出版物的质量一向要求较高,不仅重视刊物的内容,在形式上也多有注重。

在南方时期,鲁迅还积极帮助联系未名社出版物在南方的代售

---

[1] 鲁迅:《鲁迅全集》第11卷,人民文学出版社,2005年版,第640页。

事宜。比如在1926年12月29日,鲁迅在给韦素园的信件中提到厦门有代售朴社的出版物的书店,他想通过该书店帮助代售未名社书籍和刊物;1927年1月26日,在给韦素园的信件中,鲁迅谈到北新书局将在广州设立代售处,立即就与京中同人商议使用北新书局将要开设的代售处。不久之后的3月15日,北新书局在广州芳草街四十四号二楼开设北新书屋,代售北新书局和未名社的书籍,直到9月结束。差不多同一时间,鲁迅还争取了创造社售书处帮忙代售未名社的书刊。

而对于《莽原》在京中的销售,鲁迅同样给予指导意见。1927年2月初,对于荆有麟主编《每日评论》附赠《莽原》的做法,鲁迅向京中同人表明自己的反对态度。鲁迅还提出对于《莽原》投稿者的要求,比如在1927年3月15日给韦丛芜的信件中,鲁迅表示反对无须社成员在《莽原》的投稿,理由是不接受给《晨报》副刊投稿的人的稿件。此外,鲁迅还是一个非常注重小节的人,针对未名社同人向陶元庆反复索画的行为,鲁迅在1926年11月22日给陶元庆的信件中,批评了自己同人的不当行为,并向陶元庆表示自己的歉意。

在南方时期,鲁迅一直关心着社中青年译者译作的出版,1927年4月9日给台静农信中说:"《象牙之塔》出再版不妨迟,我是说过的,意思是在可以移本钱去印新稿。但如有印资,则不必迟。"①鲁迅的《出了象牙之塔》自出版后一直销售很好,甚至在书店中连样本都被买走了。在这段书信文字中,鲁迅向台静农解释了自己为何要推迟《出了象牙之塔》一书的再版,其原因是他想用收回的本钱去印社

---

① 鲁迅:《鲁迅全集》第12卷,人民文学出版社,2005年版,第28页。

中其他成员的新书稿,可见鲁迅对于青年译者的关心和扶持。但鲁迅却也并不反对在未名社印资丰富的前提下再版该书,究其根本还是因为鲁迅的书籍销售状况都非常好,一经印行都能尽快收回成本,因此他考虑若在社中资本充裕的情况下,可以通过再版自己的书籍来达到促进社团资金流转的目的,以保证未名社出版事业的正常运行。

从现有的鲁迅书信来看,鲁迅给未名社成员最早的信件是1926年9月16日寄给韦素园的,根据该日信件的内容来看,鲁迅在到达厦门后还曾给未名社成员寄了一张明信片报平安。在这封信中,鲁迅谈到计划向林语堂约稿一事,但是由于后者太忙,鲁迅不得不放弃这一计划,而承诺自己必将为《莽原》撰稿:"林先生太忙,我看不能做文章了。我自然想做,但二十开学,要忙起来,伏处孤岛,又无刺激,竟什么意思也没有,但或译或做,我总当寄稿。"①从中可以看出鲁迅初到厦门,就关心《莽原》半月刊稿源情况和刊物的发展。据鲁迅在该信中所描述的"京、沪的信,往往要十来天"②来看,即便当时的邮政系统并不发达,他仍保持着与未名社成员频繁的通信频率,始终心系未名社的发展。9月20日,鲁迅在给韦素园的第二封信件中就告诉他自己寄上了《从百草园到三味书屋》,该文也是鲁迅到厦门后所完成的第一篇稿件,是刊登在《莽原》总名为《旧事重提》的回忆散文的第六篇。身在南方的鲁迅清楚地知道自己离开北京后,未名社青年成员独自支撑《莽原》的艰难,特别是所承受的组稿压力,因此他通过

---

① 鲁迅:《鲁迅全集》第11卷,人民文学出版社,2005年版,第547—548页。
② 鲁迅:《鲁迅全集》第11卷,人民文学出版社,2005年版,第547页。

积极撰稿来表示对于《莽原》半月刊的支持。

晚年的鲁迅在1935年12月为《故事新编》所作的序言中,回忆小说集成书的过程,仍然忆及京中的未名社成员在他离京后,因为《莽原》半月刊的稿荒,不断向他索稿给他带来的精神困扰,以及他初至厦门如何在孤独和空虚中仍然排除困难而努力撰稿支持《莽原》:"直到一九二六年的秋天,一个人住在厦门的石屋里,对着大海,翻着古书,四近无生人气,心里空空洞洞。而北京的未名社,却不绝的来信,催促杂志的文章。这时我不愿意想到目前;于是回忆在心里出土了,写了十篇《朝花夕拾》;并且仍旧拾取古代的传说之类,预备足成八则《故事新编》。但刚写了《奔月》和《铸剑》——发表的那时题为《眉间尺》,——我便奔向广州,这事就又完全搁起了。"①自然,鲁迅这番话也不乏有个人一时的主观情绪,即初到异乡,独自一人面对生活的压力,遭遇未名社同人的催稿,心情上自然是不舒畅。但是另一方面,作为一直依赖于鲁迅的未名社青年成员在他离开后,独立面对主持刊物的责任,无论是在实际经验上,还是在心理承受能力上,都是不足以应对的,因此,在鲁迅初至厦门时他们才会频繁惊动鲁迅。

1926年10月7日鲁迅在给韦素园的信件中,在开头谈到他给《莽原》半月刊寄上稿件一篇,即《父亲的病》,希望韦素园收入半月刊中。在信末又提出:"《旧事重提》我还想做四篇,尽今年登完,但能否如愿,也殊难说,因为在此琐事仍然多。"②《父亲的病》既是《旧事重提》的第七篇,也是鲁迅到厦门后所做的第二篇文章,与《从百草园到

---

① 鲁迅:《鲁迅全集》第2卷,人民文学出版社,2005年版,第354页。
② 鲁迅:《鲁迅全集》第11卷,人民文学出版社,2005年版,第567页。

三味书屋》一样，都是为《莽原》而作。鲁迅在 1926 年 10 月 10 日给许广平信件中也谈到："我来此已一月余，只做了两篇讲义，两篇稿子给《莽原》。"①仅此一例，即可看出鲁迅对于未名社和《莽原》半月刊的支持。

按照鲁迅跟韦素园所谈的《旧事重提》的写作计划来说，他说的再做四篇，应该是不包括《父亲的病》在内的，但是继《父亲的病》之后，鲁迅实际上只完成了三篇，即 10 月 15 日寄稿两篇《琐记》和《藤野先生》，以及 11 月 20 日寄稿《范爱农》，因此鲁迅在信中说的再做四篇应是笔误。鲁迅在厦门，一共完成了《旧事重提》的后五篇，于 1926 年底完成并在《莽原》半月刊登完，完全达到他的原定计划，可见他是一个做事极其严谨认真的人。1927 年 7 月，鲁迅在广州将原题为《旧事重提》的这十篇作品结集并加以修订，同时添写《小引》和《后记》，并更名为《朝花夕拾》，于 1928 年 9 月由未名社出版，是为《未名新集》之一。

在稿件上，除了《旧事重提》的五篇之外，鲁迅还给《莽原》半月刊投过其他的稿件，如 1927 年 1 月 8 日寄出两篇译稿《文学者的一生》和《运用口语的填词》，以及 1927 年 4 月 4 日寄稿《眉间尺》，1927 年 9 月 22 日寄稿《怎么写》等等，鲁迅以自己的创作实绩切切实实地支持着《莽原》。在书籍上，这一时期，鲁迅除了帮助编辑《未名丛刊》和《未名新集》中的丛书之外，他自己的《坟》和《朝花夕拾》也在未名社出版，还重印了《一个青年的梦》，为未名社的出版事业做出了自己的贡献。

---

① 鲁迅：《鲁迅全集》第 11 卷，人民文学出版社，2005 年版，第 571 页。

同时，生命性格中具有强烈战斗因子的鲁迅即便客居文化相对闭塞的厦门，仍然没有忘却战斗。此时，鲁迅主要开展了与狂飙社作家和现代评论派的论争。在初到厦门的几个月中，高长虹在公开信事件后，没有得到鲁迅的支持，因而继续发起对于鲁迅的挑衅，高长虹在《狂飙》第五期上发表的《1925，北京出版界形势指掌图》一文中，捏造与鲁迅的会面次数不下一百次，并且编造鲁迅骂郭沫若的谎言，鲁迅却一直不为所动，并没有予以回击，而是静观事态变化。在1926年11月15日给许广平的信件中，鲁迅这样表明自己的态度："我现在拟置之不理，看看他伎俩发挥到如何。"①而鲁迅之所以一直对于高长虹的挑衅和攻击比较包容，没有采取正面应对，在12月20日给许广平的信件中，鲁迅披露了个中的原因："我之所以苦恼，是因我平生言动，即使青年来杀我，我总不愿意还手，而况是常常见面的人。"②

最终促使鲁迅改变态度，决定开始回击的原因则是愤怒于高长虹前后言辞的矛盾。高长虹嘲讽鲁迅在北京和章士钊的斗争中的失败，讥笑鲁迅"遂带其纸糊的权威者的假冠入于心身交病之状况矣"③，而具有讽刺意味的是，鲁迅的"思想界的权威者"这一名称的始作俑者正是高长虹。1926年8月，高长虹在《新女性》月刊第一卷第八期上刊登《狂飙社广告》，声称与鲁迅合办《莽原》以及合编《乌合丛书》，企图攀附鲁迅的声名，为自己在上海开展的狂飙运动和《狂飙》周刊制造声势。彼时，在《狂飙社广告》中，高长虹不惜以谄媚吹捧之

---

① 鲁迅：《鲁迅全集》第11卷，人民文学出版社，2005年版，第615页。
② 鲁迅：《鲁迅全集》第11卷，人民文学出版社，2005年版，第621页。
③ 高长虹：《1925，北京出版界形势指掌图》，转引自董大中：《鲁迅与高长虹》，河北人民出版社，1999年版，第406页。

口吻将鲁迅称为"思想界的权威者"。并且除了高长虹之外,其他的狂飙社成员对鲁迅也是一边攻击,却一边又想利用他。1926年12月16日,鲁迅在给许广平的信件中透露:"狂飙社中人,一面骂我,一面又要用我了。培良要我寻地方,尚钺要将小说印入《乌合丛书》。"①因此,在1926年底,鲁迅撰写《所谓"思想界先驱者"鲁迅启事》一文,声称"对于狂飙运动,向不知是怎么一回事:如何运动,运动甚么",以及"今忽混称'合办',实出意外;不敢掠美,特此声明。又,前因有人不明真相,或则假借虚名,加我纸冠,已非一次,业经先有陈源在《现代评论》上,近有长虹在《狂飙》上,迭加嘲骂,而狂飙社一面又赐以第三顶'纸糊的假冠',真是头少帽多,欺人害己,虽'世故的老人',亦身心之交病矣"②。鲁迅将此文分别刊登在《莽原》、《语丝》、《新女性》和《北新》等刊物上,正式回击高长虹。

在南方时期遭遇的各种矛盾纷争中,来自于许广平的安慰对于鲁迅是一种巨大的精神支持。李长之认为这一时期"鲁迅在感情上当然异常激动,可是这时他的'爱的问题'也得到解决"③,鲁迅许多难以为外人所言的痛苦和矛盾,都毫无保留地倾诉给了许广平。在给许广平的书信世界中,鲁迅也展示了他当时的真实心境,特别是面对狂飙社青年和安徽青年之间矛盾时的心绪。鲁迅在京时期,身处两派青年中间,他凭借自己的凝聚力暂时将两个青年群体联结在一起,统领于莽原社之中,共同支撑了《莽原》的发展。然而鲁迅刚刚离京,两派青年矛盾即公开化,互相攻击,进而波及鲁迅,将鲁迅牵涉其中。

---

① 鲁迅:《鲁迅全集》第11卷,人民文学出版社,2005年版,第655页。
② 鲁迅:《鲁迅全集》第3卷,人民文学出版社,2005年版,第410页。
③ 李长之:《鲁迅批判》,北京出版社,2003年版,第9页。

与判断孰是孰非相比,鲁迅更加心痛的是青年们的分化和离间行为,对于青年们的巨大的失望感深深笼罩着他,使他的寂寞和彷徨之感有增无减。

昔日身处《新青年》中,鲁迅曾遭遇《新青年》作者群的分化,带给他巨大的精神创伤。此后,鲁迅却并未因此而放弃,而是一直努力发掘新的文艺力量,他将希望寄托在普通青年作者身上。然而作为鲁迅亲手扶植和培养起来的文学青年,莽原社中的两个青年团体出于对文学资源的争夺,互相攻击造成社团分裂。并且在莽原社这场内部矛盾斗争中,尽管鲁迅万般不情愿,却仍是被推至公众视野中。姑且不论鲁迅是莽原社的领袖,是社团的核心人物,单单是高长虹的一篇《给鲁迅先生》已经让他无法回避这场矛盾。尽管在公共空间中,鲁迅是明确站在安徽青年作家一边的。但是在窄小的私人空间中,鲁迅对许广平道尽了他难以公之于众的苦楚,这其中也有对于安徽青年作家的不满。1926年11月7日鲁迅在给许广平信件中这样说:"前回因莽原社来信说无人投稿,我写信叫停刊,现在回信说不停,因为投稿又有了好几篇。我为了别人,牺牲已不可谓不少,现在从许多事情观察起来,只觉得他们对于我凡可以使役时便竭力使役,可以诘责时便竭力诘责,将来可以攻击时便自然竭力攻击,因此我于进退去就,颇有戒心,这或者也是颓唐之一端,但我觉得也是环境造成的。"①

1927年1月11日,鲁迅在给许广平信件中,深入地剖析了青年们的矛盾根源:"这是你知道的,我这三四年来,怎样地为学生,为青年拼命,并无一点坏心思,只要可给与的便给与。然而男的呢,他们

---

① 鲁迅:《鲁迅全集》第11卷,人民文学出版社,2005年版,第606页。

互相嫉妒,争起来了,一方面不满足,就想打杀我,给那方面也无所得。"① 以及 1926 年 10 月 28 日给许广平信件中所说的:"我这几年来,常想给别人出一点力,所以在北京时,拼命地做,不吃饭,不睡觉,吃了药校对,作文。谁料结出来的,都是苦果子。一群人将我做广告自利,不必说了;便是小小的《莽原》,我一走也就闹架。长虹因为他们压下(压下而已)了投稿,和我理论,而他们则时时来信,说没有稿子,催我作文。我才知道牺牲一部分给人,是不够的,总非将你磨消完结,不肯放手。我实在有些愤怒了,我想至二十四期止,便将《莽原》停刊,没有了刊物,看他们再争夺什么。"②

面对狂飙社作家对于《莽原》的争夺和利用,以及未名社作家的不断催促索稿,鲁迅心力交瘁,也曾考虑过停刊。1926 年 10 月 29 日,在给李霁野的信中他建议停刊,以及提出停刊后下一年的打算。但是鲁迅并不是意气用事之人,他深知在中国发展进步文学的艰难,因此顾全大局的他依然选择坚持《莽原》,只是决定放弃未名社中一切与"莽原"二字有关的名称。1926 年,《君山》作为新的丛书《未名新集》第一本出版,鲁迅建议新丛书以"未名"命名,而放弃之前未名社成员曾计划使用的《莽原从刊》;1927 年 1 月,在鲁迅的建议下,《莽原》半月刊易名为《未名》半月刊。至此,未名社成员自社团成立后,因为编辑《莽原》半月刊,以及同时置身于莽原社和未名社中,所造成的各种含糊不清和模糊难辨的文学身份终于得以彻底清除。

对于安徽作家群在莽原社内部矛盾中的表现,鲁迅在私人话语

---

① 鲁迅:《鲁迅全集》第 12 卷,人民文学出版社,2005 年版,第 11 页。
② 鲁迅:《鲁迅全集》第 11 卷,人民文学出版社,2005 年版,第 590 页。

空间中也表达了对于他们的不满情绪,但是为了社团发展打算以及发展中国文艺事业的大计,鲁迅并没有在公众场合中对他们流露出指责之意,反倒是继续鼓励。即便是在给许广平的信件中表达对于安徽作家群的不满时,鲁迅也只是针对他们整体而言的,并没有流露出对于具体个别成员的不满。可见,鲁迅也明白这场矛盾的根源多少也和安徽作家群的宗派主义和小团体主义情绪有关。正是这种情绪使得安徽作家群在处理和狂飙社作家关系时,特别在主持《莽原》半月刊时,多少是带有一种排外态度的。因而在回答安徽作家询问自己对于他们态度印象的时候,尽管鲁迅对于他们的意见态度是有所保留的,但他仅仅只是指出他们做事的缺陷,显示出他宽厚仁慈的长者风范,以及谋求大局的高尚人格。事实上,对于鲁迅在和许广平通信中表达的对于他们的不满,安徽作家群却是在鲁迅书信公布和出版之后才得知的,鲁迅先生离世之后,有两位成员读到了这些书信,一位是韦丛芜,一位是李霁野。前者写了一篇颇有争议的文章,为自己作了一些辩护,同时也承认了一些错误。而李霁野读到这些书信后,则是惭愧不已,完全接受鲁迅的批评,并且为当时他们的行为后悔自责:"我没有把包括自己的错误在内的真实情况报告他们(指鲁迅和曹靖华,本书作者注),是我未尽对未名社的责任,应当受到信中的谴责。"①从二者的不同反应来看,多少也可以看出他们的不同性格。

  鲁迅在南方短短的一年中,未名社已经危机重重,那时危机主要在于经费和稿源问题上。而短暂蛰居南方一年后,鲁迅选择再次离

---

① 李霁野:《鲁迅先生与未名社》,人民文学出版社,1984年版,第51页。

开,去往上海,对于自己的人生前景,鲁迅依然并不乐观,仍有彷徨孤独之感。同时,对于未名社的前景鲁迅也同样怀有忧心,因此1927年准备离开广州前,鲁迅在6月30号给李霁野的信件中,说出了自己的打算,并让他们停止刊物和书籍,但是未名社成员仍然选择在艰难中坚守。

第三节 上海时期:不堪重负走向没落

1927年10月初,鲁迅到达上海,8日移居到景云里,自此以后正式定居上海。这时,未名社成立已两年有余,对于一个年轻的社团来说,在两年的发展中,虽然遭遇了鲁迅的离京和韦素园的病倒,但是在成员上却一直没有增加。然而即便只是寥寥几个成员的支撑,未名社印行的书刊在出版界和读者中仍具有一定影响力。

与对南方的不好印象相比,鲁迅很快便适应了上海的生活,因为在他看来,上海的文化氛围和社会气氛不像南方那么沉寂单调:"这里的情形,我觉得比广州有趣一点,因为各式的人物较多,刊物也有各种,不像广州那么单调。"①刚至上海,鲁迅即被各大高校邀请开展演讲,社会活动也颇为丰富。到上海后不久,鲁迅即在1928年遭遇革命文学阵营的围攻,但是他并不以为是坏事,相反鲁迅对于自己成为话题或是争议对象还颇为接纳:"但近半年来,大家都讲鲁迅,无论

---

① 鲁迅:《鲁迅全集》第12卷,人民文学出版社,2005年版,第81页。

怎样骂,足见中国倘无鲁迅,就有些不大热闹了。"①足见他性格中激进的一面。

鲁迅初到上海时,也亲眼见识了狂飙运动在上海的开展,此时的狂飙社和狂飙运动开始走向没落。1927年10月14日,鲁迅即给未名社同人写信,记录他所看到的狂飙运动的尴尬落幕,与此前高长虹的大肆吹嘘和自我抬高相比,鲁迅看到的狂飙社的实际情况却是这样的:"狂飙社中人似乎很有许多在此,也想活动,而活动不起来,他们是自己弄得站不住的。"②事实也如鲁迅所言,1927年初随着《狂飙》的停刊,狂飙社逐渐走向衰亡。

这时,未名社的危机也日益严重。首先还是《未名》半月刊的稿源危机,让京中的青年同人在组稿上面临很大压力,鲁迅在南方时期一直以自己的创作努力支持着《莽原》。然而来到上海后,鲁迅的很大精力转移到未名社以外的工作上。1927年10月,《语丝》在北京遭奉系军阀查封,12月《语丝》南移至上海,在上海复刊。1928年2月,鲁迅接替周作人担任《语丝》周刊的主编;1928年6月,鲁迅开始编辑以译文为主的《奔流》。1929年1月,鲁迅与柔石、崔真吾、王方仁等人合资印刷文艺书籍和木刻版画,出版《艺苑朝花》,结成朝花社,并且还主持朝花社的译书。1929年5月,鲁迅主持的《壁下译丛》出版。朝花社存在短暂,昙花一现,1930年1月告终。朝花社结束后,鲁迅与友人合编《萌芽》月刊,并开始译《毁灭》。1930年4月,鲁迅与神州光社编译《现代文艺丛书》。1931年3月,鲁迅支持左联机关刊物《前

---

① 鲁迅:《鲁迅全集》第12卷,人民文学出版社,2005年版,第118页。
② 鲁迅:《鲁迅全集》第12卷,人民文学出版社,2005年版,第78页。

哨》出版。1931年12月,鲁迅与友人合编《十字街头》旬刊出版。

并且至上海后,鲁迅的译著活动也非常丰富,表现出明显的创作力。1927年10月《野草》出版,1928年2月《小约翰》出版,11月《而已集》出版。1929年10月,译作《文艺与批评》出版。1930年5月,鲁迅翻译完雅各武莱夫《十月》,10月又译成《药用植物》。1931年2月译作《士敏土之图》出版,1931年11月译作《毁灭》出版。1932年4月编成《三闲集》和《二心集》,9月编译《新俄小说家20人集》上下册。此外,鲁迅还帮助青年作家校订书稿,如柔石的《二月》和贺非翻译的《静静的顿河》等。

南方时期,鲁迅与出版物的交集主要集中于未名社的刊物和丛书上。从鲁迅到上海后所开展的文艺活动来看,此时,鲁迅工作重心已完全由未名社中转移出来。1928年2月22日,在给李霁野信件中,针对《未名》出现的稿源危机,鲁迅非常敏锐地意识到这并非一个小问题,他明确告诉李霁野自己在上海的处境与南方时期不同,并且提出非常具体的建议:"《未名》的稿,实在是一个问题,因为我在上海,环境不同,又须看《语丝》外来稿及译书,而和《未名》生疏了——第一期尚未见——所以渐渐失了兴味,做不出文章来。所以我想可否你去和在京的几个人——如凤举,徐耀辰,半农先生等——接洽,作为发表他们作品的东西,这才便当。等我的译著,恐怕是没有把握的。就如《语丝》,一移上海,便少有在京的人的作品了。"①这段话的信息量很大,一是鲁迅透露自己没有准时收到当年的《未名》第一期,而事实上第一期出版于1928年1月10日,鲁迅写此信的时候距离

---

① 鲁迅:《鲁迅全集》第12卷,人民文学出版社,2005年版,第103页。

第一期出版已一月有余，却仍迟迟未收到刊物。尽管鲁迅并没有指责京中同人没有准时寄刊物，而是批评自己的确和《未名》"生疏"了，但他还是表示出这个疏远并非是出于他单方面的；二是鲁迅明确表达自己在上海担任《语丝》编辑以及译书，难以兼顾北京的《未名》，并以《语丝》移至上海后便少有京中同人的作品为例，强调自己在文章方面难以再继续支持《未名》；三是再次强调在京的几位同人要担起责任来，比如自己主动联系外来的撰稿人，而不要将稿件希望只寄托于他一人身上。鲁迅的意思是虽然未名社是他一手创立的，但是创办社团也同孕育一个新生婴孩一样，孩子孕育出来成丁以后，还是要自己独立，因此他针对社团发展状况表示明确的意见，可是从最后的执行情况来看，京中同人并没有认真考虑他的建议。

尽管《未名》半月刊此时已经出现了明显的稿源危机，但是鲁迅仍然鼓励和支持京中的年轻成员，他的《小约翰》在上海一上市，三百本六七天便卖完了，让鲁迅对于未名社的出版物在上海的市场很有信心，因此他在给成员的信件中说"未名社的信用颇好"①。

1928年2月24日，鲁迅在给台静农的信件中再次谈论关于《未名》半月刊的发展，表达与李霁野通信中类似的意思。除此之外，针对当时新月书店和《语丝》周刊的纷纷南移，鲁迅也思考过将《未名》半月刊移至上海，以便自己能直接给予关照，但是考虑到其中的现实困难，只能作罢："我也曾想过，倘移上海由我编印，则不得不做，也许会动笔，且可略添此地学生的译稿。但有为难之处，一是我究竟是否久在上海，说不定；二是有些译稿，须给稿费，因为这里学生的生活很

---

① 鲁迅：《鲁迅全集》第12卷，人民文学出版社，2005年版，第108页。

困难。"①

从鲁迅这一时期对于京中同人译著的审阅修订情况来看,从1928年初开始,李霁野将自己的《影》、台静农的《地之子》和曹靖华的《烟袋》都曾寄给鲁迅,而鲁迅也都一一帮忙看稿。但是同时,鲁迅又建议他们不需再寄来,自己修改即可。1928年3月1日在给李霁野的信中他就提出以后不要总是寄稿件给他,以免一来一回浪费时间:"译稿很好,今寄还。我想,以后来稿,大可不必寄来看,以后多费周折。"② 3月14日,鲁迅在给李霁野的信中说:"小说译稿是好的,今寄上。我想这些稿子,以后不必再寄来由我看过,其中或有几个错字,你改正改正就是了。"③这里的译稿指的正是李霁野所译的波兰作家什罗姆斯基的小说《预兆》。对于京中同人频频将文稿寄给自己看的这一行为,鲁迅一方面不赞同他们的举动,另一方面却又难以拒绝,比如对于病中的韦素园的《黄花集》的审阅。1928年3月,李霁野曾将《黄花集》寄给鲁迅,让鲁迅帮忙查询其中的人名,鲁迅答应予以解决。

京中青年频频将文稿寄给鲁迅审阅,体现了他们在文学活动上对于鲁迅的依赖,缺乏一定的独立性。实际上鲁迅在南方时就一直收到京中青年成员的各种作品和译稿,并不厌其烦地帮他们修改,甚至还帮助京中同人审阅外来投稿。如从1926年11月11日鲁迅给韦素园的信件中可以看出,韦素园将外来投稿者给《莽原》半月刊的稿件寄给鲁迅审阅,鲁迅看完后又从厦门寄回给韦素园,并给出具体

---

① 鲁迅:《鲁迅全集》第12卷,人民文学出版社,2005年版,第104页。
② 鲁迅:《鲁迅全集》第12卷,人民文学出版社,2005年版,第105—106页。
③ 鲁迅:《鲁迅全集》第12卷,人民文学出版社,2005年版,第108页。

意见。但是当时除了未名社的各种稿件以外，鲁迅极少承担其他刊物的编辑和审稿的活动，因此，看稿压力并不大。当时厦门的文艺环境比较封闭落后，鲁迅在厦门大学任教时，较为难得地遇到几个学生组织的一种叫作《波艇》的出版物，他们请求鲁迅帮助审阅稿件，鲁迅虽然觉得他们的文稿幼稚，但仍然表现出自己的支持，因为在他看来："但为鼓动空气计，所以仍然怂恿他们出版。"①而鲁迅自到达上海后，上海的文艺气氛比较起厦门来当然是热闹得多，鲁迅的社会活动逐渐增多，尤其是编辑工作日益繁重，来自于未名社的稿件审阅不仅增加了他的工作负担，同时也让他深受困扰。

  鲁迅仍然一如既往地关心青年人的创作和译作出版，并且富有牺牲意识，将出版机会让给青年人。1928年2月22日，鲁迅在给李霁野的信中说："《坟》我这里一本也没有了，但我以为可以迟点再印。"②即便《坟》的销售势头良好，甚至都脱销了，鲁迅仍然坚持迟点重印，还是本着扶持青年人的文学事业的目的。此时，社中的青年成员李霁野的《影》、台静农的《地之子》以及曹靖华的《烟袋》都面临出版，而未名社的出版资金并非特别宽裕，鲁迅还特别指出曹靖华的《烟袋》是"中国正缺少这一类书"③，应该立即出版，最终这三本书都在1928年12月出版。

  鲁迅此时在上海编辑《奔流》和《语丝》。《语丝》的组稿比较麻烦，鲁迅称之为"比在北京时还要碰壁"④。除了门槛高的原因外，还

---

① 鲁迅：《鲁迅全集》第11卷，人民文学出版社，2005年版，第588页。
② 鲁迅：《鲁迅全集》第12卷，人民文学出版社，2005年版，第102—103页。
③ 鲁迅：《鲁迅全集》第12卷，人民文学出版社，2005年版，第104页。
④ 鲁迅：《鲁迅全集》第12卷，人民文学出版社，2005年版，第137页。

因为当时《语丝》曾遭遇过国民党查封,因此稿件上有很多限制:一是偏重于文学创作,而不重视翻译文学;二是一般青年的文章都不刊登。鲁迅曾经将罗皑岚、翟永坤等青年作家介绍到《语丝》投稿,都未成功。而《奔流》侧重于翻译文学的文稿,且在组稿上没有那么多压力,因此自然更容易得到鲁迅的青睐。所以在上海时期,鲁迅在编辑《奔流》上最为积极,热情最高,其投稿者中既有像郁达夫这样的名流,也有孙用这样的邮局职员,或是王余杞这样的大学生,或是白莽这样的革命者,总之无任何门户之见,也无任何政治之倾向,只要对于中国文艺事业有益即可。鲁迅对于《奔流》的喜爱和对于翻译文学的推崇态度,曾在给韦素园的信件中有所流露:"你(韦素园,本书作者注)说《奔流》绍介外国文学不错,我也是这意思,所以每期总要放一两篇论文。但读者却最讨厌这些东西,要看小说,看下去很畅快的小说,不费心思的。所以这里有些书店,已不收翻译的稿子,创作倒很多。不过不知怎地,我总看不下去,觉得将这些工夫,去看外国作品,所得的要多得多。"①鲁迅将自己对于翻译文学的推崇和重视态度传达给韦素园,其实也是对于未名社成员的一种鼓励,鼓励他们在翻译文学追求上能不畏困难,长久坚持下去。

面对上海日益严峻的文艺环境,以及当时出版界的混乱,鲁迅的应对意见仍是加紧翻译:"上海的出版界糟极了,许多人大嚷革命文学,而无一好处,大家仍大印吊膀子小说骗钱,这样下去,文艺界只有堕落,所以介绍些别国的好著作,实是最要紧的事。"②在上海时期,鲁

---

① 鲁迅:《鲁迅全集》第 12 卷,人民文学出版社,2005 年版,第 156 页。
② 鲁迅:《鲁迅全集》第 12 卷,人民文学出版社,2015 年版,第 161—162 页。

迅主要编辑了《奔流》、《译文》和《世界文化》,都是介绍外国文艺和文化的刊物,甚至还成立三闲书屋自费印行《毁灭》和《铁流》等翻译作品。晚年的鲁迅更加致力于翻译文学,他曾以洛文的笔名发文说:"甘为泥土的作者和译者的奋斗,是已经到了万不可缓的时候了,这就是竭力运输些切实的精神的粮食,放在青年们的周围,一面将那些聋哑的制造者送回黑洞和朱门里面去。"①

尽管未名社一直挣扎于各种危机,艰难发展,但是它也曾出现过短暂的中兴。1928年,因为李霁野翻译的《文学与革命》一书,导致未名社在4月7日被查封。未名社的三个成员李霁野、台静农和韦丛芜被抓捕入狱,五月底李霁野和台静农才得到释放。未名社遭受这一冲击,社会舆论对于社团的前途问题自然不会看好,反对者以讥讽的态度认为未名社应该结束,但是未名社青年成员自己却认为"社不仅要存在下去,还要使它在可能范围内发展"②。基于此,李霁野出狱后,立即与京中同人商议创办未名社出版部售书处,最主要的目的当然是为未名社谋求更大的发展空间,同时却也有一个现实的考虑,即为同乡谋生考虑。李霁野当时收留了两个政治避难的安徽同乡,即李何林和王青士,二人因为政治身份而难以解决生活问题,因此李霁野认为未名社出版部售书处的成立,也可以顺便解决他们二人的工作问题。基于这两个因素的考虑,1928年10月,未名社门市部在景山东街40号开办,既是为推动社团发展,也暂时扩充了未名社的成员。对于京中同人的此举,鲁迅也深表支持,鲁迅不仅校改了自己

---

① 鲁迅:《鲁迅全集》第5卷,人民文学出版社,2005年版,第295页。
② 李霁野:《鲁迅先生与未名社》,人民文学出版社,1984年版,第42页。

的《坟》,并且还帮助校订了韦素园的《黄花集》,一同寄给未名社出版部,以示对于社团出版事业的鼓励。未名社售书处成立后不仅销售自己社团的出版物,同时还代卖其他出版社的书刊,这在未名社也是一大创新之举。别具一格的售书处的创办,为未名社的发展带来了新气象,读者可以直接登门选择书籍,加强了社团与读者的联系,而临时的新成员的加入,使得未名社成员的分工更加细化和具体,工作开展得更有效率,这些都促进了社团的中兴。

鲁迅在上海时期,曾两次返京探望母亲。第一次是在1929年,5月15日鲁迅到达北京,17日就回到未名社,阔别近三年的北平在鲁迅看来是"荒芜"和"寂静"的①。尽管鲁迅在上海生活尚不足两年,但鲁迅以北京和上海相比,自认还是喜欢上海:"为安闲计,北平是不坏的,但因为和南方太不同了,所以几有世外桃源之感,我来此虽已十天,几乎毫无刺戟,略不小心,确有落伍之惧的。上海虽烦扰,但也别有生气。"②这次回京,鲁迅曾三次访问未名社,并且还特地去西山疗养院看望了病中的韦素园,或许这也是鲁迅最后一次与韦素园见面。鲁迅在《忆韦素园君》中曾深情回忆此次会面:"一九二九年五月末,我最以为侥幸的是自己到西山病院去,和素园谈了天。"③这次鲁迅返京时,未名社尚存,且正逢中兴。当时售书处创办已有一年,社团运转正常有序,鲁迅在观看过门市部后,看到读者来售书处看书,以及未名社成员与读者的沟通交流加强,对于门市部非常满意。李霁野等青年成员也颇为安慰和自豪,自认为当时未名社是处于黄金时

---

① 鲁迅:《鲁迅全集》第12卷,人民文学出版社,2005年版,第165页。
② 鲁迅:《鲁迅全集》第12卷,人民文学出版社,2005年版,第172页。
③ 鲁迅:《鲁迅全集》第6卷,人民文学出版社,2005年版,第68页。

期的。

　　在1929年5月回京之前,针对未名社的种种发展危机,由于长久未与京中同人共处,鲁迅自感自己与未名社已经产生了隔膜和生疏。1929年3月22日在给李霁野的信中,鲁迅解释说明了自己难以支持未名社的原因:"关于未名社,我没有什么意见要说。离北平远,日子也久了,说起来总不免隔膜。但由我所感到,似乎办事的头绪有些纷歧。例如我离京时,约定对于《未名半月刊》,倘做不出,便寄译文的,我就履行这话。但后有信来,说不要译文,那么,我只好不寄了,因为我并无创作。然而后来又有责我不做文章的信,说我忘却了未名社,其实是我在这里一印《奔流》,第一期即登《未名丛刊》的广告的,何尝忘记。还有,丛芜忽有《独立丛刊》寄给我,叫我交小峰,后来又讨回去了,而未名社也不见有这书印出,也不知道是怎么一回事。这些都是小事情,不足为奇,不过偶然想到,举例而已。"①这段话从自我批评开始,鲁迅首先认为自己离开北京久了,与未名社确实是存在一些隔膜。接着,鲁迅才谈到未名社存在的问题,充分体现出他严于律己、宽以待人的胸襟和风度。鲁迅以"办事的头绪有些纷歧"来暗指未名社内部管理上的混乱,而对于京中同人在《未名》半月刊稿件要求上的不断变化,他觉得自己难以应对,并进而指出京中成员并没有遵循与自己离京时的约定。在这段书信文字的前半部分,鲁迅一直没有谈到对于社中具体某个人的意见,他笼统地说是社团的"办事的头绪有些纷歧"。但后面却特别提到韦丛芜的一桩古怪行径,鲁迅在信中所谈的《独立丛刊》者,乃是韦丛芜当时想独立出版的丛书,只

----

①　鲁迅:《鲁迅全集》第12卷,人民文学出版社,2005年版,第154页。

用于出版自己的译著,故命名为《独立丛刊》,虽然韦丛芜的计划最终没有成行,但是他置社中刊物不顾而独自发展自己的举动,不仅暴露其狂妄自大的野心,并且还体现了其性格中的自私狭隘。但鲁迅却仍是本着为社团发展考虑,安慰李霁野说只是以此事为例,让他们不要过于介怀。尽管谈到未名社的种种问题,但在这封信中,鲁迅还不忘安慰李霁野:"听说未名社的信用,在上海并不坏,只要此后有书,而非投机之品,那该总能销行的罢。"①

在1929年的这次回京中,鲁迅与京中同人相处愉快,即便是社中的临时成员也给鲁迅留下深刻印象。鲁迅的《文艺与批评》在1929年10月出版时,他除了将新书寄给京中四位同人之外,还特别指明将一本书"并像片一张,送给借我像片的那一位"②,鲁迅所说的这位对象正是当时未名社的临时成员王青士。所谈的像片即《文艺与批评》卷首刊登的原作者卢那察尔斯基的画像,这是王青士特地为鲁迅找来的。鲁迅返京时,以为上海书店不肯用三色版,所以未将画像带走,但是到上海后听说上海书店可以用,因此在6月11日写信让京中的未名社同人寄来,6月17日鲁迅便收到画像。鲁迅为感谢王青士的帮助,在此书译成出版后,特地指名要送给他一本。

在北京时期与同人的短暂的愉快相处,让鲁迅重新思考起未名社的发展问题。回上海后,鲁迅就此事投入极大的热情与京中同人通信商讨。1929年6月24日,鲁迅在给李霁野的信中表示赞成未名社南迁:"未名社书,在南方信用颇好,倘迁至上海,当然可有更好之

---

① 鲁迅:《鲁迅全集》第12卷,人民文学出版社,2005年版,第154—155页。
② 鲁迅:《鲁迅全集》第12卷,人民文学出版社,2005年版,第210页。

发展。"①并且在该信中，鲁迅还安慰李霁野不用担心上海的"洋场气"，因为那也不过是"气"而已，是敌不过认真的。鲁迅甚至还提出如何集聚迁移费用和具体的迁社方式，即在北京暂时设置一人一屋的分发处，将之作为印行书刊的仓库，同时还可以负责北方的发售业务，而暂时只将纸版和总社迁移到上海，这样可以经济得多。但是从1929年7月8日鲁迅给李霁野的信中可以看出，京中同人并不同意南迁，因为鲁迅说："所以未名社如不搬亦可，则北京缩小为一间发行所，而上海托合记批发，似亦一法。"②并且从7月的双方通信来看，京中同人也不同意缩小京中规模。对于京中同人在这时决定停办《未名》半月刊，鲁迅觉得可惜，因此他建议由他在上海编印《未名》，但风格要转变为攻击态度。鲁迅觉得文坛大须一扫，因此建议暂缓停办。同年9月27日，鲁迅在给李霁野的回信中，拒绝李霁野等提议在上海创办《未名月刊》之提议。原因有两方面，一是鲁迅对于自己是否常住上海不能确定，二是编稿后由北京印行，邮件往来会造成稿件失去时效性，因此鲁迅认为自己不适合，建议仍由北京同人来负责编辑，但他愿意为之写稿，并且还建议京中同人联系曹靖华寄稿。不过由于种种原因，《未名月刊》最终没有创办起来。

但即便是鲁迅亲眼看到的社团的短暂中兴却也只是表面的，实际上未名社当时面临着巨大的危机，尤其是经济危机，而这其中委托其他书店代售出版物的书账收不回来是最为棘手的问题。不仅京中同人能收回的书款越来越少，甚至鲁迅也遭遇类似的事情。比如鲁

---

① 鲁迅：《鲁迅全集》第12卷，人民文学出版社，2005年版，第189—190页。
② 鲁迅：《鲁迅全集》第12卷，人民文学出版社，2005年版，第195页。

迅1929年6月19日在给李霁野的信中,谈到他委托朝华社成员王方仁,也是他在厦门大学时的学生,在朝华社南洋的售书处代售未名社的书籍,结果没想到被王方仁欺骗,不仅造成朝华社亏损停办,同时也导致之前代售的未名社书款追不回来。尽管此事与鲁迅并无直接关联,可是他仍然觉得自己有责任,使得社团旧账未去,平添新账。除了书账收不回来之外,未名社当时还面临着另一个经济困扰,即开支增加,李霁野曾回忆:"但是未名社不仅收不回代售书店的欠款,开支渐大,也势难应付。"①这个开支,一方面是韦素园长期从社中支取治疗费用,另一方面是未名社后期,韦丛芜从社中随意支取款项造成的。未名社在巨大的经济困扰中举步维艰,对此李霁野束手无策,只好向鲁迅寻求帮助,鲁迅在1930年1月19日给李霁野的信件中甚至提出让他去"北京旧寓"处想办法筹款,即指向其母鲁瑞筹款。遭遇如此困难,鲁迅自然会考虑到停社,因而在这封信中,鲁迅第一次提出停止社团的意思:"未名社如此为难,据我想,还是停止的好。所有一切书籍和版权,可以卖给别人的。"②

在未名社遭遇经济困窘的同一时间,其内部却也并不平静,发生了成员之间的权力争夺,是为内忧。自1926年底韦素园病倒后,接替韦素园主持京中未名社工作的主要是李霁野,李霁野为了未名社的发展,先是从燕京大学休学。后来由于1928年4月入狱,出狱后复学遭到拒绝,一直就没再复学,为了未名社事务,李霁野一直尽心尽力。但是到了1930年年初,韦丛芜却提出要接手整顿未名社事

---

① 李霁野:《鲁迅先生与未名社》,人民文学出版社,1984年版,第49页。
② 鲁迅:《鲁迅全集》第12卷,人民文学出版社,2005年版,第220页。

务,为此甚至不惜搬出其兄长韦素园支持。而韦素园为了弱化社中成员之间的矛盾,同时也是为了给韦丛芜施展个人能力的机会,在1930年1月,韦素园要求李霁野陪自己到西山养病。这段经历李霁野在《忆素园》中有记载,他还回忆了当时如何向韦素园隐瞒未名社的发展实情:"整个一九三零年的一月,我几乎无昼无夜地在他的病榻前度过。为了安慰他,我们将已成躯壳的未名社,勉强吹进些假的生命去,苟延残喘地支撑着。"①对于韦丛芜要求接替自己管理未名社事务,李霁野应该是顾及韦素园的病情考虑,多少是迫于无奈的,日后他曾回忆当时的矛盾心情:"他(指韦丛芜,本书作者注)要接手'整顿'未名社,我没有坚持原则加以拒绝。"②此后,至未名社走向解散时,都是由韦丛芜负责社团事务的。1930年9月,李霁野到天津河北女子师范学院教书,实际上也算是脱离了未名社。李霁野认为自己在未名社艰难时刻离开是自私的,日后也表达了自己对于社团的愧疚之情:"对未名社未尽完应尽的责任"③,体现出他难能可贵的担当意识和责任意识。

1931年初,在韦丛芜接手未名社社务工作一年后,其思想与社中其他成员的分歧越来越大,而未名社在艰难的挣扎中终于走向衰落。因此在3月,李霁野和台静农在看望韦素园时,决定不再回避韦素园,而是正面向他说明未名社经济困难的实际情况,商议结束未名社。此前为了韦素园的病情考虑,未名社成员达成共识,在他面前一直隐瞒未名社实际的困难,而只是一味美化社中的情况。病中的韦

---

① 李霁野:《李霁野文集》一,百花文艺出版社,1991年版,第43页
② 李霁野:《鲁迅先生与未名社》,人民文学出版社,1984年版,第50页。
③ 李霁野:《鲁迅先生与未名社》,人民文学出版社,1984年版,第50页。

素园于怅惘中无奈接受,未名社京中同人基本商定未名社的停办,即不再以未名社名义继续开展出版活动,未名社的存底均转让给开明书店,作品是否续印的决定权则在于各位作家自己。而对于不在京的两位同人,即鲁迅和曹靖华,韦丛芜提出由他去接洽。

1931年5月1日,鲁迅在当日的日记中记载他退出未名社:"下午得韦丛芜信,即复,并声明退出未名社。"①根据日记可以推测的是,鲁迅在5月1日得到韦丛芜寄来的信,信中应是商议未名社事务转让给开明书店代理之事宜,鲁迅因为不愿受制于书店管辖之下,因此当即回复声明退出未名社。关于这件事,鲁迅后来在6月13日给曹靖华的信件中说明得比较清楚,即韦丛芜在此前曾经到上海拜访过他,称未名社事务无人管理,因此将委托开明书店代理,并劝说鲁迅也遵奉此书店规则。但鲁迅的反应比较强烈,称自己无遵守开明书店规则之必要,在私人书信中宣布退社。此后,未名社在京沪两地做广告《关于未名社的结束》,正式向社会宣告社团的结束。然而即便社团结束,成员之间的经济纠纷却仍存在,鲁迅在1931年11月10日给曹靖华的信件中就谈到:"未名社交与开明书店后,丛(即韦丛芜,本书作者注)共取款千元去,但近闻又发生纠纷,因为此后他们又不履行条约。"②让鲁迅不禁慨叹未名社已经腐烂。

鲁迅第二次回京是在1932年11月,当时未名社业已解散,恰逢韦素园去世百日。鲁迅再次与台静农和李霁野相聚,昔日未名社六名成员却只剩下三位。在鲁迅此次回京期间,台静农全程陪同了鲁

---

① 鲁迅:《鲁迅日记》二,人民文学出版社,2006年版,第251页。
② 鲁迅:《鲁迅全集》第12卷,人民文学出版社,2005年版,第281页。

迅在北京发表的五次公开演讲,而李霁野虽然当时已在天津任教,但仍然赶回北京与鲁迅见面。鲁迅在这次回京中,与京中诸多旧友重逢,这其中就包括未名社的这两名同人,他在1932年11月20日给许广平的信件中深情记录下这种珍贵的情感:"我到此后,紫佩,静农,霁野,建功,兼士,幼渔皆待我甚好,这种老朋友的态度,在上海势利之邦是看不见的。"①这种来自于昔日同人的友情的温暖,深深地慰藉了鲁迅孤独的心灵。1936年4月22日,李霁野与鲁迅最后一次会面,在这次见面中,鲁迅谈到未名社时,仍然怀念未名社存在时期。1930年,鲁迅在决定加入左联时,曾对朋友章廷谦回忆自己对于青年文学社团的扶持和帮助,袒露了其中的艰辛和不易,同时也展现了他性格中的悲观和虚无:"所以我十年以来,帮未名社,帮狂飙社,帮朝花社,而无不或失败,或受欺。"②或许在这些经历中,因为掺杂着各种失败和屈辱,给鲁迅留下的并不完全是美好的回忆,但是鲁迅并未因此而放弃,选择继续甘为人梯,再次加入左联,也是展现了他个性中坚忍顽强的一面。

---

① 鲁迅:《鲁迅全集》第12卷,人民文学出版社,2005年版,第343页。
② 鲁迅:《鲁迅全集》第12卷,人民文学出版社,2005年版,第226页。

第五章　无名的泥土

第一节　未名社的"泥土"精神

1924年1月17日,鲁迅在北京师范大学附属中学校友会上发表演讲,演讲的题目为《未有天才之前》。在演讲中,鲁迅这样说:"所以我想,在要求天才的产生之前,应该先要求可以使天才生长的民众。——譬如想有乔木,想看好花,一定要有好土;没有土,便没有花木了;所以土实在较花木还重要。"①并且还说:"天才并不是自生自长在深林荒野里的怪物,是由可以使天才生长的民众产生,长育出来的,所以没有这种民众,就没有天才。"②可见,鲁迅并不是反对天才,只是在他看来培养天才(花木)的民众基础(泥土)比天才更伟大,更应该受到重视。在这次演讲中,鲁迅也提到了一个重要的概念——泥

---

① 鲁迅:《鲁迅全集》第1卷,人民文学出版社,2005年版,第174—175页。
② 鲁迅:《鲁迅全集》第1卷,人民文学出版社,2005年版,第174页。

土,他用泥土做比喻,用来指称可以促使天才生长的民众,对于泥土的重视正是体现出鲁迅对于民众基础的重视。

而在此前,鲁迅则是崇尚天才的。从日本留学时期创办《新生》开始,有学者认为"通过发表在《河南》月刊上的《人之历史》、《科学史教篇》、《文化偏至论》、《摩罗诗力说》、《破恶声论》等文章可以看出,这时的鲁迅是崇尚天才的"[①],至五四时期,鲁迅不仅崇尚天才,并且热切呼吁天才的登场。鲁迅认为自己当时以《狂人日记》为代表的创作只是一种文学上的"呐喊",其目的是为了引出打破黑暗现状的天才的出现:"我自己知道实在不是作家,现在的乱嚷,是想闹出几个新的创作家来,——我想中国总该有天才,被社会挤倒在底下,——破破中国的寂寞。"[②]

然而鲁迅的天才梦很快就破灭了,随着五四运动的落潮,中国政治环境的混乱,鲁迅所在的《新青年》作者群出现分化,再加上对于尼采思想的反思,以及对中国社会和文化复杂程度的重新认识,让鲁迅意识到自己也绝不是振臂一呼而应者云集的英雄。巨大的精神落寞和思想矛盾,让鲁迅完成了《彷徨》和《野草》等作品的创作。在人生的这一孤独时期,鲁迅为小说集《彷徨》的题诗:"寂寞新文苑,平安旧战场,两间余一卒,荷戟独彷徨。"很能传达他当时的心境。鲁迅深深地感受到作为先驱者的寂寞和悲哀,这种悲哀让他意识到中国仅有天才是不够的,单纯地只对天才寄予厚望或许是错误的,因此在1924年初的这次演讲中,鲁迅创造性地提出与天才相对的泥土精神。

---

① 廖久明:《高长虹与鲁迅及许广平》,东方出版社,2005年版,第10页。
② 鲁迅:《鲁迅全集》第7卷,人民文学出版社,2005年版,第236页。

《未有天才之前》的主旨正是呼吁中国社会要有培养天才的泥土精神,在演讲中,鲁迅也对泥土精神作了阐释:"做土要扩大了精神,就是收纳新潮,脱离旧套,能够容纳,了解那将来产生的天才;又要不怕做小事业,就是能创作的自然是创作,否则翻译,介绍,欣赏,读,看,消闲都可以。"①可见,其核心是能够容纳新鲜事物的包容态度和不怕做小事业的务实精神。鲁迅所提出的这种泥土精神其实是针对中国的文艺事业发展现状的,他特别强调这种泥土精神可以体现在从事具体的创作、翻译、介绍活动上,甚至哪怕是欣赏、读和看都是脱离了虚空,有益于中国文艺。而发展文艺的根本目的自然是为了启蒙民智,扫荡腐旧的思想文化气象,这从根本上来说又与鲁迅早年提出的文艺救国救民的思想是一脉相承的。

从注重天才到注重天才成长的民众基础,这是鲁迅对泥土精神的最早倡导。鲁迅在倡导泥土精神的同时,也在留意发掘具有泥土精神的文艺工作者。在1924年秋天,鲁迅因帮助李霁野审阅译稿《往星中》而与安徽青年作家们相识。安徽作家群在孤独的坚持中,致力于鲜有人问津的翻译文学事业,既是脱离旧套,收纳新潮的精神的体现,也是不怕做小事业的务实态度的体现,这正是鲁迅在《未有天才之前》中提出的着力于发展中国进步文艺的泥土精神的具体体现。安徽作家群的文艺志趣和追求,与鲁迅在《未有天才之前》中倡导的泥土精神不谋而合的,或者换句话说,即鲁迅在《未有天才之前》中流露出的对于翻译文学的重视和对于泥土精神的呼吁,与安徽作家群的文艺态度达到了一种内在的契合。

---

① 鲁迅:《鲁迅全集》第1卷,人民文学出版社,2005年版,第177页。

因此在1925年夏天,鲁迅与这群普通文学青年结成社团,体现了鲁迅对于他们身上的泥土精神的重视。而自未名社形成后,泥土精神也一直是其重要的社团风格,社中成员始终秉持和发扬着这种风格。自未名社成立后,鲁迅在谈到未名社及其青年成员时,多次指出他们身上的泥土精神。在鲁迅眼中,未名社是和泥土精神联结在一起的。在《中国新文学大系》小说二集序言中,鲁迅将狂飙社和未名社进行对比介绍,批评了狂飙社仅停止于"虚无的反抗",而盛赞未名社着力于务实的翻译文学事业:"未名社却相反,主持者韦素园,是宁愿作为无名的泥土,来栽植奇花和乔木的人,事业的中心,也多在外国文学的译述。"①而这"无名的泥土"精神事实上不只是韦素园个人,也是未名社全体成员的共同的精神风貌。鲁迅尤其盛赞未名社的核心青年成员韦素园身上的泥土精神,在韦素园逝世两年后的1934年,鲁迅在为他写的纪念文章《忆韦素园君》中,回忆韦素园在病中竟然还在坚持翻译陀思妥耶夫斯基的作品,并把后者的照片挂在墙上,以表明自己的志向,让鲁迅无比动容。鲁迅深情地赞美韦素园并非天才,而是甘于寂寞的泥土:"是的,但素园却并非天才,也非豪杰,当然更不是高楼的尖顶,或名园的美花,然而他是楼下的一块石材,园中的一撮泥土,在中国第一要他多。他不入于观赏者的眼中,只有建筑者和栽植者,决不会将他置之度外。"②同时在这篇纪念文章中,鲁迅重新评价了当时发生在莽原社内部的安徽作家群和狂飙社作家群之间的矛盾冲突,并用"天才"来讥讽以高长虹为代表的

---

① 鲁迅:《鲁迅全集》第6卷,人民文学出版社,2005年版,第263页。
② 鲁迅:《鲁迅全集》第6卷,人民文学出版社,2005年版,第70页。

狂飙社作家:"在'天才'们的法庭上,别人剖白得清楚的么?"①尽管在事发当时,鲁迅也曾在私人空间中表达过对两派青年的共同不满。然而时过境迁,随着时光流逝,韦素园留给鲁迅的印象已然是"泥土",而在鲁迅看来自诩为"天才"的狂飙社作家群或许才是这场冲突的源头。在重新评价这场矛盾时,鲁迅毫不迟疑地站在以韦素园为代表的安徽作家群立场上,除却传统文化中"逝者为大"和"为逝者讳"的精神影响之外,也体现了鲁迅对于未名社泥土精神的一次深情回眸。

未名社之后,鲁迅在晚年定居上海时期仍旧继续推动进步文学翻译事业的发展,并且还结识了像柔石、崔真吾这样的致力于翻译文学的青年,并在1928年底与他们组织朝花社,该社团着重于译介东欧、北欧进步文学,介绍外国版画,提倡刚健质朴的文艺,也是一种泥土精神的体现。但是鲁迅并未因此而忘怀于昔日的未名社青年如何甘于寂寞,以几个人的微薄力量支撑起一个文学社团,发展着寂寞的文学翻译事业。书评家唐弢认为未名社和朝花社在介绍外国文学上,具有相同的实干精神:"新文学运动发轫时期,在鲁迅影响下,努力介绍国外文学,同时又印行创作,埋头实干,不事宣传者,有两个团体,在北方为未名社,在南方为朝花社。朝花社的主干是柔石,历史较短,所出书亦不若未名之多,但其苦干精神,盖不让未名诸子焉。"②

《忆韦素园君》是为纪念韦素园而写的,鲁迅在文中描述了韦素园的泥土精神,实际上这也是未名社的社团风格。在这篇回忆文章

---

① 鲁迅:《鲁迅全集》第6卷,人民文学出版社,2005年版,第67页。
② 唐弢:《晦庵书话》,生活·读书·新知三联书店,2007年版,第407页。

中,鲁迅不仅盛赞了韦素园,同时也赞扬了未名社全部的青年成员的踏实稳重的做事风格:"未名社的同人,实在并没有什么雄心和大志,但是,愿意切切实实的,点点滴滴的做下去的意志,却是大家一致的。"①这种切切实实和点点滴滴的行事风格,正是呼应了鲁迅在十年前的演讲《未有天才之前》中所提出的"又要不怕做小事业"的作风,也正是泥土精神的体现。因此,从某种程度上来说,十年后的《忆韦素园君》是对十年前的《未有天才之前》的回应,是鲁迅在历经人生坎坷之后,对于泥土精神的深深眷念。1936年10月16日,鲁迅在离世前三天为曹靖华译的《苏联作家七人集》所作的序中,仍然充满深情地回忆未名社:"未名社一向设在北京,也是一个实地劳作,不尚叫嚣的小团体。"②在生命的最后阶段,鲁迅对于未名社的印象仍然定格在泥土精神上,同时在这篇序言中,鲁迅还赞美了也是未名社成员的青年译者曹靖华的泥土精神:"靖华就是一声不响,不断的翻译着的一个。"③

在《未有天才之前》这篇演讲中,鲁迅还指出了当时社会上存在的与泥土精神相反的,即扼制天才成长甚至扼制泥土的几种论调:"然而现在社会上的论调和趋势,一面固然要求天才,一面却要他灭亡,连预备的土也想扫尽。"④在鲁迅看来,主要有三种,一是"整理国故"论,二是"崇拜创作"论,三是恶意的批评,他也借此次演讲对这三种论调进行了批判,尤其是前两种,在鲁迅看来,对于民众的泥土

---

① 鲁迅:《鲁迅全集》第6卷,人民文学出版社,2005年版,第66页。
② 鲁迅:《鲁迅全集》第6卷,人民文学出版社,2005年版,第573页。
③ 鲁迅:《鲁迅全集》第6卷,人民文学出版社,2005年版,第572页。
④ 鲁迅:《鲁迅全集》第1卷,人民文学出版社,2005年版,第175页。

精神形成不利,"这样的风气的民众是灰尘,不是泥土,在他这里长不出好花和乔木来!"①鲁迅认为这些言论特别会影响到青年们的思想,因此他在演讲中从天才产生的条件的角度立意,认为健康的舆论导向下的民众基础才是天才产生的条件。

而且鲁迅在演讲中,提出的前两种论调实际上都有明确的指向性,第一种"整理国故"论明显是指向胡适的,1919年12月,胡适在《新青年》第七卷第一号上发表《"新思潮"的意义》,文中提出"整理国故"的口号,在社会上得到一部分人的响应和号召,特别是一些保守复古人士的拥戴,此后"整理国故"成为当时影响较大的一种思想主张。

而第二种"崇拜创作"论,应是指向郭沫若对于翻译文学的不当评价。郭沫若在1921年初的《民铎》第二卷第五号上发表的给李石岑的信中说:"我觉得国内人士只注重媒婆,而不注重处子;只注重翻译,而不注重产生。"②郭沫若在这里将翻译比作媒婆,而将创作比作处子,有抬高创作地位之嫌。而事实上仅凭郭沫若的这几句话就下结论说他排斥翻译文学未免也有些武断和草率,因为郭沫若在这封信中如此评论翻译也是有其具体缘由的,似是郭沫若针对1920年10月10日上海《时事新报》副刊《学灯》的双十节增刊而发,在该期上,依次刊载有周作人的译作《世界的霉》、鲁迅的小说《头发的故事》、郭沫若的历史剧《棠棣之花》和郑振铎翻译的《神人》。郭沫若对该期作品的排序不满,即将周作人的译作排在第一位,而把鲁迅的小说和

---

① 鲁迅:《鲁迅全集》第1卷,人民文学出版社,2005年版,第176页。
② 黄淳浩编,郭沫若:《郭沫若书信集》(上),中国社会科学出版社,1992年版,第183页。

自己的历史剧排在后面,因此才会在给李石岑的信件中有如此言论。

并且类似于郭沫若的这种论调在20世纪20年代中国文艺界并非个案,鲁迅也只是针对郭沫若一时的对于翻译文学不确切的评价而进行的批评。鲁迅似乎并没有从郭沫若的信件中感受到郭沫若有为自己鸣不平之意,而只是看到了郭沫若的言辞中有轻视翻译文学的态度倾向,即重视创作轻视翻译,而正是这一点让鲁迅批评起了郭沫若,也可以看出鲁迅对于翻译文学的尊重态度。甚至到1932年12月,鲁迅在《祝中俄文字之交》一文中,仍有批评郭沫若对于翻译文学的不当评价:"于是也遭了文人学士的讨伐,有的主张文学的'崇高',说描写下等人是鄙俗的勾当,有的比创作为处女,说翻译不过是媒婆,而重译尤令人讨厌。"①

众所周知,郭沫若本人在翻译文学上一直是比较积极的,也是一位翻译家。在《祝中俄文字之交》一文中,鲁迅还提到"排斥'媒婆'的作家也重译着托尔斯泰的《战争与和平》了"②。意指郭沫若1931年8月出版了根据德译本翻译的《战争与和平》,虽然鲁迅的语言中不乏嘲讽之词,但是在客观上也指出了郭沫若的翻译实践活动事实。而鲁迅也没有因此就完全否定郭沫若和创造社在翻译文学上的努力,鲁迅也曾赞美过郭沫若所参与的创造社对于翻译文学的贡献,鲁迅在1927年9月25日给李霁野的信中说:"看现在文艺方面用力的,仍只有创造,未名,沉钟三社,别的没有,这三社若沉默,中国全国真成了沙漠了。"③可见鲁迅并非不知道郭沫若为代表的创造社作家

---

① 鲁迅:《鲁迅全集》第4卷,人民文学出版社,2005年版,第473—474页。
② 鲁迅:《鲁迅全集》第4卷,人民文学出版社,2005年版,第474页。
③ 鲁迅:《鲁迅全集》第12卷,人民文学出版社,2005年版,第76页。

的翻译文学成绩,他只是针对其一时的言论的过激和不当而批评。

以胡适和郭沫若为代表的这两种论调在当时社会影响较大,鲁迅最为担忧的是在青年中会造成不良影响,鲁迅认为这两种论调不仅不利于天才的产生,相反是严重制约了天才的产生,甚至连天才根植的土壤也会被扫荡。并且,无论是"整理国故"论,还是"崇拜创作"论,在鲁迅看来,多少都含有排斥外来思想的分子,容易造成中国与世界隔绝,不能接纳外来新鲜事物。在反对"整理国故"论中,鲁迅指出:"就现状而言,做事本来还随各人的自便,老先生要整理国故,当然不妨去埋在南窗下读死书,至于青年,却自有他们的活学问和新艺术,各干各事,也还没有大妨害的,但若拿了这面旗子来号召,那就是要中国永远与世界隔绝了。倘以为大家非此不可,那更是荒谬绝伦!"[①]在反对"崇拜创作"论中,鲁迅也指出:"从表面上看来,似乎这和要求天才的步调很相合,其实不然。那精神中,很含有排斥外来思想,异域情调的分子,所以也就是可以使中国和世界潮流隔绝的。"[②]可见,在鲁迅看来,胡适和郭沫若的言论表面上看来是两种不同的论调,但是根本上都具有潜在的排外意识,都具有不同程度的排斥外来文艺的倾向。因此鲁迅对于胡适和郭沫若的言论的批评也都指向于对翻译文学的推崇和坚持,这虽非该演讲的主旨,却体现了鲁迅对于翻译文学的情感态度。

而鲁迅在演讲中提到的第三种阻碍泥土的发展的论调,即恶意的批评,这一点主要是针对当时文艺界对于文学活动的恶意批评,尤

---

① 鲁迅:《鲁迅全集》第1卷,人民文学出版社,2005年版,第175页。
② 鲁迅:《鲁迅全集》第1卷,人民文学出版社,2005年版,第175页。

其是对于青年文艺活动的恶意批评:"恶意的批评家在嫩苗的地上驰马,那当然是十分快意的事;然而遭殃的是嫩苗——平常的苗和天才的苗。幼稚对于老成,有如孩子对于老人,决没有什么耻辱;作品也一样,起初幼稚,不算耻辱的。"①事实上,早在1922年11月9日,鲁迅在《对于批评家的希望》一文中,就从一个特别的角度,即对于翻译文学的尊重的角度,诚恳地向中国的批评家们提出自己的希望:"还有几位批评家,当批评译本的时候,往往诋为不足齿数的劳力,而怪他何不去创作。创作之可尊,想来翻译家该是知道的,然而他竟止于翻译者,一定因为他只能翻译,或者偏爱翻译的缘故。所以批评家若不就事论事,而说些应当去如此如彼,是溢出于事权以外的事,因为这类言语,是商量教训而不是批评。"②鲁迅从尊重作者的角度出发,提出对于作者选择文艺自由的尊重,在今天看来,仍然具有启示价值。同时这也是鲁迅对于文艺批评的一种贡献,即文艺批评要区别对待创作和翻译。鲁迅从个人能力的角度出发,从尊重译者的角度出发,提倡重视翻译文学,把翻译和创作同视为作家的一种劳动,而并不以作品的影响力或是文学成就去衡量和评价作者,剔除了功利主义的评价标准,即便有人只能翻译,而不能创作,但是他们的译作也要受到尊重。在鲁迅看来,未名社的青年作家就是属于这样的能翻译者,鲁迅不仅自己肯定和认可他们的翻译文学成绩,并且还倡导读者去发现他们的翻译文学的价值。

鲁迅反对恶意的批评,自然不会充当恶意的批评家,相反,他对

---

① 鲁迅:《鲁迅全集》第1卷,人民文学出版社,2005年版,第176页。
② 鲁迅:《鲁迅全集》第1卷,人民文学出版社,2005年版,第424页。

于青年们的文艺活动有着足够的耐心和包容,他始终鼓励和支持青年们的文学成长。在文学的园地里,鲁迅也是甘心充当无名的泥土,毫无私心地扶植文学青年的成长和进步。李霁野在回忆未名社的成立时曾说过:"我们的外文基础还很差,各方面的知识也很浅薄,但是鲁迅先生用辩证唯物论的发展观点看待我们,甘心自作泥土,在一片小小的园地(未名社)里,认真负责地培育这些未必能成为好花乔木的文艺嫩苗"[①];"鲁迅先生就是甘心自做泥土,培育花木嫩苗的人,这是他艰苦卓绝而伟大的一个方面"[②]。

第二节 "笑影少"的未名社人

鲁迅在《忆韦素园君》一文中,谈及在最初与韦素园相识时,对于他有着"笑影少"的印象:"然而,我同时又有了一种坏印象,觉得和他是很难交往的,因为他笑影少。"同时鲁迅还说:"'笑影少'原是未名社同人的一种特色,不过素园显得最分明,一下子就能够令人感得。"可见,在鲁迅看来,"笑影少"是未名社诸青年的共同特色,只是在韦素园身上表现得更为突出一些。而最初鲁迅甚至因为这种印象而觉得韦素园"很难交往",但是在与这些青年们深入接触后,鲁迅认为自己是误解,并且觉得他们的笑影少,是因为他和这群青年之间的年龄

---

① 李霁野:《鲁迅先生与未名社》,人民文学出版社,1984年版,第8—9页。
② 李霁野:《鲁迅先生与未名社》,人民文学出版社,1984年版,第156页。

差距:"他的不很笑,大约是因为年龄的不同,对我的一种特别态度罢,可惜我不能化为青年,使大家忘掉彼我,得到确证了。"①

对于鲁迅认为未名社青年性格消沉,缺少笑影这一看法,李霁野很是认同:"鲁迅先生说,未名社人缺乏笑影,这是实情。"并且李霁野从未名社人游离于时代和政治生活之外的角度,解释了他们缺乏笑影的原因:"那时候,外有帝国主义欺凌侵略,内有军阀混战割据,社会政治漆黑一团,因而紧紧咬着青年们的心的,是苦闷和绝望,怎样也挣脱不了;投身实际革命斗争的青年,自然是例外。"②

未名社青年总体上性格都比较温和,对于政治斗争生活并不直接介入,但是他们也不乏激进的一面。如韦丛芜曾经亲历过三一八惨案,从死亡线上逃脱;而李霁野因为翻译《文学与革命》使得未名社遭遇查封,几个成员被捕;以及后期未名社京中同人曾收留多名共产党员,且与他们建立了亲密的关系等。但是即便如此,未名社成员在文艺倾向上,仍旧是游离于当时的革命文学主潮之外的。未名社青年作家始终沉潜于俄苏文学的翻译,在作品的选择上,他们多是注重文学性,而并不在意其思想性。并且社中的青年成员长期共同生活在一起,彼此之间在文艺风格上相互影响较大。同时他们的社会交往较为封闭,多限于同乡,这既成就了他们整体风格的统一性,也让他们游离于时代主潮之外。在未名社存在时期,青年成员极少以文学创作活动参与社会政治生活。社团成员中,唯有曹靖华长期参加革命活动,但是他在未名社成立后,长期脱离于社团之外,跟其他成

---

① 鲁迅:《鲁迅全集》第6卷,人民文学出版社,2005年版,第66页。
② 李霁野:《鲁迅先生与未名社》,人民文学出版社,1984年版,第68页。

员几乎没有人生上的交集,其作为未名社成员的同人风格并不明显。

台静农曾结合自己的第一篇小说《负伤的鸟》的创作经历,指出当时的时代苦闷对于他和其他青年们的情绪影响:"回想'五四'后的青年,感于朦胧的爱情,踏空的现实,闪灼的光明又捉摸不住,于是沉郁、绝望,如本篇主人终于走向死亡,这样周围于我左右的朋辈,最为习见。"①在《建塔者》后记中,又说道:"其实一个徘徊于坟墓荒墟而带着感伤的作者,有什么力量以文笔来渲染时代的光呢?"②而韦丛芜虽然参加过学生运动,也曾写下政治抒情诗篇,但他的诗歌创作更多地传达的是小资产阶级知识分子对于时代的彷徨苦闷感,诚如他在第二本诗集《冰块》题记中表达的那样:"消不了的是生的苦恼,治不好的是世纪的病。"可见,时代的苦闷和压力是未名社人笑影少的一个重要原因,而未名社青年因为徘徊于时代边缘,几乎没有投身于实际的革命斗争,所以在性格上多是内敛沉静。即便韦丛芜在社中个性相对较为张扬,但是仍然称不上是时代的激进者。鲁迅在1926年给韦素园的信件中就曾指出他们个性上的保守:"在未名社的你们几位,是小心有余,泼辣不足。所以作文,办事,都太小心,遇见一点事,精神上即很受影响,其实是小小是非,成什么问题,不足介意的。"③

李霁野认为最初鲁迅在精神上与他们的亲近,正是因为鲁迅性格里也具有精神的创伤:"鲁迅先生是意志刚强、热情蓬勃的人,在旧社会里他不可能不受到许多精神的创伤,不经历许多精神的痛苦。他在《呐喊》自序中所叙述的抄古碑时的悲苦寂寞心情,是我们可以

---

① 陈子善编:《台静农散文选》,人民日报出版社,1992年版,第143页。
② 台静农:《地之子 建塔者》,人民文学出版社,1984年版,第203页。
③ 鲁迅:《鲁迅全集》第11卷,人民文学出版社,2005年版,第644页。

了解的。在一九二七年以前,他虽然还没有将这种心情好好分析,但遇到有这种类似特征的青年,他的感觉就特别锐敏,他的关怀也就特别亲切。"①应该说,李霁野的这种分析是有道理的。在北京时期,除了未名社的青年之外,与鲁迅往来密切的还有沉钟社的青年成员,这个社团与未名社一样,也致力于外来文学的译介,与未名社所不同的只是在翻译文学的类型上,沉钟社偏向于译介德国浪漫主义文学,而未名社主要译介俄苏文学。沉钟社对于翻译文学的执着态度也让鲁迅对这个社团成员青睐有加,鲁迅欣赏他们对于翻译文学的认真态度,但是同样也为他们精神性格里的消极忧郁而感到担忧,李霁野曾回忆:"沉钟社的杨晦、冯至、陈翔鹤、陈炜谟,他都常提到,很喜欢他们对文学的切实认真的态度。不过他也觉得他们被悒郁沉闷的气氛所笼罩。"②

　　对于鲁迅来说,在面对未名社的这群青年时,他的内心也是矛盾困惑的。一方面由于鲁迅自身性格中具有与这群青年相同的精神因子,因而他会在情感态度上更加亲近于他们。另一方面,鲁迅因为不满意于自己性格中的消极部分,也会担心青年们因为与他的接近而受到影响。因此,鲁迅或是有意保持与青年的距离,或是劝导青年不读古书,以减少他对于青年在情绪和性格上的负面影响。总之,鲁迅在与未名社青年的相处中,折射了他内心的巨大矛盾。

　　造成未名社成员"笑影少"的最现实和直接的因素,应是这群青年所面临的生存困境的巨大压力。未名社成员中的五位青年均是从

---

① 李霁野:《鲁迅先生与未名社》,人民文学出版社,1984年版,第205页。
② 李霁野:《鲁迅先生与未名社》,人民文学出版社,1984年版,第205页。

异乡来到京城追寻文学梦想的外省青年。他们出身贫寒卑微，青年时代便离开故乡来到北京自谋生路。他们作为都市的漂泊者，在追寻文学梦想的同时，还要承受着生存的考验。因而，文学对于他们来说不仅是事业，还是生存的手段，如李霁野和韦丛芜最初从事翻译文学的一个动力就是谋取稿费。另一方面他们生存的压力还来自于家庭，五位青年作为封建旧式家庭中的男丁，在自谋生路的同时，还承载着帮扶家庭成员的责任。自韦丛芜追随韦素园来到北京后，李霁野和台静农也分别将自己的兄弟带出故乡。这种家族伦理文化的精神约束，让未名社青年在性格上会更加趋于严谨稳重，保守内敛，逐渐地"笑影少"成为整个社团的特色。

未名社成员的"笑影少"还与成员对疾病和死亡的忧患意识有关，疾病和未名社的关系，是一个并不陌生的话题。在未名社成员中，有好几位都身患疾病，韦素园和鲁迅更是因为严重的肺病而先后离世。受限于医疗水平，肺病在当时不仅难治，且无法预防传播。在未名社中，由于安徽作家群长期一起生活，这种群居性的共同生活方式加剧了彼此间疾病的传播。

早在未名社成立之前，鲁迅就已感染上肺病。鲁迅的父亲就是肺病患者，作为家庭长子的鲁迅，自少年时代，便开始为父亲的疾病操持和忧虑，频频出入于当铺和药铺中。父亲的疾病对于鲁迅的人格养成也有影响，在早年的大家庭生活中，鲁迅逐渐形成了老成稳重却又敏感自尊的性格。1894年，鲁迅的父亲周凤仪还是因为肺病不治而亡，父亲的死不仅让家庭的经济状况雪上加霜，也让鲁迅的长子责任更加强烈。同时也因为受父亲的疾病和死亡的影响，鲁迅的性格过早地感染上了对于生命的消极和悲观态度，并且终其一生受到困扰。

关于鲁迅罹患肺病的具体时间,目前尚无研究资料给予明确答案。鲁迅在去世前的一个多月,即1936年9月2日,曾给母亲鲁瑞写了一封信,根据这封信鲁迅所谈论的他的肺病情况,可以大概推测其肺病患病历程,因为就疾病来说,自然是患者自己对于自身疾病情况更加具有发言权:"男所生的病,报上虽说是神经衰弱,其实不是,而是肺病,且已经生了二三十年,被八道湾赶出后的一回,和章士钊闹后的一回,躺倒过的,就都是这病,但那时年富力强,不久医好了。男自己也不喜欢多讲,令人担心,所以很少人知道。初到上海后,也发过一回,今年是第四回,大约因为年纪大了之故罢,一直医了三个月,还没有能够停药,因此也未能离开医生,所以今年不能到别处去休养了。"①

从这封信件中提供的一些时间如"二三十年",以及"被八道湾赶出后的"第一回大病来看,鲁迅感染肺病时间最迟也应是在留学回国后。鲁迅自叙他曾严重发作过的四次经历,前两次均发生于在京时期,前后间隔时间不长,第一次是在1923年夏天,是与周作人失和后被驱逐出八道湾时,第二次应是在1926年上半年离京前,第三次是1927年底到上海时,最后一次即为1936年。鲁迅写作这封信的时间较为特别,自1936年初开始,鲁迅的健康状况一直令人担忧,疾病缠身。5月美国医生为鲁迅诊治,认为他的肺病已经无望,虽然此后一直在治疗,但是时好时坏。在写这封信时,鲁迅仍在用药,并且不能离开医生。因此鲁迅是在面临着严峻的死亡危机时写下此信的,然

---

① 鲁迅:《鲁迅全集》第14卷,人民文学出版社,2005年版,第140—141页。

而从他的语气来看,他并没有流露出丝毫的恐慌或是绝望,相反却表现出一种从容平淡的态度。鲁迅甚至如此安慰母亲:"肺病是不会断根的病,痊愈是不能的,但四十以上人,却无性命危险,况且一发即医,不要紧的,请放心为要。"①

鲁迅之外,韦素园和曹靖华几乎是在同一时间感染肺病又同时回国修养的。他们二人在20世纪20年代初在上海外国语学社求学,并作为第一批留学苏俄的学员,被派到莫斯科东方大学学习。当时留学生活条件异常艰难,集体生活以及营养不良,让他们这些留俄学生都不同程度地感染疾病。韦素园和曹靖华就是在这一时期感染上肺病的,因此在1922年夏,韦素园和曹靖华护送患病的同学回国,同时他们也是为了自己回国疗养。曹靖华当时回到自己的故乡河南卢氏县疗养几个月,不久得以恢复。而韦素园回国后一直没有得到彻底的休养,夏季回到故乡,在安庆拜访亲人时,经检查确诊为肺结核病。但是韦素园并没有因此放弃求学,一直奔走在求学的道路上,与亲人短暂相见后回到北京,又被检查出了痔瘘病。自感染肺病以后,韦素园一直没有得到过系统的治疗和休养,李霁野回忆韦素园的病情是这样的:"治不了,养不起,亲友担心,素园却处之泰然。"②自未名社成立后,韦素园更是为社团事务操劳,为其个人健康彻底崩坏埋下了巨大隐患。最终在1926年底,韦素园积劳成疾病倒,转至北京西山疗养院养病直至病逝。

在坚定自己的文学之路的同时,韦素园还不忘帮助同伴的发展。

---

① 鲁迅:《鲁迅全集》第14卷,人民文学出版社,2005年版,第141页。
② 李霁野:《鲁迅先生与未名社》,人民文学出版社,1984年版,第102页。

在未名社成立前,韦素园是这群青年的核心人物,他具有极大的召唤力和影响力。韦素园在1922年底,写信给曹靖华,鼓励后者到北京求学,曹靖华接到韦素园的信后来到北京,并在北京大学旁听。1923年春,韦素园在回乡后将李霁野带到北京。1923年夏天,韦素园的胞弟韦丛芜从湖南岳阳赶到北京,也是为了追随他。李霁野曾深情地称韦素园"是我们生活的南针,也是我们生活的柱石:直到死时,他都还是如此"①。此后,四位青年作家共同求学和生活在一起,亲密无间。

甚至连鲁迅都为这个小群体动容,偶尔也会参与其中。鲁迅当时在北京大学上课之余,有时也会顺便到韦素园的"破寨"中跟青年们一起吃饭座谈,据李霁野回忆,"先生在北大下课后常常到那里去谈天,偶然也就遇便吃饭"②。群体性的生活方式既增加了安徽青年们之间的深厚情感,同时也有利于他们的文学成长,进而也有利于形成统一的团体风格。然而从私人生活的角度来说,群体性的生活方式也加剧了他们彼此间疾病的传播。

继1926年底韦素园肺病加重后,1927年夏,韦丛芜也因肺病入住北京西山疗养院,一度与兄长韦素园同居一室。1928年4月,未名社遭到查封时,韦丛芜也是因为肺病侥幸只被关押一周而释放。而所幸的是韦丛芜的病情较轻,后来也得以恢复。实际上,早在故乡师范学校读书时,韦丛芜就曾感染过肺病,一度病倒,而李霁野一边求学,一边照顾他,前后长达一年。李霁野在京时期,又曾多次护理过

---

① 李霁野:《李霁野文集》一,百花文艺出版社,1991年版,第39—40页。
② 李霁野:《鲁迅先生与未名社》,人民文学出版社,1984年版,第178页。

韦素园,这样的体验对于李霁野来说自是难忘的人生体验,也让他感受到了疾病的阴影。对于早年未名社生活的回忆和记录最多的李霁野,在晚年时期写下大量关于未名社的回忆文章,这其中有不少回忆就是与社中成员的疾病有关的。如李霁野关于未名社成员的疾病记忆中,就有鲁迅为高长虹审稿至咯血的回忆:"记得我有一次去访问先生时,见他的神色很不好,问起来,他并不介意地答道:昨夜校长虹的稿子,吐了血。"①

在未名社成员中,韦素园当时的病情最为严重,在最初病倒时,甚至遭到医院的拒收,在生命最后的几年中,他一直挣扎于死亡线上,再也没有返回过未名社。韦素园本是青年中的中心人物,他的患病经历对于其他成员势必会造成一定的精神困扰。长期抱病在身的韦素园,在不多的创作和书信中留下了对于自身疾病的最直接而痛苦的记载,并将这种关于疾病的忧患和感伤传染给社中其他的人。韦素园深知自己病情的严重,自病倒后对于自己的生命并不乐观,时时怀着对生命的悲观绝望态度和对死亡的忧患意识。并且由于病痛的折磨,韦素园无法投身于时代洪流中,只能停留在时代的最边缘位置,孤独地咀嚼个人疾病的苦痛。在韦素园挣扎于病榻的几年中,未名社的同人在与他的接触中,不时从他的疾病中感受着生的压力和死的忧患,这些并不愉快的体验影响着他们的生命态度和文学创作。

台静农在回顾《地之子》中的小说的创作初衷时,其中提到来自于韦素园的鼓励是小说创作的动力之一,他回忆 1926 年跟韦素园同宿一寓时,曾听到后者病中的呻吟:"素园几乎是照例说他是疲倦了,

---

① 李霁野:《鲁迅先生与未名社》,人民文学出版社,1984 年版,第 228 页。

睡在床上,隐隐地可以听见他的一种痛苦的呻吟。"①李霁野则亲眼见证了韦素园的病倒和走向死亡,当得知韦素园的肺病诊断无治时,他的心情是这样的:"静农打电话让我进城,告诉我素园的病已经医生诊断无治的时候,我们的周身颤抖,仿佛看见死亡的巨手就要攫去我们的最亲的朋友一样。"②而李霁野在1927年挺身而出,勇于承担起管理社团的重任,也是出于对韦素园的一种精神告慰。

疾病通常与死亡相连,在疾病阴影之外,未名社成员还不同程度地感受到死亡的压力,这种死亡的阴影有的是来自社中成员,有的则是来自于亲人。未名社成员对于疾病和死亡的阴影另一方面也来源于个体早年的家庭生活,未名社成员基本上都在青少年时期的家庭生活中遭遇了亲人的患病或是死亡,这使得他们对于生命产生了悲观虚无的态度,也让他们的文学活动沾染上消极颓废的色彩,更是促成了阴冷灰暗的社团风格的形成。未名社虽然以青年为主,但却并没有青年的生气,并且这种没有生气逐渐地成为社团的整体特色。

比如笑影最少的韦素园,其最初关于死亡的阴影是来自于长兄韦凤章。在韦素园和韦丛芜长期的求学生涯中,一直由韦凤章担负着他们的学习和生活费用,然而他的离世,不仅让兄弟二人失去了生活的保障,更是抽去了他们的精神支柱,特别是给了韦素园沉重打击。李霁野也认为兄长的早逝是造成韦素园笑影少的原因:"失去了哥哥的悲伤,和思想与现实间的冲突,沉重地压抑着素园的心,从此以后,他诚如鲁迅先生所说,成为缺乏笑影的人了。"③病中的韦素园

---

① 台静农:《地之子 建塔者》,人民文学出版社,1984年版,第117页。
② 李霁野:《李霁野文集》一,百花文艺出版社,1991年版,第42页。
③ 李霁野:《李霁野文集》一,百花文艺出版社,1991年版,第39页。

曾在1929年撰写回忆文章《焚化》,表达了自己对于兄长的追忆以及生的苦闷情怀。长兄的突然离世,也无形中增加了韦素园的生活负担,原先受长兄眷顾的他不得不挑起家庭生活的重担,承担起长兄未完成的责任。此后,在和韦丛芜的关系中,韦素园不得不扮演起长者的角色。韦丛芜在家族中年龄较小,或许他从长兄韦凤章的死亡中感受的痛苦不如韦素园强烈。然而韦丛芜也曾亲历过死亡,他亲身经历了三一八惨案,并从屠场上走出,直接遭遇死亡阴影的他也曾写下诗歌记录这一惊心动魄的经历。劫后余生的韦丛芜此后在人生方式上,不似韦素园那样对于文学具有殉道者的精神,相反却是耽于世俗人生的享乐,或许也是来自于这种经历的另外一种影响吧。

在生命的最后阶段,韦素园在生命的边缘线上苦苦挣扎,给未名社的同人带来了巨大的精神压力。由于和韦素园私交甚好,李霁野在工作之余,时常去探视病中的好友,并多次在韦素园的病榻前守夜。他见证了韦素园从肺病严重到死亡的最后的生命时光,最为直接地感受到了韦素园的死亡的阴影。并且李霁野还陪伴韦素园走完了生命的最后历程,他痛切地感受到了挚友的死亡的悲哀。在韦素园去世前不久,李霁野在散文《生活的曙暮光 Twilight》中,书写了他当时面对病中的韦素园时的矛盾和压力:"山上的病友的惦念激动了我的心,疲倦的腿脚,一步步把我拖上山去:我已经使他受够不安了,不应当再使他有丝毫的焦思。"①这篇散文写于1932年1月,距离韦素园离世只有七个月,当时李霁野在天津执教已有一段时日了,此时除却个人谋生的压力之外,李霁野还面临着未名社的衰落和与韦丛

---

① 李霁野:《李霁野文集》一,百花文艺出版社,1991年版,第33页。

芜之间的矛盾,这让李霁野不堪重负,然而即便如此,他仍然往来于天津和北京,坚持去看望韦素园,只为缓解病痛带给朋友的焦虑和孤独。

与未名社成员性格上的"笑影少"相应的是,其文学世界也是"笑影少"的。未名社青年的"笑影少"也是源于俄国文学的影响,特别是安德列耶夫、梭罗古勃和陀思妥耶夫斯基等的影响,这些俄国作家的文学风格都有沉郁阴冷的特质。李霁野坦承当时他们性格里的消沉与俄国文学的影响有关:"也就是在那个时期,不知为什么,韦素园和我们几个朋友都有些消沉,或许是梭罗古勃和安特列夫给了我们不良的影响。"①同时,李霁野还提到鲁迅曾指出过他们受俄国作家影响的事实:"就我所写的少数短篇小说,尤其是《微笑的脸面》,他(指鲁迅,本书作者注)就曾指出,安特列夫对我的影响有好的一面,也有坏的一面。他说这会钻进牛角尖,最危险不过。他对素园抱着很大的希望,因此惋惜他受了梭罗古勃的太大的不良影响。"②可见,鲁迅是非常清楚地意识到了俄国文学的沉郁凝重风格对于未名社青年性格的影响,并且鲁迅并不希望青年们受到此种影响。

事实上,鲁迅自己最早的翻译活动就是从安德列耶夫的作品开始的,在《域外小说集》中,鲁迅翻译了安德列耶夫的两篇小说《谩》和《默》,而鲁迅选择此种风格的作品,多少体现出他当时在性格上的忧郁悲凉,以及在精神情感上与安德列耶夫的接近。日后,鲁迅自己的小说创作也受到了安德列耶夫风格影响,他曾坦承自己的小说《药》

---

① 李霁野:《李霁野文集》一,百花文艺出版社,1991年版,第108页。
② 李霁野:《鲁迅先生与未名社》,人民文学出版社,1984年版,第204页。

"也分明的留着安特莱夫(L·Andreer)式的阴冷"①。而未名社的青年致力于翻译文学事业也是受到了鲁迅的翻译小说的直接影响,李霁野就回忆最初阅读鲁迅的翻译小说进而产生对于外来文学的兴趣,而他日后翻译文学也从安德列耶夫的《往星中》和《黑假面人》开始,这不仅是因为他在文学倾向上与鲁迅的相近,其实也是鲁迅对于他的精神暗示。

书评家唐弢作为读者,认为自己在一个时期的阅读喜好跟未名社人的文学喜好相近,即倾向于虚无悲伤的俄国文学:"陀思妥夫斯基以外,有一个时期我又常常读安特列夫,前进的朋友也许会骂我虚无,但读他并不一定要跟他学,否则,我早该去自杀,不必在这里写什么《书话》了。未名社诸公大概也同具此好。"②唐弢认为自己当时只是在阅读上对于陀思妥耶夫斯基和安德列耶夫等俄国作家有所偏爱,但是在文学活动上并不模仿。而未名社作家不仅翻译陀思妥耶夫斯基和安德列耶夫的作品,连文学创作风格也受到了他们的感染和影响,因而具有了虚无彷徨的成分。事实上,长期浸染于忧郁感伤的俄国文学,使得未名社青年作家在人生态度上也是消极的。鲁迅曾回忆在1929年5月返京时,去看望在西山疗养院养病的韦素园,而韦素园当时却是将陀思妥耶夫斯基的一幅大画像挂在病房的墙壁上,陀思妥耶夫斯基冷酷肃杀的文学风格,以及韦素园当时的人生处境,都让鲁迅从中看到了死亡和不幸的阴影:"对于这先生,我是尊敬,佩服的,但我又恨他残酷到了冷静的文章。他布置了精神上的苦

---

① 鲁迅:《鲁迅全集》第6卷,人民文学出版社,2005年版,第247页。
② 唐弢:《晦庵书话》,生活·读书·新知三联书店,2007年版,第434页。

刑,一个个拉了不幸的人来,拷问给我们看。现在他用沉郁的眼光,凝视着素园和他的卧榻,好像在告诉我:这也是可以收在作品里的不幸的人。"①

有学者认为:"未名社只存活了六七年,影响却是大的。这个文学出版社刊发的东西,都带有一点半灰色的、不安的情调,艺术手法鲜活,是文人气很浓的精神部落";"那是一个压抑的王国,青年的心借着俄国文人非理性的惊悸,苦苦地讲述着人间悲惨的故事"②。台静农也说他的小说世界与欢欣无关:"同时我又没有生花的笔,能够献给我同时代的少男少女以伟大的欢欣。"③而这或许可以适用于未名社所有成员的文学选择上。无论是翻译文学,还是文学创作,未名社成员所追求的均具有一种阴暗的风格。在翻译文学的作品选择上,未名社涉及的主要是俄国文学,作家有安德列耶夫、果戈理、契诃夫、陀思妥耶夫斯和爱伦堡等,这些作家的作品多具有苦闷忧伤的风格倾向,少激进,多阴冷。从内容上来看,未名社翻译的作品多是反映人间悲惨的故事,如韦素园翻译的《外套》《黄花集》,曹靖华翻译的《第四十一个》《白茶》,李霁野翻译的《不幸的一群》《往星中》和《黑假面人》,韦丛芜翻译的《穷人》和《罪与罚》等。以李霁野翻译的安德列耶夫的《往星中》和《黑假面人》为例,这两本剧作展现了俄国革命失败之后,小资产阶级知识分子精神的空虚和失落,格调低沉消极,因为《黑假面人》风格过于灰暗,当时只印了几千册,李霁野申明只印刷一次,不再印刷。他自己也认为:"剧本的时代背景是俄国一

---

① 鲁迅:《鲁迅全集》第6卷,人民文学出版社,2005年版,第69页。
② 孙郁:《在民国》,中国人民大学出版社,2014年版,第133页。
③ 台静农:《地之子 建塔者》,人民文学出版社,1984年版,第118页。

九〇五年革命失败之后,情调是低沉的。在当时,我们几个人和一些知识青年的情调大体也如此。"①

而李霁野从事随笔散文的写作,是从回忆已故亲人开始的。1928年他创作了一组题为《三幅遗容》的散文,书写了自己已逝的祖母、外祖母和母亲三位女性长辈,作为青年的李霁野,对于亲情的回忆却是始于三个已故亲人,这组散文在对于亲情的描述中,不可避免地沾染上了浓浓的死亡气息和忧郁感伤的生命态度。写这些文章的时候,李霁野才二十出头,但是他却选择这种题材作为散文创作的开始,如他自己所言受法国作家蒙泰涅(本书作者注,今译蒙田)的影响:"我很年轻,当然还想不到死后,但对于已经作古的亲人,记忆中还怀着亲切的怀念,我想用幼稚的文字写下来,对亲友和自己都是一大安慰。"②虽然作品透露着亲情的温暖和对亲人的思念,但是也浸染着死亡和疾病的忧伤,同时还带有深深的怀旧气息,展现了一个失去故乡和亲人的游子的漂泊感,风格沉郁忧伤。在这组散文中,李霁野将漂泊的京城称为"并无所留恋的沙漠"③,因为那里没有亲情的寄托。因此,李霁野早期的散文都是书写亲友题材的,除了《三幅遗容》之外,还有《父亲》和《忆素园》等。

台静农自20世纪40年代定居台湾之后,由于政治原因,对于早年未名社生活避而不谈,因此没有留下关于早年社团生活的回忆,但是他在早期的文学创作中仍然呈现了死亡意识和生命的虚无态度。台静农在故乡的生活和后来的都市生活中,都曾见识过各种死亡,而

---

① 李霁野:《鲁迅先生与未名社》,人民文学出版社,1984年版,第155页。
② 李霁野:《李霁野文集》一,百花文艺出版社,1991年版,第7页。
③ 李霁野:《李霁野文集》一,百花文艺出版社,1991年版,第23页。

他本人也因为参加革命有过三次入狱经历。作为未名社作家,台静农最为人称道的文学创作应是小说集《地之子》和《建塔者》了,但这两本小说集中所写的农民或是革命者的人生命运,多与死亡相连,体现出他深重的生命忧患意识。

第三节 韦素园的疾病与文学叙事

未名社主要致力于翻译文学,因此成员的文学创作数量并不算多,在他们不多的创作中,无论是韦素园的散文,还是韦丛芜的诗歌,以及台静农的小说,虽然在文体和取材上存在着差异,但都或多或少地感染了疾病和死亡的阴影,因此呈现出阴暗凝重的文学风格。这其中,尤以韦素园最为突出,他自24岁起即长卧于病榻,一病不起,治疗无望,在绝望中等待死亡的降临。韦素园除了在未名社成立初期,在社中参与了工作一年,几乎在未名社整个存在时期,他都在严重的疾病中度过。因此,韦素园所留下的文字差不多都与疾病和死亡有关。

韦素园生前只出版过译文集《外套》、《最后的光芒》和《黄花集》。在文学创作数量上,目前所见的韦素园的作品只有十多篇散文和十多篇诗歌、近十篇序文和记,以及几十篇日记。韦素园于1926年底肺病复发,病情加剧,自1927年初至去世一直在北京西山疗养院养病,因为疾病的制约使得他无法从事艰苦的文学翻译,他的文学翻译多是在病发前完成的,鲁迅曾建议病中的他不要翻译硬性的文章,而可以翻译一些像《黄花集》中的诗歌文字。病中的韦素园主要是集中开展文学创作,他的文学作品绝大部分都创作于这一时期。

韦素园在病倒前的不多的创作中,也曾展现过清新明朗的风格。如散文《春雨》,描写了青年人的情感心理,寄托了对于人生的美好期待。但是自西山养病后,韦素园的写作题材和风格发生了很大的改变,这时,他主要通过散文、诗歌以及书信来记录他的病中生活,以及他作为病患者特殊的心境,自叙传色彩浓厚,整体风格感伤忧郁。对于这些创作,韦素园则自觉无奈和勉强:"我自然知道,这种东西现时代是不需要的,但自己又不能写别的,实在也无法。"①也许在韦素园本人看来,他曾经从事的进步文学翻译更有现实意义。但实际上他于疾病中的写作,展现了由于疾病引发的各种心理体验,并从病患者的角度传达了对于人生的独特理解。正如史铁生在《病隙碎笔》中所说的那样:"生病也是生活体验之一种,甚或算得一项别开生面的游历。"②韦素园在他不多的创作中,将这种边缘性的生病体验彻底展现出来,为读者呈现了一个独特的病患者的文本世界。

韦素园生命中最后五年多的时间几乎全部在病榻上度过,除了未名社同伴偶尔的拜访,基本上与世隔绝,个中的寂寞和悲苦可想而知。在生病后的第二年,韦素园就在《黄花集》的自序中写道:"我自去岁阳历一月卧病,到此刻已经是将近两年的时光了。在这期间,深觉以前过的生活是如何零乱,空虚,无聊,生命是如何毫无惋惜似地,无益地,静静地向前过去了。"③因此,韦素园的作品大部分都是书写

---

① 韦素园:《韦素园选集》,安徽文艺出版社,1985年版,第127页。
② 史铁生:《史铁生散文》,人民文学出版社,2007年版,第123页。
③ 韦素园:《韦素园选集》,安徽文艺出版社,1985年版,第100页。

疾病阴影下的极端生命体验。

韦素园所患的肺结核病,在当时属于不治之症,他曾对自己的病流露出如此的绝望之情:"痨病如是有限期好的希望,遇天大的困苦,我也能打破。不过在此无希望的情况中,实在太令人无趣了。"①对于20世纪初结核病给人类带来的各种恐惧心理,苏珊·桑塔格曾说过:"只要这种疾病的病因没有被弄清,只要医生的治疗终归无效,结核病就被认为是对生命的偷偷摸摸、毫不留情的盗劫。"②

《无题》是现有的韦素园最早的病后之作,他几乎是在肺病加重的同一时间,写下了这篇散文诗,其中写道:"假若有一个晚间,殒落了一颗星辰。那我便知道这或者是你,在那辽阔的宇宙中,光已熄灭,化成灰烬。"③体现出他对于生命流逝的悲观。在诗歌《晨歌》中,韦素园又吐露了对美好往昔的追忆:"凝眼望着星空,我的心魂欲碎。那不可追回的——是我昔年的光辉。"④而他病逝前的诗歌《生命苦了我》,则直抒长期患病带给他的悲苦:"生命苦了我,我忍受地笑着,五年间床上长眠,将青春悄悄地度过。"⑤

因为疾病造成的消极人生体验,使得韦素园选择的文学意象颓废低迷,在诗歌《落叶之歌》中,他以深秋的落叶来暗示死亡:"偶尔间我踏在叶上,微闻到脚下传出死的声息。"⑥而在诗歌《白色的丁香》

---

① 韦素园:《韦素园选集》,安徽文艺出版社,1985年版,第122页。
② 苏珊·桑塔格:《疾病的隐喻》,上海译文出版社,2003年版,第7页。
③ 韦素园:《韦素园选集》,安徽文艺出版社,1985年版,第68页。
④ 韦素园:《韦素园选集》,安徽文艺出版社,1985年版,第76页。
⑤ 韦素园:《韦素园选集》,安徽文艺出版社,1985年版,第82页。
⑥ 韦素园:《韦素园选集》,安徽文艺出版社,1985年版,第80页。

中,他又以憔悴的丁香暗喻自身的不幸:"这样的枯瘦是你的命运么?——丁香,我可怜你不幸地来到世上。"①在诗歌《致不识者POVE女士》中,他直接把生命比作是"一座不幸的筵宴"②,而把死亡称作是死神赐给人类的恩惠,展现了一种虚无厌世的人生态度。

此外,韦素园在作品中,还通过生活细节的描写来表现疾病带给他的孤独感。诗歌《睡时》和散文《小猫的拜访》,都是以自叙传的手法描写夜晚睡眠的场景。在《睡时》中,韦素园描写在冰冷黑夜,如何于模糊的睡眠中抓住一件冬衣;在散文《小猫的拜访》中,则是描写在暴风雨的夜晚怎样与一只小猫相伴。韦素园通过对患病时种种生活细节的渲染,淋漓尽致地呈现了疾病给予他的深重孤寂感。

苏珊·桑塔格说过:"尽管疾病的神秘化方式被置于新的期待背景上,但疾病(曾经是结核病,现在是癌症)本身唤起的是一种全然古老的恐惧。"③对于疾病的恐惧不仅破坏了病患者的日常生活,还深刻地影响着病患者的爱情心理。韦素园曾说过:"我在病中觉到,人生就是工作,只有在工作中可以求得真实的快乐和意义,恋爱等等不过是附属品而已。"④把恋爱理解为人生的附属品,体现了病中的韦素园对于爱情的逃避甚至是排斥的态度。

在韦素园病重后的文学创作中,还有一组爱情题材的诗文,主要有散文《蜘蛛的网》、《端午节的邀请》、《窄狭》、《别》和诗歌《幻梦》等,集中展现了他的悲观主义的爱情观。除了散文《别》别出心裁地以恋

---

① 韦素园:《韦素园选集》,安徽文艺出版社,1985年版,第75页。
② 韦素园:《韦素园选集》,安徽文艺出版社,1985年版,第81页。
③ 苏珊·桑塔格:《疾病的隐喻》,上海译文出版社,2003年版,第7页。
④ 韦素园:《韦素园选集》,安徽文艺出版社,1985年版,第129页。

人间的浪漫行为来展示爱情的纯真之外，其余的作品渲染的都是爱情破灭的悲哀，或是表现对于爱情的排斥心理。

诗歌《幻梦》以特别的梦境的形式，展示了对于往昔爱情的留恋："是这样的寒宵，是这样的月色，但却不是我和你相会时节。"①在散文《端午节的邀请》和《窄狭》中，韦素园以自叙传的手法书写自己过往爱情的破灭，流露出爱情梦幻散灭后的悲哀。

而在散文《蜘蛛的网》中，在目睹了蜘蛛捕食蜻蜓后，韦素园发出这样的感慨："蜘蛛有如爱情，这蜻蜓却正是他呵。爱情的丝，也是精细不可见的；它是一种透明的光体，永是飘荡在无限的空间和无尽的时间里。他此刻已正是被缚在这丝网上呢。"②韦素园以蜘蛛喻示爱情，又以蜻蜓喻示陷入爱情之网的人，把爱情理解为人生的束缚品，体现出他对于人生的虚无主义态度。

韦素园在创作这组诗文的时候，正值青春年华，然而他却一反常规，并没有在作品中表现出青年人对于爱情的向往和追求心理，反而表现出对于爱情的抵触和排斥。根据其晚辈韦顺的记载，韦素园曾有过两次夭折的爱情，一是因出国留学中断，二是因为患病被迫拒绝，特别是第二次恋爱在其胞弟韦丛芜的《悼素园》一诗中有所体现："咯血盈盆气若丝，昏灯昏室漏迟迟。可怜万里飞书至，字字痴情句句诗。"③因此，结合韦素园个人的情感经历来说，他对爱情的排斥态度在一定程度上源于他对于文学事业的孜孜以求，但更为重要的是源于肉体遭受疾病折磨而难以言传的悲哀和无奈。正如阿德勒所说

---

① 韦素园：《韦素园选集》，安徽文艺出版社，1985年版，第78页。
② 韦素园：《韦素园选集》，安徽文艺出版社，1985年版，第56页。
③ 韦素园：《韦素园选集》，安徽文艺出版社，1985年版，第309页。

的:"不能配合环境、而且也无法满足环境要求的肉体,通常都会被心灵当做是一种负担。"①

未名社是在鲁迅的关爱下成长起来的一个文学社团,鲁迅不仅对未名社成员的翻译文学活动有着直接指导,同时也对未名社作家的文学创作产生了深刻影响。在韦素园的病后创作中,散文《影的辞行》就是来源于鲁迅散文诗《影的告别》的启发。从具体内容上来看,鲁迅的《影的告别》侧重于显示自身灵魂世界的矛盾,而韦素园的《影的辞行》侧重于揭示个体灵魂的孤独感,虽然表现内容上有差异,但是从创作背景上来看,韦素园《影的辞行》和鲁迅《影的告别》的写作都与疾病有关。

《影的告别》是《野草》中的一篇,而《野草》的一个总的创作背景是1923年夏天鲁迅肺病复发,并一直持续到1924年。《影的告别》写于1924年9月24日,据鲁迅日记记载,当晚鲁迅还去了一趟山本医院,即日记中记载的"晚往山本医院付泉12"②,因此联系鲁迅当时的健康状况来看,无庸置疑的是,在《影的告别》写作前后,鲁迅正处于患病阶段。尽管鲁迅在《影的告别》中并没有直接书写疾病对于自身的困扰,但还是有学者根据《影的告别》中的影子停留于黑暗和虚空的行为,指出鲁迅以此来隐喻自身,体现了"诗人对自己健康状况的悲观",并且强调鲁迅当晚前往山本医院交诊费的行为,"毫无疑问使诗人更清醒地认识到自己健康状况的糟糕"③。

---

① 阿德勒:《阿德勒人格哲学》,九州出版社,2004年版,第72页。
② 鲁迅:《鲁迅日记》一,人民文学出版社,2006年版,第530页。
③ 胡尹强:《我愿意只是虚空,决不占你的心地——鲁迅〈影的告别〉破解》,浙江师范大学学报2002年第3期,第4页。

《影的辞行》的写作时间是1929年10月23日,那时韦素园已经在病榻上挣扎了两年多。相对《影的告别》中鲁迅对身患疾病经历的隐晦曲折传达不同的是,韦素园在文中借影子之口,直接发泄了因为生病而导致的被家庭、兄弟、心爱的情侣甚至唯一友人的不得已的抛弃,最终影子也要告别身体,宣泄了疾病造成的生命的孤寂感。虽然在《影的辞行》中,韦素园展现的对疾病的无奈和不满的情感态度要比鲁迅强烈许多,但是在创作方法上,《影的辞行》同样以奇特的梦境形式,表现了影子向自身的告别,也同样以影子的决绝离开而结束,寄托了病患者悲观的人生意识,甚至《影的辞行》这一标题也体现出对于鲁迅《影的告别》的借鉴。《影的辞行》和《影的告别》的诸多相似,既体现了韦素园和鲁迅因为身患相同的疾病而具有相近的生命体验,也体现了韦素园在窥视鲁迅的同时,对于自己作为病患者的生命意识的发现。

在韦素园的全部创作中,除了上述的从病患者角度,书写因为疾病引发的各种人生体验之外,他还有一小部分写给亲朋的诗歌,表现了他对亲人和朋友的思念。如《忆"黑室"中友人——呈青及霁野》使用奇特的梦境,展示了对身陷囹圄的朋友的慰问;《怀念我的一位亲友——呈坪》则以乐观主义的态度劝告朋友光明时代终会到来;《题芜弟照片》则是表达对同病的弟弟韦丛芜的思念和勉励;《压干的连翘花——呈冶秋》表达了对朋友纯真友谊的赞美……相对来说,在这一小部分作品中,韦素园展现的个人情绪较为积极和乐观。

疾病与文学的关系是一种客观的存在,也是一个长期绵延的话题。疾病造成了作家迥异于健康时的不同心理,也使得作家形成了一种别样的生命经验,而作家反过来又把这种经验带入到文学创作中,以文学来反映和体现疾病。客观地说，韦素园于患病期间的创作中，更多展现的是一种较浅层次的疾病经验表述以及个体直观的感受，而缺乏更为深刻的对于生命的终极追问以及对存在意义本身的探讨。但不可否认的是，韦素园从一个疾病患者的独特角度，展现对于个体生命的理解和感悟，并且也书写了真实的疾病心理。因此可以说，在疾病面前，每个人都是平等的，无论是那些我们深深熟知的伟大作家，还是如同韦素园一样的不广为人知的作家，疾病对其造成的精神困扰都是一样的，他们于疾病中创作的文学如同一面面镜子，我们借助它们可以进入创作者的内心世界，进而窥视他们的一种源于疾病的"别开生面的游历"。

第四节　台静农笔下的"人间的酸辛和凄楚"

台静农在以文学翻译为主的社团文艺活动中，虽然无意于对外来文学的译介，但是在20世纪20年代却意外以小说成名，其最初开展创作是为了支持未名社的刊物《莽原》半月刊，以及为了安慰卧于病榻中的朋友韦素园。台静农凭借乡土小说创作成功跻身于现代乡土文学的创作队伍，成为与鲁迅齐名的乡土小说作家。1928年11月台静农的第一本小说集《地之子》出版，其中主要是乡土题材，紧接着，在1930年8月又出版了《建塔者》，《建塔者》一改《地之子》的乡土书写，转向革命题材。《地之子》体现了台静农从民间取材，文集侧重于描写皖北农村社会的衰败愚昧，属于20世纪20年代乡土文学的典范；《建塔者》属于革命文学的代表，台静农重在小说集中表现革命的挫败以及革命者的壮烈牺牲。

题材的转变既与时代氛围和文学语境变化有关,同时也交织着台静农个人在20世纪20年代人生追求的变化。20世纪20年代中后期,在无产阶级革命浪潮中,未名社内部也悄悄发生分化,台静农在社中逐渐走向激进,倾向于革命,这导致他在创作《建塔者》时,从主题到风格都与《地之子》发生了明显不同的转变。特别是在《建塔者》的写作过程中,台静农还亲身经历了一次入狱经历,在1930年7月26日所作的后记中,台静农记录了《建塔者》的成书过程:"本书写于一九二八年,始以四篇登载于《未名》半月刊,旋以事被逮幽禁。事解,适友人编某报副刊,复以笔名发表者五篇。《井》一篇,作最迟,未发表。"①

台静农所说的遭幽禁一事指的是在1928年4月,未名社因为李霁野翻译托洛茨基的《文学与革命》而遭到查封,导致社中的三个成员,即李霁野、台静农和韦丛芜都被捕入狱,这也是台静农人生中的第一次牢狱之灾。因此《建塔者》全书的主题变化,除却时代因素之外,自然也与台静农这一次的入狱经历有关,这尤其体现在小说中那些悲壮的革命者形象的塑造上,他们的抗争与激烈无不投射着台静农自己的情感体验。

从《地之子》到《建塔者》,不仅是创作主题发生了变化,而且艺术风格也发生了很多变化,比如《建塔者》中的小说叙事特征不明显,情节淡化,语言具有抒情性和主观性,以及在人物形象塑造、意象和空间场景等的表现上都与《地之子》有很大不同。虽然有学者认为这种

---

① 台静农:《地之子 建塔者》,人民文学出版社,1984年版,第203页。

变化是艺术质量的下降:"严格地讲,这集里所收的文字,十之八九是不能具有完整的短篇小说的外形,所以说它是'手记'与随笔,我觉得是更适当多的。"①但不可否认的是,作为小说家的台静农创作集中于20世纪20年代,在短短的两年的时间内,贡献了《地之子》和《建塔者》两部风格迥异的小说集,体现了他对于时代生活的把握能力,也使其小说创作具有了驳杂丰富的美学风格。

《地之子》的空间背景设置为台静农皖北霍邱故乡的宗法制农村社会,《建塔者》则是在都市,前者明确,而后者较为模糊。但总的来说,这两种社会空间都是台静农早年所经历过的,从故乡霍邱到大都市北京,不仅仅是台静农生活空间和人生经历的变化,更重要的还有心理情感的变化。乡村和城市是中国现代文学两种空间,在《地之子》和《建塔者》中,台静农分别描绘了乡土的愚昧和城市革命的惨烈,展现了20世纪初期中国农村和都市两种现实图景。

《地之子》共收录14篇小说,其中绝大多数都是乡土题材,台静农以自己的故乡为原型,集中书写了20世纪初期中国农村社会的凋敝、落后、野蛮和愚昧的种种景象。鲁迅称其展现了"乡间的死生,泥土的气息"②。如《天二哥》写一个颇有些阿Q相的乡间无赖为逞一时意气而丧命;《红灯》写一个穷苦的母亲如何尽自己最大的努力,只为死去的儿子扎一盏小小的河灯;《弃婴》写一个被抛弃在野外的婴儿惨遭野狗的撕咬和吞噬;《新坟》写四太太在一双儿女惨死后终于发疯死亡;《烛焰》写一个年轻女子为冲喜嫁入夫家却即刻成为寡妇;

---

① 侍桁:《建塔者》,《文学生活》1931年3月1日创刊号。
② 鲁迅:《鲁迅全集》第6卷,人民文学出版社,2005年版,第263页。

《拜堂》写小叔子与寡嫂只能在暗夜里偷偷成亲……

因此在《中国新文学大系》小说二集的序言中,鲁迅这样总结评价台静农的乡土小说创作:"要在他的作品里吸取'伟大的欢欣',诚然是不容易的,但他却贡献了文艺。"①所谓"伟大的欢欣",源于台静农在《地之子》的后记里所谈的小说集的形成经过:"人间的酸辛和凄楚,我耳边所听到的,目中所看见的,已经是不堪了;现在又将它用我的心血细细地写出,能说这不是不幸的事么?同时我又没有生花的笔,能够献给我同时代的少男少女以伟大的欢欣。"②结合鲁迅的评论和台静农对自己创作的总结,从台静农20世纪20年代的乡土小说创作实际来看,《地之子》主要描写了20世纪初期皖北宗法制农村社会的愚昧落后,底层人民的麻木和不幸,因此文集体现出的正是与"欢欣"相反的一种凝重悲哀的风格。

《建塔者》共收录10篇短篇小说,其总的主题同样也与"欢欣"无关,除了少数几篇如《人彘》、《被饥饿燃烧的人们》之外,其他均是革命题材,主要展现了革命的惨烈,革命者的壮烈牺牲以及反动派的凶残,整个小说集都弥漫着大革命失败的无奈和悲壮,格调沉重压抑。《建塔者》写革命同志E的壮烈牺牲,《昨夜》展现了革命者秋的迷惘,《死室的彗星》写身陷囹圄的女革命者见证爱人的壮烈牺牲,《历史的病轮》写六个革命青年惨遭反动派的屠杀。台静农在创作《建塔者》时,仍旧是苦闷着的,他深深地感受到革命落潮时期的苦闷和压抑,并自觉自己是时代的边缘者:"其实一个徘徊于坟墓荒墟而带着感伤

---

① 鲁迅:《鲁迅全集》第6卷,人民文学出版社,2005年版,第263页。
② 台静农:《地之子 建塔者》,人民文学出版社,1984年版,第118页。

的作者,有什么力量以文笔来渲染时代的光呢?"①

将台静农的《地之子》和《建塔者》进行并置阅读,从题材上来看,显示了从乡土题材到革命题材的转变,虽然两本小说集所表现的时代生活内容存在差异,但无论是"乡间的死生",还是城市革命的惨烈,台静农所呈现的时代生活内容图景都是极为惨痛的,具有凝重悲凉的美学风格。

《地之子》和《建塔者》两个小说集的标题本身都具有强烈的象征和隐喻意义,台静农是安徽霍邱叶集人,叶集地处皖北大别山地区,"地之子"隐含着他对于自己的大别山之子的身份和早年乡土生活经验的一种描述和认同。而"建塔者"则隐喻着为革命添砖加瓦者,身为未名社中积极投身于革命的激进青年,这一题名也隐含着台静农对革命力量的期待。

与小说标题相应的是,《地之子》中塑造的人物形象主要是乡土社会中的农民,《建塔者》中的则主要是青年革命者形象。台静农在20世纪20年代初期离开故乡来到北京,在对故乡的乡土生活记忆尚未褪尽时,又体验到了新鲜的革命斗争生活,因此,乡土和革命成为他早年最重要的两种生活内容,而农民和革命者也是当时的他最为熟悉的两类人物形象。

在《地之子》中,台静农塑造了各种不同命运和性格的农民形象,如《天二哥》中的乡间泼皮无赖天二、《红灯》中老年失子的得银娘、《吴老爹》中的一辈子为主人而活着的吴老爹、《蚯蚓们》中因为灾荒不得不卖妻的李小、《负伤者》中被恶霸强行霸占妻子和房产的吴大

---

① 台静农:《地之子 建塔者》,人民文学出版社,1984年版,第203页。

郎等等。这些挣扎于乡间的卑微生命,遭受着经济和精神上的种种压迫,麻木愚昧地生存着,具有强烈的悲剧色彩。因此台静农最初把小说集命名为《蟪蛄》,来源于《庄子·逍遥游》中的"蟪蛄不知春秋",蟪蛄即蝉,夏生秋死,所以不知春秋,台静农以此来为小说集命名,隐含着他对于"乡间的死生"的悲悯之情,虽然台静农最终接受鲁迅的意见,将小说集改名为"地之子",但是仍然体现了他对底层劳动人民不幸的深切同情。

《建塔者》中的人物形象是青年革命者,相对于《地之子》中农民形象的丰富多样,《建塔者》中的革命者形象塑造较为概念化和公式化。如《建塔者》中的 E 和恋人玛丽,双双为革命而遭受屠杀;《死室的彗星》中以生命成就伟大革命的庚辰君;《历史的病轮》中英勇的女革命者曼乔等等。台静农在《建塔者》中多是书写革命者面对反对派的凶残,勇敢抗争,但是仍不幸惨遭屠杀的命运。这些青年革命者,无论男性还是女性,其整体的精神性格特征为富有强烈的牺牲精神,追求革命至上,具有理想主义和英雄主义色彩。台静农盛赞他们是"暴风雨的先驱","同殉道者一样的伟大"①,但与他笔下的农民形象一样具有悲剧色彩。与农民形象的多样性和复杂性不同的是,台静农笔下的革命者形象缺乏个性,性格特征非常模糊,呈现单一化。

在台静农的两个小说文集中,农民和革命者各自成为两个独立的人物形象系列,虽然台静农将后者称为"时代的先知们"②,但他并没有像鲁迅那样将革命者和农民作为先驱者和愚昧民众的人物关系

---

① 台静农:《地之子 建塔者》,人民文学出版社,1984 年版,第 203 页。
② 台静农:《地之子 建塔者》,人民文学出版社,1984 年版,第 203 页。

来写,而是各自独立,互不交集。鲁迅在小说《药》中以夏瑜和华老栓一家,设置了一类独特的人物关系模式,即先驱者和愚昧民众的关系,结合作品来说,即先驱者夏瑜为着民众的幸福,投身革命牺牲了自己,而他的血却被制成了人血馒头被愚昧的华小栓吃掉。通常认为,在《药》中,鲁迅从现实层面书写了革命者与民众关系,表现了他对于革命者和民众之间关系的深刻理解,以及对于辛亥革命脱离民众的反思。革命者与民众在鲁迅笔下并不是各自孤立的,而是因为启蒙的因素统一在一起,构成了启蒙者和被启蒙者的关系。而台静农笔下的农民和革命者生活在各自的社会空间中,彼此脱离,并不发生关系。并且台静农笔下的革命者脱离了现实的民众基础,形象较为模糊空泛,其革命行为缺乏明确的目的和意义,人物性格内涵的丰富性也因此降低了很多,沦为空洞苍白的政治符号。

毫无疑问,台静农的革命小说在艺术和主题表达上都没有乡土小说创作圆熟,特别是在人物形象塑造上,他塑造的是理想化、抽象化的革命者形象,将本应与其有关的现实社会和民众基础刨除在外,变成了空洞的意义符号,因此他笔下的革命者通常都没有具体的名字。但是台静农塑造的革命者在精神性格上却都与农民形象一样,是富有悲剧色彩的牺牲者形象。

并且,台静农的这两本小说集提供的空间背景也是不同的。在《地之子》中,乡土是农民的生活空间,而在《建塔者》中,城市是革命者的活动场所。在书写乡土和城市空间中,台静农分别围绕农民和革命者设置了很多相关的空间意象,具体来说,在《地之子》中,与乡土相关的空间意象有十字街、茶馆、义地和南栅门等,是乡土社会的代表性的空间场所,具有典型的宗法制农村社会特色。比如《天二哥》中,天二哥和小柿子在南栅门打架;在《新坟》中,人们在茶馆中以四太太的悲剧作为谈资。

《地之子》中最有特色的乡土空间意象当属义地,义地是旧时埋葬穷人的公共墓地,在台静农的笔下,义地不仅是死人的墓地,而且也是活人的生之场所。如《弃婴》中,弃婴被残忍地丢弃在义地中,无人问津,成为野狗的食物;《新坟》中四太太的一双儿女都葬在义地,举目无亲贫困疯癫的她只能把自己安顿在义地中,与儿女相伴,最终因为意外连她自己也被烧死在义地中。

在《建塔者》中,对于城市空间意象,台静农表现的最多则是监狱。《建塔者》中的大部分革命题材小说都以监狱为空间背景,如《建塔者》、《死室的彗星》和《铁窗外》都书写了革命者身陷囹圄却始终坚贞不屈。台静农在小说中则把监狱称为"死室"、"铁窗"等。

义地和监狱虽然是两个不同的空间意象,但都具有颓废和消极、恐怖的特点,都隐喻着禁锢和死亡。在中国传统文化中,生和死都是大事,人们在生活方式上注重于安土重迁,活着的人把安居视为是人生大事,死后埋葬也是如此,不会随便动迁。因此,土地表面是开放和广阔的,然而对于注重安稳、消极于动迁的传统中国社会民众来说,土地实际上也牢牢束缚着人们。义地虽是旧时代穷人坟墓的所在地,指向死亡,但由于活着的人与死去的人命运相连,因此义地也束缚着活着的人们,它是死去的魂灵的埋葬地,也深深地约束着活着的人们。在台静农的笔下,监狱也多与禁锢和死亡有关。监狱首先束缚着革命者的行动自由,如《死室的彗星》中的逸生与恋人庚辰同时囚禁在牢狱中,却至死也无法见面。同时,在台静农的《建塔者》中,监狱还指向死亡,他笔下的革命者在遭受监禁后都几乎逃脱不了被屠杀的人生命运。

因此,义地与监狱在台静农笔下同属禁锢和死亡之地,是颓废消极的空间意象,共同指向死亡,青年时代的台静农多感受到时代的苦闷和压力,曾陷入迷惘和彷徨,从创作第一篇小说《负伤的鸟》开始,就表达对于生的无奈,他在这篇小说中描写了主人公在人生的虚空中最终走向死亡,虽然这篇小说后来并未收入到《地之子》和《建塔者》中,但是却基本上彰显了台静农20世纪20年代小说创作的风貌。

虽然台静农在20世纪20年代创作的两本小说集书写的时代生活内容有着明显的不同,但是都同样地描绘了20世纪初期中国衰败萧条的社会图景,对于台静农的这种写作倾向,杨义曾指出:"他笔下的人间,闭塞、灰冷、残酷有若传说中的阴曹,到处是邪气朴朴,鬼影幢幢。"①《地之子》和《建塔者》在题材和主题的传达,在人物形象的塑造以及意象的设置等方面,都具有阴郁晦暗和凝重深沉的基调。因此,台静农20世纪20年代的小说创作在差异表象下,也具有一种内在的统一性。

并且,台静农的这两本小说集在题材上也并非是各自独立的,而是有所交织,《地之子》和《建塔者》在社会空间上交织着都市和乡村,但分别以乡村和都市为主。比如《地之子》中收录的第一篇小说《我的邻居》即是关于革命题材的;而台静农的乡土叙事才能在《建塔者》中仍有体现,比如该小说集中的《人彘》和《被饥饿燃烧的人们》仍属于乡土小说范畴。《建塔者》中收录的最后一篇小说《井》则在题材上

---

① 杨义:《中国现代小说史》上,人民出版社,1998年版,第507页。

将乡土和革命统一起来，小说中塑造了一个农民在阶级压迫中自觉走向反抗，最终转变成为革命者，这也是台静农唯一一次在小说世界中自觉思考革命意义问题，他从转变的角度让农民和革命者合体，这种写作策略含有向 20 世纪 30 年代主流革命文学靠拢的意味，同时兼顾了 20 世纪 20 年代启蒙主义文学。正是这种奇特的交织，使得台静农 20 世纪 20 年代的小说创作成为一个有机的整体，既体现了他生活经历的复杂，也体现了多元交织的美学风格。

第六章 未有天才之前

第一节 "缺席"的曹靖华

未名社共有六位成员,除了鲁迅之外,五位青年作家中,只有曹靖华是唯一一个非安徽籍的青年成员。他虽然是未名社的六名正式成员之一,但却从未在社中驻守过。并且除了以译作和创作活动支持着未名社,曹靖华也从未参与过未名社的事务活动。

曹靖华在未名社的青年成员中年龄最大,1897年出生于河南卢氏县。曹靖华中学时代在河南省立第二中学求学,受先进思潮的影响,在校组织成立青年学会,宣传新文化。1920年底,曹靖华在上海外国语学社学习俄语。1921年5月,他被派往莫斯科东方大学学习,同行的还有韦素园。在俄国留学时期,有时瞿秋白会帮助他们补习俄语,而曹靖华与瞿秋白的深厚友谊也正是在这一时期建立的。1922年夏天,曹靖华因病提前回国,在故乡养病。1922年底,曹靖华接受韦素园的建议,来到北京,进入北京大学旁听。在北京大学期间,曹靖华主要旁听俄语系的课程,同时还旁听了鲁迅的中国小说史课程,据他回忆:"课后我常和韦素园等到宫门口三条先生的寓所向他请教,先生教诲使我终身受益。"①可见,在未名社成立之前曹靖华就与鲁迅结下了师生情谊。

在北京大学旁听时,曹靖华与许钦文、柔石、胡也频等租住在北京大学附近,并与董秋芳、许钦文等组织成立春光社。1923 年,曹靖华翻译了契诃夫的独幕剧《蠢货》,在翻译中,作为初学者的他得到了瞿秋白的帮助,译稿完成后,在《新青年》季刊上得到发表,是为其翻译文学的处女作,从此他开始了文学翻译活动。1924 年,曹靖华加入文学研究会。1925 年春,受李大钊的指派,曹靖华和韦素园到开封国民革命军为俄国顾问团担任俄语翻译。在军营时期,曹靖华协助俄国顾问王希礼翻译了鲁迅的小说《阿 Q 正传》。1925 年夏,在与韦素园等人的通信中,曹靖华得知未名社的成立,因此写信请求加入社团。与其他年轻成员一样,曹靖华也筹款 50 元作为社中共同的出版资金。

1926 年三一八惨案的次日,曹靖华回到北京,与京中的未名社同人会面,并在鲁迅家中有过一次团体聚会,这也是未名社全体成员仅有的一次全体会面。在北京仅仅停留了十多天,曹靖华即奔赴广州,担任国民革命军第一军苏联顾问团的翻译。大革命失败后,为转移革命力量,1927 年秋,曹靖华再次重赴苏联求学,并在莫斯科东方大学、列宁格勒东方语言学院任教,主要讲授五四以来的中国新文学,特别是以鲁迅为代表的左翼文学。1933 年夏天,曹靖华回国。

---

① 曹靖华:《自述经历》(上),《新文学史料》1998 年第 1 期,第 34 页。

在第二次赴苏的六年生活中,曹靖华受鲁迅和瞿秋白的鼓励,更加坚定了对于翻译文学事业的追求。在苏联期间,曹靖华翻译了以《铁流》为代表的作品,并支持鲁迅晚年的版画事业,共帮助鲁迅搜集了一百多幅版画。

鲁迅以关爱青年而著称,对于未名社青年的成长更是倾注了大量心血,同时也与他们建立了极为深厚的私人情感,无论是生前还是身后,鲁迅都赢得了未名社青年的尊重。通常人们会认为鲁迅与社中青年韦素园的私交最好,这一方面是因为鲁迅曾盛赞韦素园身上的泥土精神,以及对其英年早逝的扼腕叹息,并因此特别为他而写成一篇悼文《忆韦素园君》。另一方面,鲁迅和韦素园之间的深厚情谊,也是为社中其他青年所亲眼见证,并且将之传为美谈和佳话的。比如舒芜在《谈〈龙坡杂文〉——悼台静农先生》一文中,谈到台静农就认为"鲁迅对未名社的几个人中,对韦漱园期望最大,偏偏韦漱园早逝,鲁迅很痛心,未名社少了这个主干,不久也就办不下去了"[①]。(本书作者注,韦素园曾将名字改为韦漱园,是因为段系官僚林素园曾带兵驻扎女师大,韦素园为表达自己的愤怒,不愿与之同名,将名字改为韦漱园。)此外,李霁野也认为"鲁迅先生是深知素园的人,对他的评论也最为公允"[②]。这其中虽然不乏台静农和李霁野对于韦素园的同乡情谊,但主要还是依据于鲁迅和韦素园的交往事实,以及二人之间的深厚情感。而且从性格上来说,韦素园对于社团发展的尽心尽力,认真行事的泥土精神的确是为鲁迅所赞赏的,特别是他在未名社

---

① 陈子善编:《回忆台静农》,上海教育出版社,1995年版,第62页。
② 李霁野:《鲁迅先生与未名社》,人民文学出版社,1984年版,第107页。

前期的"守寨"精神最令鲁迅为之动容。

正是因为鲁迅与韦素园的亲密关系,让人们忽视了鲁迅与曹靖华之间的深厚情感。结合曹靖华回忆与鲁迅日记来看,鲁迅写给他的信共有292封,而实际现存的有80多封。在未名社的青年作家中,曹靖华与鲁迅的通信最多。曹靖华作为鲁迅晚年最亲密的青年朋友,鲁迅在去世前两天,即1936年10月17日还给他写了一封信,这封信也是鲁迅生前写的最后一封信。在这封较长的信件中,鲁迅向曹靖华谈到了瞿秋白的文集、上海的战事以及自己的生活,尤其还谈到自己的病情。即便在生命已经走到尽头之时,鲁迅仍然对自己的病情非常乐观积极:"此病虽纠缠,但在我之年龄,已不危险,终当有瘥可之一日,请勿念为要。"①既体现了鲁迅坚强乐观的心态,同时也体现出鲁迅对于友人的体贴和关心。同样,曹靖华也将鲁迅视为是最重要的师友,是中国文艺界的先驱,他将鲁迅称为"中国的高尔基","光明的先驱者"②。

曹靖华作为一名普通的文学青年,日后成为一代翻译名家。他早年缺失于社团活动,与包括鲁迅在内的其他社中同人在文学活动上并无直接的交集,因而他对于翻译文学的追求主要来自于瞿秋白的直接影响。瞿秋白作为中国最早的俄译汉翻译名家之一,对于曹靖华的文学成长的直接影响更大,是曹靖华翻译文学道路上的第一位老师。五四新文化运动让曹靖华对于文学的热爱不再只停留于本民族,而是将目光投向世界,特别是俄苏文学。因此,20世纪20年代

---

① 鲁迅:《鲁迅全集》第14卷,人民文学出版社,2005年版,第171页。
② 曹靖华:《曹靖华译著文集》第九卷,河南教育出版社、北京大学出版社,1992年版,第63页。

初曹靖华离开故乡,先后在上海外国语学社、莫斯科东方大学以及北京大学都有过短暂的求学经历,这些求学经历让他接受了较为系统的俄语学习。

而真正让曹靖华对翻译俄国文学发生兴趣却是在北京大学求学期间,在瞿秋白的鼓励和帮助下,曹靖华开始翻译契诃夫的戏剧《蠢货》,这不仅是曹靖华个人翻译活动的开始,也是中国翻译史上对于契诃夫剧本最早的译介。此前,中国的俄国文学作品翻译基本都是重译的,所谓重译即不是从俄国原著原本翻译,而是从别国的译本间接翻译,当时进入中国的俄国文学作品一般都是从英译本或是日译本翻译而来的,如鲁迅翻译安德列耶夫的作品就是从日译本翻译而来。而瞿秋白作为中国最早从事俄译汉的翻译家,他在五四时期就通过俄文原著翻译过托尔斯泰和果戈理的作品,因此曹靖华认为:"秋白同志是当年寥若晨星的第一批直接从原味介绍俄罗斯文学的一位,而且是极出色的一位。"[1]

瞿秋白对于俄苏的无产阶级进步文学无比热爱和向往,在健康极为不好的情况下,仍然拼命翻译,只为做传播者。在曹靖华第一次去俄国求学时,瞿秋白当时在莫斯科东方大学兼任俄语老师,为中国同乡上课,当时肺病已非常严重的他仍然坚持要把俄国的进步文艺作品带回中国。此后,瞿秋白不断鼓励曹靖华将俄苏文学介绍到国内,而曹靖华在他的鼓励下,也确定以此作为自己的终生文艺志向,最终成为俄国文学翻译名家。在李霁野的回忆中,青年时代的曹靖

---

[1] 曹靖华:《曹靖华译著文集》第九卷,河南教育出版社、北京大学出版社,1992年版,第164页。

华就有着远大的人生志向:"那时候同在北京的还有靖华和静农,记得有一次我们在一块谈天时,靖华说:'我们的希望比喜马拉雅的绝峰还要高!'我们欢笑了——充满了青年精神的笑。"①也正是因为这种矢志不渝的热情和信心,才使得曹靖华日后在翻译文学道路上有了巨大的收获。尽管由于曹靖华社会活动繁多,在未名社时期只出版了《白茶》、《蠢货》、《烟袋》和《第四十一》这些译作,但是其翻译活动却正是从未名社开始,未名社开启了他的翻译文学生涯,为他成为一代翻译名家打下了最初的基础。

在未名社成立前,曹靖华还促成将鲁迅的小说向俄国的译介,而这也是俄国翻译文学史上对于鲁迅作品的最早译介。1925年春,曹靖华在河南军营中,结识了苏联作家王希礼,并将鲁迅的中篇小说《阿Q正传》推荐给他,王希礼读后非常感兴趣,认为鲁迅的写作不亚于同时代的俄国作家,如果戈里、契诃夫和高尔基等,因此决定将鲁迅的《阿Q正传》翻译成俄文。在当时的苏联文学界,对于中国文学的译介基本还是集中在古典文学方面,因此,王希礼希望能介绍一些有益的现代作家作品,在这种情况下,曹靖华将鲁迅的作品推荐给了王希礼。此后因为在翻译中涉及绍兴民间语言问题,王希礼还向鲁迅请教,给鲁迅写信,并向鲁迅提出为其俄译本撰写自叙传和配照片的要求,鲁迅都及时给予回复,认真细致解答王希礼的每一个疑问。曹靖华说:"中国现代文学,从三十年代初起,才逐渐引起苏联文艺界的注意。从那时起,关于中国文坛的情况和作品,也偶有介

---

① 李霁野:《李霁野文集》一,百花文艺出版社,1991年版,第39页。

绍。"①因此,从这个角度说,曹靖华认为王希礼在1925年对于鲁迅的《阿Q正传》的翻译意义非常重大,并将之比作中国现代文学作品中第一只飞往苏联文艺界的春燕。

王希礼对于鲁迅文学的译介也是鲁迅的文学首次被翻译到苏联,这部名为《阿Q正传》的俄译本小说集于1925年夏天在开封被译成,收录了包括《阿Q正传》和《孔乙己》等在内的小说,同时还有鲁迅应王希礼要求所写的自叙传略一篇,而这篇传略也是鲁迅个人最早的一篇自传。王希礼的俄译本《阿Q正传》于1929年由列宁格勒浪涛出版社出版发行,从王希礼的翻译开始,开启了苏联文艺界对于鲁迅的认识和重视,并且相继出现了其他的苏联译者对于鲁迅作品的翻译介绍。

曹靖华与鲁迅的亲密关系还体现在未名社解散后,社中其他成员与鲁迅在翻译文学的道路上日渐疏离,而他却与鲁迅共同致力于翻译文学事业。赵家璧认为:"鲁迅和曹靖华是当年并肩作战的战友,他们从二十年代开始,一直把介绍苏联文学看作是一件庄严的革命任务,共同为身处黑暗、追求光明的广大中国青年读者,提供大量的精神食粮。"②未名社解散后,韦丛芜投身于政治活动,与社中成员在人生道路上渐行渐远。而台静农和李霁野则为生计谋划,各自去往不同的大学任教。台静农本就无心于文学翻译,李霁野虽然在此时翻译了《被侮辱与损害的》和《简爱》,但同时还要忙于教学,自然难在翻译上倾尽全力了。只有曹靖华自始至终在文学翻译事业上投入

---

① 曹靖华:《曹靖华散文选集》,百花文艺出版社,1993年版,第68页。
② 赵家璧:《编辑生涯忆鲁迅》,人民文学出版社,1981年版,第141—142页。

热情和努力，并不因为社团的解散而疏忽于翻译文学。从20世纪20年代初建立对于俄国文学的兴趣，从对《蠢货》的翻译开始，曹靖华最终确立对于翻译文学的兴趣和志向，终身坚持而不懈怠。并且，曹靖华对于翻译文学的坚持还随着时间的推移越发坚定。特别是在未名社解散后，他仍旧以自己切实的努力支持着中国的文学翻译事业。

　　未名社解散后，社中的青年成员日渐偏离最初的翻译文学志向，这自然是让鲁迅失望的，面对这群自己一手培养和扶植起来的文学翻译人才，鲁迅当然是希望他们能将翻译作为一项长期的事业，以促进中国文艺的发展，改善中国的文艺环境。然而他们刚刚在翻译文学上有所建树之时，却又匆匆中止，鲁迅在当时曾表达过对于他们的不满。而曹靖华无论是在求学时期，还是在军营时期，或是在海外留学时期，他并未因为自己的处境而改变这一志向，始终秉持着未名社成立时致力于翻译文学事业的理想。或许是长期脱离于未名社单独发展，以及因为参加革命无法全身心投入到文学翻译事业中，因此曹靖华无论是在未名社时期，还是在未名社解散后，其翻译活动都并不以数量取胜。因此鲁迅在去世前三天，为曹靖华翻译的《苏联作家七人集》作序时，高度评价了他实实在在致力于翻译文学的泥土精神："然而也有并不一哄而起的人，当时好像落后，但因为也不一哄而散，后来却成为中坚。靖华就是一声不响，不断的翻译着的一个。他二十年来，精研俄文，默默的出了《三姊妹》，出了《白茶》，出了《烟袋》和《四十一》，出了《铁流》以及其他单行小册很不少，然而不尚广告，至今无煊赫之名，且受排挤，两处受封锁之害。但他依然不断的在改定他先前的译作,而他的译作,也依然活在读者们的心中。"①鲁迅赞扬曹靖华在社团成立之时,既不一哄而起,在社团结束之时也不一哄而散,这种精神在未名社的青年作家中尤为突出,因此获得鲁迅格外的称赞。

除了翻译文学之外,晚年的鲁迅还与曹靖华共同推动了中国的木刻版画事业的发展。据曹靖华回忆,他在大革命失败后第二次去苏联留学时就开始为鲁迅搜集美术品:"二十年代末,三十年代初,我在国外,曾不断搜集一些美术品寄给他。"②鲁迅对于外国版画的兴趣和爱好,正是从出版曹靖华翻译的《铁流》开始的,1931年春天,当时还在苏联的曹靖华在列宁格勒搜集到毕斯克列夫为《铁流》做的四幅手拓木刻版画,他寄给鲁迅后,鲁迅如获至宝,嘱咐曹靖华继续搜集木刻画,此后曹靖华开始了为鲁迅搜集版画。而鲁迅生前印行最后一本译作《死魂灵》时,曹靖华从苏联寄给鲁迅一卷图画,虽然后来并未收入《死魂灵》中,但是鲁迅非常满意,觉得可以作为《死魂灵》配图的补充。尽管在关于如何挑选版画上,曹靖华自认为自己是个门外汉,但是他根据鲁迅对待版画的态度和意见,自己却也摸索出一套选画的经验:"那就是:最好是文学名著的插画,尤其是中国已有译本的名著插画;尺寸不要过大,便于不缩小即可复制。同时,当然注重作品内容及表现手法。但具有特色的作品,也不在此限。"③

---

① 鲁迅:《鲁迅全集》第6卷,人民文学出版社,2005年版,第572页。
② 曹靖华:《曹靖华译著文集》第九卷,河南教育出版社、北京大学出版社,1992年版,第233页。
③ 曹靖华:《曹靖华译著文集》第九卷,河南教育出版社、北京大学出版社,1992年版,第193页。

鲁迅在1934年底,曾为曹靖华父亲曹植甫撰写过碑文《河南卢氏曹先生教泽碑文》,曹植甫是河南卢氏县一位乡村小学教师,在当地开设学校,培养寒门学子,为乡村教育做出卓越贡献,在乡邻中德高望重。鲁迅与曹父素未谋面,鲁迅一生中给亲朋好友撰写悼文或是碑文的并不多,且都是亲近之人,如韦素园、左联五烈士以及日本青年学者镰田诚一等,为曹父撰写碑文对鲁迅来说当然算是例外。而鲁迅为曹父撰写碑文应是基于他和曹靖华的深厚情谊。从文体上看,鲁迅为曹靖华父亲撰写的悼文是文言体,这在鲁迅创作的不多的悼文中也是特别的例外。鲁迅在留日时期,曾创作过《人之历史》、《破恶声论》、《文化偏至论》和《摩罗诗力说》等几篇文言体杂文。自1918年写作第一篇白话小说《狂人日记》开始,鲁迅便极少用文言体作文。

根据鲁迅日记记载,在1934年11月15日这天,曹靖华给鲁迅写信,请求鲁迅为其父撰写碑文。紧接着,在第二日,即11月16日,鲁迅就给曹靖华回信,鲁迅在信中这样说:"碑文我一定做的,但限期须略宽,当于月底为止,寄上。因为我天天发热,躺了一礼拜了,好像是流行性感冒,间天在看医生,大约再有一礼拜,总可以好了。"①从这段书信中不难看出,鲁迅对于曹靖华的请求是慨然应诺的。而在回复这封信时,鲁迅是抱病在身,健康状况并不理想。但鲁迅不仅答应为曹父撰写碑文,甚至还承诺在月底完成碑文。鲁迅在25日给曹靖华写信,谈到自己的健康状况已经恢复:"我从二十二日起,没有发热,连续三天不发热,流行感冒是算是全好的了,这回足足生了二礼

---

① 鲁迅:《鲁迅全集》第13卷,人民文学出版社,2005年版,第258页。

拜病，在我一生中，算是较久的一回"，以及"我大约从此可以恢复原状了"①。正式痊愈后，鲁迅在29日的午后，为曹父写下这篇碑文，并于30日上午寄出。从鲁迅答应曹靖华为其父撰写碑文的过程来看，鲁迅不仅是注重友谊的人，也是极其重视承诺的。而鲁迅有意选择文言体写作此文，应该是经过慎重细致的考虑的，或许在鲁迅看来，文言体的文章更适合于曹靖华父亲作为一名旧式乡村知识分子的身份和职业。这篇碑文最初发表于1935年6月15日出版的北平《细流》杂志第五、六期合刊，发表时题名为《曹植甫先生教泽碑文》。日后，鲁迅将其收入他在1935年末编定的《且介亭杂文》中。

第二节 "认真"的韦素园

1932年12月16日，鲁迅在《两地书》的序言中，写下这样一段话："一九三二年八月五日，我得到霁野、静农、丛芜三个人署名的信，说漱园于八月一日晨五时半，病殁于北平同仁医院了，大家想搜集他的遗文，为他出一本纪念册，问我这里可还藏有他的信札没有。这真使我的心突然紧缩起来。因为，首先，我是希望着他能够全愈的，虽然明知道他大约未必会好；其次，是我虽然明知道他未必会好，却有时竟没有想到，也许将他的来信统统毁掉了，那些伏在枕上，一字字

---

① 鲁迅：《鲁迅全集》第13卷，人民文学出版社，2005年版，第267页。

写出来的信。"①鲁迅在这篇序言中指出,韦素园的死引发的搜集遗文再次引起他对于信件的重视,可以说这也是促成《两地书》出版的一个直接原因。

同时,在这篇序言中,鲁迅还介绍了出版《两地书》的目的之一,是为感谢以韦素园为代表的"好意的朋友"对自己和许广平的支持:"回想六七年来,环绕我们的风波也可谓不少了,在不断的挣扎中,相助的也有,下石的也有,笑骂诬蔑的也有,但我们紧咬了牙关,却也已经挣扎着生活了六七年。其间,含沙射影者都逐渐自己没入更黑暗的处所去了,而好意的朋友也已有两个不在人间,就是漱园和柔石。我们以这一本书为自己记念,并以感谢好意的朋友,并且留赠我们的孩子,给将来知道我们所经历的真相,其实大致是如此的。"②

在鲁迅晚年的生活中,有两位英年早逝的"好意的朋友"尤显特别,一位是柔石,另一位便是韦素园,鲁迅在二人离世后曾分别为他们撰写过纪念文章。在1933年2月7日,即柔石遇害两周年时,鲁迅在日记中这样写道:"柔石于前年是夜遇害,作文以为记念。"③鲁迅所作的纪念文章即为后来收入《南腔北调集》的《为了忘却的纪念》。同样,在1934年7月16日,也就是韦素园逝世快两周年时(韦素园病逝于1932年8月1日,本书作者注),鲁迅在日记中写下:"作《忆韦素园》文一篇,三千余字。"④此文即为收入《且介亭杂文》中的《忆韦素园君》。

---

① 鲁迅:《鲁迅全集》第11卷,人民文学出版社,2005年版,第3页。
② 鲁迅:《鲁迅全集》第11卷,人民文学出版社,2005年版,第6页。
③ 鲁迅:《鲁迅日记》二,人民文学出版社,2006年版,第360页。
④ 鲁迅:《鲁迅日记》二,人民文学出版社,2006年版,第462页。

鲁迅一生曾为已故的亲友以及学生写下十余篇怀念文章,而在晚辈学生中,鲁迅提笔纪念的除了柔石和韦素园外,还有三一八惨案中的刘和珍、杨德群以及包含柔石在内的左联五烈士等。《忆韦素园君》长达三千余字,这在鲁迅的纪念文章中也属少有。鲁迅不仅为韦素园撰写纪念文章,甚至亲自为他书写墓记:"君以一九又二年六月十八日生,一九三二年八月一日卒。呜呼,宏才远志,厄于短年。文苑失英,明者永悼。弟丛芜,友静农,霁野立表;鲁迅书。"①这在鲁迅的晚辈学生中,也是仅此一例的。在1932年8月15日给台静农的信件中,鲁迅更是这样表达他对于韦素园英年早逝的痛惜之情:"素园逝去,实足哀伤,有志者入泉,无为者住世,岂佳事乎。"②

鲁迅与柔石的交往是广为人知的,然而鲁迅和韦素园的交往却没有得到应有的重视,不乏以下原因。将韦素园与柔石身后相比,作为"左联五烈士"之一的柔石的死亡,因为政治因素引发了当时社会的强烈反响,其死亡本身便被赋予了一种辉煌。鲁迅在柔石死后还给他撰写了一篇短文《柔石小传》,细致介绍了柔石的生平和为革命的死亡。而韦素园却是在长期的病痛和寂寞中死去,他的死亡正如他短暂的一生一样并没有留下更多话题。正如鲁迅在《忆韦素园君》中所言:"自素园病殁后,转眼已是两年了,这期间,对于他,文坛上并没有人开口。这也不能算是希罕的,他既非天才,也非豪杰,活的时候,既不过在默默中生存,死了之后,当然也只好在默默中泯没。但对于我们,却是值得记念的青年,因为他在默默中支持了未

---

① 鲁迅:《鲁迅全集》第6卷,人民文学出版社,2005年版,第64页。
② 鲁迅:《鲁迅全集》第12卷,人民文学出版社,2005年版,第321页。

名社。"①

在现有的鲁迅书信中,鲁迅给韦素园的信件共计 28 封,其中最早的一封是 1926 年 5 月 1 日,此后鲁迅在这一年中给韦素园写了 24 封信,主要集中在下半年。这段时间是鲁迅与韦素园通信最为密切时期,其中一个重要的原因是因为自 1926 年夏天鲁迅离京南下后,未名社日常事务由韦素园接手负责。从信件内容来看,鲁迅与韦素园谈论的也是未名社的事务。自 1926 年底开始,由于韦素园肺病加剧,不得已放弃了未名社的管理事务,鲁迅也随之减少了与他的通信。

而据鲁迅日记记载的二人会面情况来看,鲁迅与韦素园自相识后的会面达到三十余次。鲁迅 1926 年 8 月离开北京,而韦素园自 1926 年底病倒至 1932 年 8 月 2 日去世,一直在北京西山疗养院卧榻养病,这期间二人主要通过信件联系。然而即便如此,鲁迅在 1929 年 5 月底自上海返回北京看望母亲时,仍不忘探望病中的韦素园,而 1929 年 5 月 30 日在北京西山医院的见面,也是鲁迅与韦素园之间的最后一次会面。

在短暂的交往中,鲁迅毫不讳言对于韦素园的欣赏,他尤其赞美韦素园素朴伟大的泥土精神:"是的,但素园却并非天才,也非豪杰,当然更不是高楼的尖顶,或名园的美花,然而他是楼下的一块石材,园中的一撮泥土,在中国第一要他多。他不入于观赏者的眼中,只有建筑者和栽植者,绝不会将他置之度外。"②泥土精神是致力于引入外

---

① 鲁迅:《鲁迅全集》第 6 卷,人民文学出版社,2005 年版,第 69 页。
② 鲁迅:《鲁迅全集》第 6 卷,人民文学出版社,2005 年版,第 70 页。

来文学的未名社的社团风格,而在这未名社的青年成员中,不惜用个人生命来发展中国翻译文学事业的韦素园最让鲁迅动容。对于这位生前和生后都无比寂寞的年轻人,鲁迅在其身上倾注了比一般青年更多的关爱,这种关爱之情掺杂着很多因素。除了志同道合的翻译文学事业外,应该和鲁迅与韦素园同患肺病的生命体验以及相同的"认真"性格有关。

鲁迅在《两地书》序言中,深切地缅怀了韦素园和柔石这两位年轻的"好意的朋友",而他们两个人在生前都曾与鲁迅并肩战斗,共同致力于当时的进步翻译文学事业。1925年8月,鲁迅在北京发起成立未名社,未名社"事业的中心,也多在外国文学的译述"①。1928年11月,鲁迅在上海又组织了朝华社(亦作朝花社,本书作者注),其成立初衷如鲁迅在《为了忘却的记念》中所言:"目的是在绍介东欧和北欧的文学,输入外国的版画,因为我们都以为应该来扶植一点刚健质朴的文艺。"②韦素园和柔石则分别是未名社和朝华社的核心成员,虽然最终这两个社团由于种种原因各自解散,而未名社挣扎的时间更久一些。未名社执着于进步翻译文学的发展在现代文学社团中是少有的,而未名社成员中最专注于文学翻译事业的就是韦素园了。鲁迅对于韦素园的最初记忆正是这样的:"我最初的记忆是在这破寨里看见了素园,一个瘦小,精明,正经的青年,窗前的几排破旧外国书,在证明他穷着也还是钉住着文学。"③

众所周知,鲁迅自青年时代罹患肺病,大半生饱受肺病困扰。而

---

① 鲁迅:《鲁迅全集》第6卷,人民文学出版社,2005年版,第263页。
② 鲁迅:《鲁迅全集》第4卷,人民文学出版社,2005年版,第496页。
③ 鲁迅:《鲁迅全集》第6卷,人民文学出版社,2005年版,第66页。

韦素园在短暂的一生中,却由于肺病有着长达五六年的卧于病榻的人生体验。源于身患相同肺病的切身体验,鲁迅在多次与未名社成员的通信中,表现出对韦素园病情的关心。1926年底,韦素园的病情渐趋加重。1927年1月10日在给韦素园的信件中,鲁迅结合自己患病经历指导韦素园用药:"兄咯血,应速治,除服药打针之外,最好是吃鱼肝油。"①如苏珊·桑塔格在《疾病的隐喻》中所描述的雪莱致信给济慈一样,鲁迅对于韦素园的问候"是一个结核病人对另一个结核病人的安慰"②。后来当韦素园病情屡屡反复,不便写信时,鲁迅则多次给李霁野、韦丛芜写信询问韦素园的病情发展。1927年2月7日询问李霁野:"漱园病已愈否?"③在得到李霁野的肯定答复后,鲁迅在3月17日的信件中又说:"漱园已渐愈,甚喜。"④而在1929年11月16日鲁迅在给韦丛芜的信件中说:"素园兄又吐些血,实在令我忧念,我想他应该什么事也不问,首先专心静养才是。"⑤1930年1月19日在给李霁野的信件中又说:"素园又病,甚念。"⑥

在鲁迅与韦素园生活的时代,肺病是一种不治之症,韦素园在病榻上挣扎了五年多,于寂寞和孤独中死去。韦素园去世四年后,鲁迅因同样的疾病逝于上海。鲁迅自己作为肺病患者,病痛也是其人生困扰之一。因为这种切身直接的生病体验,鲁迅比较起一般人来,自

---

① 鲁迅:《鲁迅全集》第12卷,人民文学出版社,2005年版,第8页。
② 苏珊·桑塔格:《疾病的隐喻》,上海译文出版社,2003年版,第27页。
③ 鲁迅:《鲁迅全集》第12卷,人民文学出版社,2005年版,第19页。
④ 鲁迅:《鲁迅全集》第12卷,人民文学出版社,2005年版,第24页。
⑤ 鲁迅:《鲁迅全集》第12卷,人民文学出版社,2005年版,第215页。
⑥ 鲁迅:《鲁迅全集》第12卷,人民文学出版社,2005年版,第219页。

然更能理解韦素园肉体上的病痛。可以说鲁迅对于韦素园的关注,也包含着自身长期患病难以言说的苦痛。

韦素园长期卧于病榻的人生状态,以及鲁迅自身性格中本来就有的虚无悲凉的生命意识,让他对于韦素园的病情并不乐观,甚至很早前就预感到其不妙的结果。在《忆韦素园君》中,鲁迅这样回忆道:"我到广州,是第二年——一九二七年的秋初,仍旧陆续的接到他几封信,是在西山病院里,伏在枕头上写就的,因为医生不允许他起坐。他措辞更明显,思想也更清楚,更广大了,但也更使我担心他的病。有一天,我忽然接到一本书,是布面装订的素园翻译的《外套》。我一看明白,就打了一个寒噤:这明明是他送给我的一个纪念品,莫非他已经自觉了生命的期限了么?"①

鲁迅在1929年5月,从上海返回北京看望母亲,短暂居留北京期间,特地去看望过韦素园一次,他在给许广平的信件中描述了这次会面:"病室壁上挂着一幅陀思妥夫斯基的画像,我有时瞥见这用笔墨使读者受精神上苦刑的名人的苦脸,便仿佛记得有人说过,漱园原有一个爱人,因为他没有全愈的希望,已与别人结婚;接着又感到他将终于死去——这是中国的一个损失——便觉得心脏一缩,暂时说不出话,然而也只得立刻装出欢笑,除了这几刹那之外,我们这回的聚谈是很愉快的。"②这是鲁迅与韦素园的最后一次会面,在鲁迅的回忆中,这次会面无疑充满了深重的悲剧色彩,带有浓厚的宿命意识。苏珊·桑塔格说:"尽管疾病的神秘化方式被置于新的期待背景上,

---

① 鲁迅:《鲁迅全集》第6卷,人民文学出版社,2005年版,第68页。
② 鲁迅:《鲁迅全集》第11卷,人民文学出版社,2005年版,第317页。

但疾病(曾经是结核病,现在是癌症)本身唤起的是一种全然古老的恐惧。"①学者安文军认为:"苏珊·桑塔格从自己的患病经验出发关注了疾病作为隐喻而出现的事实,认为病人不仅得忍受疾病本身带来的痛苦,而且更得承受加诸疾病之上的那些象征意义的重压,而且后一种痛苦甚至比前一种痛苦更为致命。"②对于鲁迅来说,他既同情韦素园的不幸遭遇,同时韦素园的肺病也让他窥视到自己的生理和心理疾苦。

对于韦素园的性格,鲁迅这样描述:"但待到我明白了我的误解之后,却同时又发见了一个他的致命伤:他太认真;虽然似乎沉静,然而他激烈。认真会是人的致命伤的么?至少,在那时以至现在,可以是的。一认真,便容易趋于激烈,发扬则送掉自己的命,沉静着,又啮碎了自己的心。"③鲁迅认为韦素园的致命伤在于"认真",包含着一位长辈对于晚辈的深深担忧,但鲁迅自己何尝不是认真的呢?正是因为认真和激烈的性格,所以鲁迅一生树敌无数,在公众生活中承受了沉重的压力,心怀着巨大的孤独和焦虑感,长期过着不稳定的生活。所以,对于年轻的韦素园的身上的这种"致命伤",鲁迅不无忧虑。然而,这里却存在着奇怪的悖谬,也正是韦素园的个性魅力近似于鲁迅,才在一定程度上赢得了鲁迅的认同感,但是另一方面,鲁迅却因为自己的不幸的人生经历而不希望韦素园像他。

1901年,鲁迅在南京读书三年之后,将周作人带出家乡,此后兄

---

① 苏珊·桑塔格:《疾病的隐喻》,上海译文出版社,2003年版,第7页。

② 安文军:《病、爱、生计及其他——〈孤独者〉与〈伤逝〉的并置阅读》,《中国现代文学研究丛刊》2008年第6期,第53页。

③ 鲁迅:《鲁迅全集》第6卷,人民文学出版社,2005年版,第66—67页。

弟俩共同开始了长达十年之久的在外求学生涯。在求学过程中,鲁迅对于周作人无论是在生活,还是在学业上都尽力扶持。1922年,离开故乡几年的韦素园也将胞弟韦丛芜带到北京读书,次年他们的大哥去世,留给韦素园的遗言是要照顾好韦丛芜,在艰难的谋生中,韦素园也引导着韦丛芜走上了文学翻译道路。

鲁迅和韦素园早年的这种相似的人生经历,对于同作为他人兄长的他们的认真稳重的性格形成具有促成意义。同是出身于封建旧式家庭,他们在青年时期离开家庭追求独立的人生,并且在各自的人生中都担负着兄长的责任和义务。无论是在家庭生活中,还是在社会生活中,鲁迅和韦素园相对来说都具有更加强烈的责任心和担当意识,并且爱憎分明,认真踏实,而这应与他们早年的这种人生经历有很大的关联。

韦素园是最为纯粹的译者,这或许是鲁迅最为欣赏他之处,他的全部热情都放在翻译文学事业上,虽然由于身体健康的限制,他的译作不多,但是质量很高。即便在重病之时,他仍然心系文学翻译事业,追求翻译至上。韦素园同时也是社中其他一些青年如韦丛芜和李霁野在文学翻译事业上的引路人,而他对于翻译事业最初的喜爱源于他的求学经历,特别是在俄国的短暂的留学,让他在感情上倾向于俄国文学,这个过程是非常自然形成的,并没掺杂什么功利性的因素。

虽然鲁迅与韦素园相差25岁,但是韦素园却是鲁迅真正无话不谈的忘年之交。1926年底,高长虹以鲁迅与许广平的恋爱造谣生事,中伤鲁迅,一时间谣言四起。对于这件事,鲁迅在1926年12月5日和8日给韦素园的信件中,都做了坦诚的倾吐,体现了他对于韦素园的深切信任。而这一切,考察同一时期鲁迅与其他青年包括其他未名社的青年成员的通信,鲁迅均未作细致披露。特别是在1929年3月22日的信件中,针对当时社会上流传的自己与许广平定居上海的同居传闻,鲁迅对韦素园作了细致解释:"至于'新生活'的事,我自己是川岛到厦门以后,才听见的。他见我一个人住在高楼上,很骇异,听他的口气,似乎是京沪都在传说,说我携了密斯许同住于厦门了,那时我很愤怒。但也随他们去罢。其实呢,异性,我是爱的,但我一向不敢,因为我自己明白个中缺点,深恐辱没了对手。然而一到爱起来,气起来,是什么都不管的。后来到广东,将这些事对密斯许说了,便请她住在同一所屋子里——但自然也还有别的人。前年来沪,我也劝她同来了,现就住在上海,帮我做点校对之类的事——你看怎样,先前大放流言的人们,也都在上海,却反而哑口无言了,这班屄头,真是没有骨力。"①又说:"不过我的'新生活',却实在并非忙于和爱人接吻,游公园,而苦于终日伏案写字,晚上是打牌声,往往睡不着,所以又很想变换变换了,不过也无处可走,大约总还是在上海。"②鲁迅在信件里向韦素园坦承了自己与许广平恋爱,并描述二人从厦门到广东再到上海的经历。若非对韦素园的极为信任,难以有这样的肺腑之言。

李霁野也曾婉转评价过,就私人关系来看,韦素园与鲁迅更加接近,因为他敢于和鲁迅谈论后者的私人生活话题,而鲁迅也并不因此认为其多事,相反视之为关怀,并对其敞开心扉。鲁迅称韦素园是

---

① 鲁迅:《鲁迅全集》第12卷,人民文学出版社,2005年版,第156—157页。
② 鲁迅:《鲁迅全集》第12卷,人民文学出版社,2005年版,第157页。

"楼下的一块石材,园中的一撮泥土"①,赞赏其渺小平凡却脚踏实地的品格,而李霁野也认为"鲁迅先生是最能识别并珍惜石材和泥土的建筑者和栽植者"②。这种泥土精神和对于泥土精神的重视,在当时中国都是不可或缺的,正是鲁迅与韦素园这样的青年在翻译文学上的实实在在的付出和努力,才推动了中国翻译文学的发展。

第三节　以小说创作扬名的台静农

作为未名社六名成员之一,台静农是唯一不事翻译文学的,这使得他在侧重于译介文学的未名社中显得较为另类和特殊。在未名社最初成立时,台静农也积极参与了未名社的前期发起活动,自然非常清楚社团的发展方向。但是未名社成立后,台静农并没有因此就扭转自己的兴趣而转向翻译文学,却仍旧是坚持国学研究和书艺之路,从始至终未曾改变过自己的文艺志向。在北京求学的最初几年中,台静农与其他安徽作家共同生活,一度朝夕相处,然而他并没有受到同伴们的文艺兴趣的干扰,而仍是独自坚定地朝着自己的治学方向努力。并且自未名社成立后,在鲁迅的悉心指导和帮助下,社中青年成员在翻译文学上进步很大,译作不断出版问世,在文艺界崭露头角。然而即便如此,台静农也仍然不为所动,他未曾想过借助于未名

---

① 鲁迅:《鲁迅全集》第 6 卷,人民文学出版社,2005 年版,第 70 页。
② 李霁野:《鲁迅先生与未名社》,人民文学出版社,1984 年版,第 238 页。

社或是鲁迅个人的资源，而是始终坚持自己选择的文艺志向，由此完全可以看出台静农性格上的坚毅独立。台静农在很早前就表现出对于书画艺术和治学的兴趣，而自未名社解散后，台静农更是朝着自己的人生方向坚定迈进，最终成为海内外有影响力的书法家和古典文学研究者。

1918年夏天，台静农从明强小学毕业，因为他的父亲当时在武汉汉口供职，因此他报考了汉口中学。在中学时期，台静农曾参加学潮，并和在阜阳第三师范学校的李霁野、韦丛芜合办了《新淮潮》杂志，虽然这本杂志只出了两期，但还是体现出他们试图进行文化革新的勇气和决心。尽管汉口比家乡叶集小镇的社会风气要开放得多，但是台静农仍不满意，在20世纪20年代初他来到北京。自1922年开始，台静农在北京大学文学系旁听，同时开始了新文学创作。1922年1月，台静农在《民国日报》副刊《觉悟》上发表新诗《宝刀》；1923年，他用"青曲"的笔名发表了第一篇小说《负伤的鸟》。

在未名社之前，台静农初至北京时，在社团上便参加了明天社，该社团在成立时，曾在1922年6月19日《民国日报》副刊《觉悟》上发表宣言，宣言声称"明天社是专门研究文学的团体，他出版的明天是专研究文学的刊物"。社团以"明天"命名，则是源于对当时文坛种种旧文学遗风的不满，因此寄希望于明天，"我们固然希望黑幕派一类的烂污东西可以灭绝。我们也希望青年不要把旧式的诗和小说里的荒谬思怨换汤不换药的放在他的作品上，把文学当作牢骚的一个工具，当作发泄色情狂名利狂的一个工具"。明天社还提出倡导新文学的主张："大家该努力的是求真能破除境遇不同的人们相互的'盲目性',真能了解'人性之真实',建立一种真挚、博大、深刻的文学。"①

明天社的成员除台静农之外,还有王鲁彦、林如稷、汪静之、冯雪峰、潘谟华、应修人和章衣萍等。这个社团是中国现代文学史上的第三个文学社团,是继文学研究会和创造社之后成立的,然而在当时文坛的影响力却远不及研究会和创造社。1924年3月25日,明天社在《晨报》副刊的"通信"栏里发表启事,言称成立两年,成员多有变动,社团遭受变故,虽未有大的作为,但是必将坚持下去。同时还预告了社团当年计划出版的五种丛书,即胡思永著《思永遗诗》、韦素园译《梭罗古勃诗选》、章洪熙(章衣萍)著《情书一束》、程仰之著《悲哀的死》和章洪熙著《牧师的儿子》。

五种丛书中,最先出版的是胡适的侄子胡思永的遗作《思永遗诗》,是为纪念这位因病早逝的诗人,也是明天社丛书第一种,由亚东图书馆1924年出版,虽有胡适作序,然而反响并不热烈;其次出版的则是章衣萍《情书一束》,实际出版时间是在1925年6月,由北新书局出版,这是一部在当时创造销售奇迹的畅销书,虽然其内容饱受诟病和争议,却是一版再版,在出版界大出风头,甚至后来还被翻译成俄文。因此,《情书一束》的出版或许是如同昙花一现般存在于现代文坛的明天社在出版界最有影响力的事件了。

明天社存在时间不长,《思永遗诗》和《情书一束》之后,社团拟出版的其他三种丛书并未出版,社团也就逐渐烟消云散了。纵观明天社的短暂的存在,可以看出其成立之时是有着远大的志向的,即致力

---

① 转引自曾华鹏、蒋明玳编:《王鲁彦研究资料》,知识产权出版社,2010年版,第16页。

于发展新文学,打破旧文学的束缚。这种态度和立场与文学研究会和创造社是一致的,但与后二者相比,明天社缺乏具体明确的文艺宗旨和发展方向,再加上缺少中坚分子的组织和领导,以及缺少切实的文学实践,虽然整体上成员实力较强,但还是不免停滞于空想中,最终在中国现代文学社团中转瞬即逝。

即便明天社存在时间短,且社团文艺活动开展较少,但台静农在社团中还是发挥了他的作用。如在1924年胡思永逝世一周年后,台静农曾为他创作《寄墓中的思永》一诗,表示自己对于这位同乡诗人的追思之情;而韦素园本不是明天社的成员,其所翻译的《梭罗古勃诗选》被列入明天社丛书出版计划之一,应该也是得益于台静农的功劳。早在未名社成立前,韦素园就已经选译了梭罗古勃的《蛇睛集》,但是一直无缘出版。从台静农在明天社时期的活动来看,他既是注重于同乡情谊的,也是热心于社团发展的,而这同样体现在他在未名社时期的行事风格上。

1924年台静农正式转入北京大学国学研究所半工半读,该所可谓名流汇集,老师中有蔡元培、陈垣、马衡、沈兼士和刘半农等,同学中则有董作宾、陆侃如、冯沅君和庄尚严等,因此他的学术素养在短时期内迅速得到提升。同时因为受身边学者的影响,也让台静农在国学研究之外,建立起对书法、篆刻和国画等的浓厚兴趣,这也让他日后走出了一条与他的同乡不同的文艺道路。

在未名社时期,台静农虽然没有从事过翻译文学,甚至本来连文学创作都无意尝试。但是他却在20世纪20年代创作出《地之子》和《建塔者》两部小说集,且意外以小说成名。在《地之子》后记中,台静农坦承最初写作小说有两个目的,一是为了支持未名社的《莽原》半月刊,一是为了安慰卧于病榻的朋友韦素园,从而开始了短暂而集中的小说创作。但无心插柳柳成荫,本属于无意为之的乡土小说创作却使台静农成功跻身于现代乡土文学作家队伍,成为与鲁迅齐名的乡土小说作家。在《中国新文学大系》小说二集中,作为编者的鲁迅,在乡土小说的选编上,选了自己的四篇小说,小说入选作家唯一在入选作品数量上与他持平的就是台静农了,此事历来为评论者和读者所津津乐道,并且不少论者也以此来说明台静农乡土小说的杰出艺术,成为中国现代文坛的一段文学佳话。

在乡土小说写作上,台静农与鲁迅风格很相像,如民俗书写、叙事记人的白描手法以及意象的使用等。有意思的是,在20世纪20年代乡土小说创作队伍中,有好几位青年作家都是北京大学的旁听生,并且都曾师从鲁迅,听过鲁迅的课,并进而与鲁迅建立起亲密的师生关系。这中间除了台静农之外,还有王鲁彦和许钦文等。同为鲁迅的弟子,其中台静农和王鲁彦关系较好,不仅共同师从鲁迅,而且都从鲁迅的乡土小说创作中获取了宝贵经验。据李霁野回忆,当时台静农和王鲁彦还同住在一个学生公寓,且同为明天社成员。而鲁迅在日记中,也曾提起过台静农和王鲁彦一同拜访过他。正是得益于这些乡土小说高手的师友的影响,也使得台静农的乡土小说创作起点很高,在一开始就显得非常成熟。

作为小说家的台静农只贡献了两本小说集,且创作时间比较集中。1928年11月,台静农的第一本小说集《地之子》出版,其中主要是乡土题材。在1930年8月又出版了《建塔者》,转向革命题材。在以往关于台静农早期小说创作的研究中,研究者多注意《地之子》和《建塔者》的差异,但是事实上台静农的两部小说集在差异背后却具有一种内在的统一性。

1927年8月,台静农由他当时所在的北京大学研究所国学门导师刘半农推荐,出任北京中法大学服尔德学院(即文学院,本书作者注)中国文学系讲师,从此开始他长达半个世纪的教学生涯。此后,台静农辗转南北,先后执教于辅仁大学、北平大学女子文理学院、厦门大学和山东大学等,直至抗战爆发。1933年春台静农结识溥心畬,1937年七七事变后结识张大千,他与这两位被誉为"南张北畬"的现代画家探讨画艺,并结为终生好友。

未名社存在时期,台静农并不热心于社团事务,李霁野回忆:"素园病入医院,守洞的就是另外一个朋友和我了。这个朋友并不管社事。"①根据当时情况来看,韦丛芜一直在燕京大学求学,另一个朋友指的就是台静农。而在翻译文学上台静农更是与社中成员没有任何交集。台静农在以翻译为主的社团文艺活动中,没有留下一部译作。自社团解散后,台静农一直都与鲁迅保持着深厚的师生情谊,在未名社存在时期和解散后,他都一直热心帮助鲁迅搜集碑帖。在20世纪30年代台静农还曾给鲁迅写信商讨写小说的事情,而鲁迅也热情地给予答复。鲁迅去世前四天曾给台静农写信,在书信最后他特地提到将为台静农寄上自己所编的新书:"今年由数人集资印亡友遗著,以为纪念,已成上卷,日内当托书店寄上,至祈察收,其下卷已校毕,年内当可装成耳。"②鲁迅在去世前几天曾给未名社两位年轻成员写信,一位是台静农,另一位则是曹靖华,体现了他在情感的丝缕上对

---

① 李霁野:《鲁迅先生与未名社》,人民文学出版社,1984年版,第29页。
② 鲁迅:《鲁迅全集》第14卷,人民文学出版社,2005年版,第170页。

于这个小团体和昔日同人的深深眷恋。

第四节 临危受命的李霁野

李霁野可谓是未名社中一名资深成员了,所谓的资深,在这里不仅是说在未名社存在时期,他参与的社团工作最多,还指的是在未名社解散后,他仍然坚持未名社的文艺主张,不放弃对于翻译文学事业的追求,最终成为一代翻译名家。并且在未名社结束后,李霁野撰写了大量回忆未名社的文章,表现对于未名社的怀念和热爱,也为未名社研究提供了第一手的资料。

从故乡的明强小学毕业后,李霁野进入阜阳第三师范学校学习,一方面是出于对家庭经济状况的考虑,另一方面则是当时的他对小学教育感兴趣。在师范学校读书时,李霁野表现出对于新文化的追求,特别是对于白话文书籍和报刊有着浓厚的阅读兴趣。在校期间,李霁野就经常阅读《新青年》、《时事新报》和《民国日报》等新报刊,特别是《新青年》,他最关注的是每期上是否有鲁迅的名字和作品。李霁野通过《新青年》不仅知道了鲁迅的创作,还读到了鲁迅翻译的文学作品。李霁野日后回忆鲁迅的作品对于他走上翻译文学道路有着重要的启蒙影响:"'五四'以后,除鲁迅先生的创作外,我还很喜欢读他翻译的文学作品,其中有安特列夫的短篇小说。这些对我想作点文学翻译工作起了启蒙作用。主要也是为了这个目的,我学习英文。"①可见,鲁迅的创作和译作是引发李霁野文学梦想的因素之一。因为不满意于师范学校教育的落后,以及在校中遭遇保守势力的排挤,李霁野和晚他一年入学的韦丛芜一起退学。

李霁野对于外国文学,尤其是英语文学作品的喜爱也是在故乡时期建立起来的,退学后的他没有放弃学习,而是坚持自学,他敏锐地意识到外语是必须掌握的工具。受五四新文化运动的影响,李霁野对于旧文化的态度几乎是全盘否定的,他根本不想在旧文化中寻找人生的出路。偶然中李霁野遇到一本英文简写的《天方夜谭》,但由于当时英文程度较低,他甚至无法进行独立阅读,必须要依赖字典的帮助才能开展阅读。但这本书对于李霁野的影响很大,他在回忆中如此写道:"我对这本书真是'一见钟情'。我决心学英文、学文学是从这个时候开始的。"②

退学后的李霁野还曾和韦丛芜创办过一种名为《微光》的周刊,先后作为《评议报》和《皖报》的副刊出版。这个周刊只有两个作者,就是李霁野和韦丛芜两人,他们自己办报自己写稿,受新思潮的影响,他们所作的文章都具有强烈的反封建色彩。虽然是微不足道的小小报刊,也仅仅出了几期,但是对于两个不过二十岁的青年来说,他们独立办报的能力却是基本具备了。日后在未名社时期,他们的这种能力获得了更大的施展空间。

在创办《微光》时,李霁野和韦丛芜曾有一个惊人之举,即出版婚

---

① 李霁野:《李霁野文集》一,百花文艺出版社,1991年版,第244页。
② 李霁野:《李霁野文集》一,百花文艺出版社,1991年版,第195页。

姻问题专号,在报纸上刊登自己的公开信,勇敢地向社会宣告要摆脱旧式家庭的包办婚姻。并且二人还走上街头去将报刊散发给青年人,鼓励青年打破旧式封建婚姻的约束,这种举动在当时当地还是破天荒的事。并且李霁野还把报刊寄回家乡,在家族中引起轩然大波。所幸他的父亲虽是旧派人士,但是对其离经叛道的行为表现出莫大的宽容和理解,并且帮助他退了婚。

1922年夏季,韦素园因病提前结束留学回国,来到安庆,不久韦素园在俄国的同学曹靖华也来到安庆。回到北京后不久,当年冬季韦素园再次回到安庆。韦素园两次回到安庆时,李霁野都遇到了他。在韦素园的鼓励下,李霁野决定离开故乡去北京求学,寻求新的人生出路。1923年春,李霁野与韦素园结伴来到北京。初到京城,李霁野在等待入学时,靠字典自修英文,韦素园也建议他主攻英文,为了谋生和准备入学费用,他开始翻译英文短篇作品,其最初尝试翻译竟是与谋求生计联系在一起的。

1923年秋,李霁野进入北京崇实高中,这本是一所教会学校,但由于多数学生是中途转学入校的,因此其中很多都是反宗教者。李霁野在这所学校里仍然比较激进,敢于反对传教士的荒谬和不实言论。李霁野进入该校的主要目的就是学习英文,虽然他也领略到了教会学校的虚伪和冷酷,但是在学校期间,他的英文水平还是得到了一定的提高,并且开始有意识地接触英译本的俄国文学作品。

1924年暑假,在高中毕业前,台静农将英文本的安德列耶夫的《往星中》送给李霁野,李霁野决定着手翻译这本书,同时他也获得了韦素园的帮助和支持,韦素园用俄语原版帮其校对,译成后他又在张目寒的帮助下,将译稿送到鲁迅手中,得到鲁迅的直接指导。可以说,李霁野的第一部译稿《往星中》的问世,是在同乡的关怀和帮助下完成的,这种深厚的同乡之情日后也促成了未名社同人风貌。《往星中》是李霁野的第一本书,在未名社成立后,1926年列入《未名丛刊》得以出版。李霁野曾经写过一篇回忆文章《从第一本书联想到良师益友》,谈到他的《往星中》的出版获得了良师益友的帮助,这个良师指的就是鲁迅,益友主要指的是韦素园、台静农和张目寒。

  1924年的冬天,李霁野在张目寒的带领下,第一次拜访鲁迅,终于见到了景仰已久的鲁迅先生,这次会面对李霁野来说是终生难忘的,让他屡屡在后来的回忆文章中提及。而鲁迅与李霁野的最早相遇是发生在北京大学的教师预备室里的,鲁迅对于他的最初印象则是"一个头发和胡子统统长得要命的青年"[①]。那时李霁野初到北京,忙于求生和求学,是人生中非常窘困的一个时期,然而却就是在这个时期,竟意外凭借稚嫩的翻译文学作品,与他极为崇拜的鲁迅先生相识,且得到后者的赏识。

  1925年夏天,李霁野从崇实中学毕业时,未名社成立。同年秋天,李霁野和韦丛芜一起进入燕京大学,李霁野就读于中文系,但中国文学并非是他的特别喜好,对于中国旧文学他仍然抱着以前的态度,不愿意多接受。虽然李霁野认为在旧文化中找不到人生的出路,但是在中文系可以让他多一点课余时间,阅读他喜欢的外国文学书。在求学的同时,自《往星中》开始,李霁野正式开始了他的翻译文学生涯。1925年2月,他又译成了《黑假面人》。这也是李霁野继《往星中》之后,所翻译的安德列耶夫的第二部剧本,因为两部剧本都具有

---

① 鲁迅:《鲁迅全集》第6卷,人民文学出版社,2005年版,第65页。

悲观虚无的倾向,因此李霁野在该书初版后声明不再版。李霁野在《黑假面人》自序中说:"这剧本是在1907年著的,正当俄国两次革命失败后,社会环境正沉闷的时候,所以不免很沉重抑郁。经过1917年的革命,俄国虽然还没有成功的新的文学发生,然而精神上已经积极地向新的将来奔驰了。安特列夫的精神早已和现在俄国的精神相左了。但是我们的新的将来在那里呢?似乎还很渺远。因此我还将这译稿印行,希望有一天能以接受这剧本的一样热诚的心情,将这剧本抛弃。"①

此后,在未名社时期,李霁野陆续出版了译作《文学和革命》、小说集《影》。1926年底,韦素园病倒,鲁迅已经南下,曹靖华仍在苏联,韦丛芜和李霁野在燕京大学求学。李霁野于社团危难之时,在求学之余勇敢担负起社中事务,但仍感觉难以倾尽全力投身于社团事务。因此在1927年秋天,李霁野从燕京大学休学,正式接手管理未名社。他一边在孔德学院教书,一边管理未名社事务。同时,还开始翻译《文学与革命》。1928年4月,因为李霁野翻译的《文学与革命》,未名社遭到查封,李霁野被捕入狱,被关押50天,释放后,燕京大学不准其复学,再加上未名社人手紧缺,他也无法再上学,只有继续承担起管理社团的重任。有学者认为:"未名社的几个青年是处于激进和温和之间的。这一点在李霁野身上表现得尤为明显。"②对于李霁野来说,这种矛盾性不仅体现在文学创作上,而且还体现在他对待政治生活的态度上,尽管他没有直接参与革命活动,但是他在主持未名社工

---

① 转引自唐弢:《晦庵书话》,生活·读书·新知三联书店,2007年版,第435页。

② 孙郁:《在民国》,中国人民大学出版社,2014年版,第139页。

作期间,却收留了十几个地下党员。

李霁野在管理未名社时期,除了维持未名社正常的出版活动之外,他还带领着未名社迎来了短暂的黄金时期。1928年10月,未名社在景山东街40号开设出版部售书处,吸纳临时成员李何林和王青士。李霁野开设出版部售书处的设想,有两个原因,一方面是为了尽快恢复查封后的未名社的出版工作,此举获得了鲁迅的支持和鼓励,鲁迅因此在7月将再版的《坟》校改本和韦素园的《黄花集》寄给李霁野,希望尽快推出。另一方面是为了帮助政治逃难至北京的同乡王青士和李何林,为了避免王青士因为参加革命而使未名社受到牵连,李霁野还与王青士签订合同,规定他只与未名社发生职务上的联系。

自未名社售书处成立后,不到一年时间,至1929年9月,共出书十多种。但好景不长,短暂的黄金时期转瞬即逝,由于管理混乱和经济限制等原因,很快未名社由盛而衰。李霁野曾写道:"何林同王青士在未名社工作的时期是未名社的黄金时代,他们离开后,社就渐渐烟消云散了。"①李何林和王青士在社中工作时间并不长,但是却非常投入,这种同乡的凝聚力让他们即使在短暂居留期间,也尽自己的努力为未名社谋求发展。王青士本不会作画,但为了支持未名社的工作,自学绘画,专为未名社做广告画。而李何林在未名社时期则编辑了两本关于鲁迅的书籍,一是《鲁迅论》,一是《中国文艺论战》。两人在售书处中,并非只把未名社当作临时的避难所,也关心着社团的发展。认真对待售书处的工作,比如挑选进步书刊供读者阅读。然而倾向于革命的李何林和王青士在1930年还是先后离开未名社,王青

---

① 李霁野:《李霁野文集》一,百花文艺出版社,1991年版,第327页。

士继续追求革命事业,而李何林则是到天津河北女子师范学院任教。

未名社在售书处成立后所取得的这种短暂的繁荣,恰恰印证了吸纳新成员对于社团发展的重要性,正是由于两位临时成员的介入,以及他们切实的努力,促进了未名社的发展,也让未名社在短时间内获得了新的生机和活力,进入了短暂的黄金时代。而随着两位新的临时成员的撤出,加上社团本身长期就存在的种种问题,未名社在短暂的繁荣之后转而走向衰落。鲁迅在1929年5月返京探视母亲时,正值未名社短暂的黄金时期,他曾几次回到未名社,看到售书处后很高兴,这短暂的中兴也曾抚慰鲁迅寂寞孤独的心灵。这次回京,不仅让鲁迅看到了未名社暂时焕发出的新的生机,还重新唤起了他对于发展社团的信心。而此前因为远离北京,在对待社团问题的处理上,他对于京中同人产生过一些误会和意见,都在这次回京后得以化解,也让鲁迅觉得对于翻译事业的坚守不是那么孤独。

1929年,韦丛芜从燕京大学毕业。1930年春,韦丛芜接手未名社事务,并因经济原因和社团发展思路而与社中其他成员发生矛盾,但是李霁野和台静农为了未名社的发展大局,以及为韦素园的病情考虑,没有将矛盾扩大,而是选择回避。在这种情况下,1930年秋,李霁野接受李何林的推荐,也来到天津河北女子师范学院英文系任教。李霁野算是正式告别了未名社的工作,此后,未名社的成员慢慢分化,同人走向散落。

李霁野在家乡师范学校读书时期曾有志于小学教育,到最后能够登上大学讲台,前后经历了近十年的人生坎坷,自然是非常珍惜这份职业的。并且由于家庭负担重,这份职业对他来说既有理想的实现,也有现实的因素在里面。因此在刚刚开始从教时,李霁野非常珍惜这个机会,暂时中止了翻译事业,因为投入新的工作,他有一年零八个月没有和鲁迅联系,也让鲁迅误解他借未名社的平台做上教授而忘记翻译事业。1932年4月23日,鲁迅在获知台静农地址后,给台静农和李霁野各写了一封信,并托台静农转交给李霁野。鲁迅在不知道李霁野地址的情况下,仍然主动给他写信的一个直接原因,是李霁野1932年3月31日将百元欠款并一封信交给鲁迅的母亲,此举让鲁迅颇为感动。因此,在给李霁野的信中鲁迅用了"甚感"①一词,来描述他对于李霁野的感念之情。此后,鲁迅与台静农和李霁野恢复通信。当李霁野从好友冯雪峰处获知鲁迅对于他疏于翻译颇有意见后,还曾写信向鲁迅汇报自己正在翻译《简爱》,将误会消除。1935年,李霁野译成《简爱》后,鲁迅帮他将译作介绍给郑振铎,作为《世界文库》的1936年单行本印行。李霁野翻译的《简爱》也是中国翻译文学史上首次的《简爱》全译本。

李霁野的文学成就主要是在翻译文学上,他的很多译作都是流传于今天的通行译本。而在翻译之外,李霁野在文学创作上主要贡献了随笔体散文,从1928年的《三幅遗容》开始,他有意尝试随笔体散文,创作了《温暖集》和《给少男少女》等散文集。此外,李霁野还有一些小说创作,虽然他在小说创作上成就并不突出,但是他的小说也曾被鲁迅选入《中国新文学大系》小说二集中。鲁迅在选编此集时,在文集的最后,特地选取了两个文学社团的青年作家的小说创作,一是莽原社的朋其、尚钺和向培良等,一是未名社的李霁野和台静农,同时鲁迅还分别给予了他们的小说创作以适当的评价,指出了他们

---

① 鲁迅:《鲁迅全集》第12卷,人民文学出版社,2005年版,第301页。

的不足，但更多的是鼓励。这两个文学社团和这些文学青年都与鲁迅有关，是鲁迅在京时期亲手扶植和培养起来的。鲁迅在编选此集时，有意将他们的作品放在最后，这既是一种虚心，也是避讳，同时也流露出一种眷恋。

从性格上来说，在李霁野身上，既有传统的一面，也有现代的一面。李霁野不仅有追求独立自由的精神品格，同时还具有强烈的责任与担当意识和集体主义态度，以及宽容厚道的性格特征。李霁野在未名社成员中，或许是最介于新旧之间的青年了。在未名社存在的短短几年中，李霁野默默地支持着社团的发展。继鲁迅离京后，紧接着韦素园病倒，社团事务无人承担，1927年秋，李霁野主动从燕京大学休学接管社团，在这一点上，显示出可贵的自我牺牲意识。正是李霁野的付出才延续了这个小团体的生命，如果没有他在危难之时的勇于承担，这个小团体或许就终结于1927年了。

在承担未名社社团工作时，李霁野对于经济账目也具有强烈的自律意识。此前，韦素园在主持社团工作时，对于经济问题也比较认真，但是后来他肺病严重复发，为了治病需要，不得已从社团中支取看病费用，欠下了数额不小的债务，而这笔债务最后却正是由李霁野承担还清的。1932年，李霁野译成《被侮辱和被损害的》一书后，售出译稿的版权获得了1600元，这其中一部分被李霁野用来帮助韦素园还款。在主持未名社期间，李霁野最为大胆创新的举动则是开办售书处，直接促成了未名社短暂而珍贵的中兴。

第五节　是非争议韦丛芜

考察未名社作家的生平,可以发现一个极有意思的现象,那就是六位成员中的四位——鲁迅、李霁野、台静农和曹靖华——都是其原生家庭中的长子。鲁迅是现代文坛著名的周氏三兄弟中的长兄;李霁野兄弟四人,他在兄弟中的排行最为年长;台静农本姓澹台,有兄妹六人,他也是家庭中的长子;而河南青年曹靖华作为家庭中的长子,自幼便跟随身为乡村教师的父亲曹植甫求学。此四人的长子身份无可置疑。

而未名社六成员中的另外两位,即韦氏兄弟,则要单独谈一谈了。韦素园和韦丛芜兄弟分别出生于 1902 和 1905 年,他们兄弟一共五人,韦素园和韦丛芜在大家庭的男丁中分别排行第三和第四。这个家庭中的长子是韦凤章,从韦素园的回忆文章来看,这位长兄一直担负着家族的生活负担,同时也博学多才,是韦素园和韦丛芜在物质和精神上的共同支柱,但是韦凤章却在韦素园求学期间,因长期操劳,积劳成疾,过早离世,长兄的意外死亡对于韦素园是一个极大的打击。

在未名社的安徽作家中,韦素园最早离开闭塞的故乡,四处求学,追求先进的文化思潮,少年时代即有着远大人生理想。韦素园求学生涯的经济来源一直是兄长韦凤章的支持。但是长期以来韦凤章担负着大家庭的生活重担,精神压力较大,一直郁郁寡欢,最终苦不堪言,因为身患重病选择出家,1924年死于庙宇中。韦丛芜在长兄出家后,于1922年到北京投奔韦素园。由于年龄相近,韦素园和韦丛芜两人自幼就一同求学,非常亲密。韦凤章病逝后,兄弟二人虽然失去了经济依靠,但是他们并没有因此而放弃求学,而是选择自谋生路。并且此后,韦凤章对于家庭未尽的责任和义务转移到了韦素园身上。尤其是在韦素园和韦丛芜的关系中,无论是在实际的年龄上,还是在现实的生活中,韦素园都扮演了韦丛芜的长兄的角色。在故乡时期,在韦素园和韦丛芜的关系中,韦素园的长兄意识可能不很明显。但是在远离故乡后,远离了大家庭和亲人,兄弟二人在相互的扶持中,在艰难的谋生和求学活动中,韦素园的长兄身份越发明显,其身为兄长的责任意识也更加明确。照顾韦丛芜的学习和生活不仅是韦素园个人的事情,而且也是为家族所承担的责任。因此在未名社时期,在和韦丛芜的关系中,韦素园无形中扮演了长者的角色,而他也称得上是一位特殊的"长子"。

  因此未名社主要是由几个从封建旧式家庭走出的长子组建成的文学社团,六位作家中,除却曹靖华长期在外参加革命活动,脱离社团之外,几位安徽作家成员在人生上有着非常密切的交集,这在中国现代文坛中是非常少有的。尽管中国现代文坛很多作家都是长子身份,然而像未名社这样在同一个文学社团中,成员中绝大多数都是长子身份却也是少见,这种身份自然会影响到他们的人生态度与文学创作。

  韦丛芜同时也是未名社中最年轻的成员,他与兄长韦素园相差三岁,比李霁野小一岁,比台静农小两岁。未名社中的四位安徽青年实际上彼此间年龄差距并不大,所以他们早年能够一起求学于故乡的明强小学,既是同乡,也是同窗,其中,又数韦丛芜和李霁野的同窗时间最久。韦丛芜1920年考入阜阳第三师范学校读书,与李霁野同窗,1921年秋与李霁野一道退学。1922年春,韦丛芜与李霁野同赴安庆,与李霁野合办《微光》周刊。1923年秋他又与李霁野一起入读于北京崇实中学,次年两人同时考入燕京大学,彼此共同读书时间最长。然而在未名社后期,韦丛芜却因为在经济问题上的不自律,以及在社团发展问题上,与社中其他成员,特别是李霁野之间产生了严重分歧和纠纷,最终这对情同手足、共同患难的同乡友人在人生道路上分道扬镳,不欢而散。及至晚年,在对于未名社史料问题的回忆上,韦丛芜在为自己早年的一些失当行为进行辩护时,其不当言辞再次引发李霁野对他的不满。韦丛芜曾在1975年撰写过一篇回忆文章,即《读〈鲁迅日记〉和〈鲁迅书简〉——未名社始末记》,在20世纪80年代发表,其中披露了一些未名社史料问题,比如经济纠纷和社团解散原因等,然而他的一些回忆却是严重违背历史事实的,比如他个人的经济问题,这引起李霁野的强烈不满,李霁野稍后撰写《为韦丛芜一文答客问》进行驳斥。

作为未名社中最年轻的成员,在未名社的整个存续时期,韦丛芜不仅深受兄长韦素园的关心和照顾,也颇受其他成员的包容和关爱。韦丛芜在未名社中获此特殊优待,不仅仅是因为他最年轻,最主要还是因为韦素园在未名社中的威信较高。在未名社初期,韦素园执掌社团事务的时候,由于他的认真和踏实,且在经济上自律严谨,以及其独特的人格魅力都让他在社团中树立了较高的权威地位,赢得了包括鲁迅在内的所有社中成员的认可和尊重。事实上,韦素园在未名社青年中建立的威信,更早是来自于故乡时期,他在求学和人生成长上一直走在其他同乡之前,而他在自己获得进步的同时也一直不忘记帮助和扶持同乡。甚至在年长自己五岁的曹靖华面前,韦素园都能称得上引路人,正是他鼓励曹靖华离开故乡到北京继续求学的。

长兄的早逝让韦素园对于手足之情更加重视,尽管韦素园作为安徽作家群的核心人物,他对于李霁野和台静农也不乏兄弟情谊,但是天然的血缘关系让韦素园尤其袒护韦丛芜,并且也影响到社中其他人对于韦丛芜的态度,甚至连鲁迅都曾打趣称呼韦丛芜为"丛芜小弟弟"。而在未名社后期,因为顾及韦素园的病情以及韦素园本身的人格魅力,让李霁野和台静农对于韦丛芜的行为多有纵容。韦丛芜有文学才华,也有翻译才能,最终出现人生的偏差,不能不说除却自身的原因,与其他成员的失于监督和约束也是有关的。李霁野在晚年曾坦言:"我对韦丛芜未尽到督促之责,觉得是一大憾事。"[1]

1922年,韦丛芜从湖南来到北京,最初在崇实中学读书。在韦素园的直接影响下,韦丛芜来京后很快也走上了翻译文学道路。韦丛芜在崇实中学读书时,就从翻译陀思妥耶夫斯基的《穷人》开始了他的翻译文学事业,那时他尚不足二十岁,然而他以初生牛犊的勇气选择名家巨著,作为自己翻译文学的起步,不可谓不自负,此后他陆续翻译了《格列佛游记》(卷一)、《英国文学:拜伦时代》和《罪与罚》等作品,在未名社中算是比较突出的译者了。

在创作上,1925年3月,韦丛芜以"蓼南"笔名创作了小说,后通过鲁迅介绍,在郑振铎的帮助下发表在《小说月报》上,是为他的处女作。而"蓼南"这个笔名的由来则是因为叶集在古代属于蓼国,南依

---

[1] 李霁野:《鲁迅先生与未名社》,人民文学出版社,1984年版,第53页。

大别山。韦丛芜采用这样的笔名，体现出他对于故乡的深情。韦丛芜长于诗歌，特别是抒情长诗的创作，不仅在未名社成员中独具一格，而且在现代诗人中也较为少见。在中国现代诗人中，善于长诗创作的并不多。韦丛芜在未名社前期，于1927年贡献了第一本诗集《君山》，其中收录单篇长诗《君山》，让他在诗坛崭露头角。此后在1929年韦丛芜又出版了第二本诗集《冰块》，主要收录了散文诗《冰块》和一些抒情诗歌，在抒发小资产阶级的苦闷情怀之外，还有为三一八惨案写下的政治抒情诗歌《我披过血衣爬过寥阔的街心》和《我踟蹰，踟蹰，有如幽魂》，记录了他作为惨案亲历者的惊心动魄的遭遇，并传达了他的政治苦闷情怀。总的来说，韦丛芜的诗歌创作，如同未名社其他成员的小说和散文创作一样，数量偏少，个人风格尚未完全建立，一定程度上制约了读者和评论者对其的认识。

在未名社成员中，在道德评价上，最具有争议的莫过于韦丛芜了。即便是曹靖华长期在外参加革命，从不过问社团事务，未名社成员也是对他报以理解和支持。鲁迅在与未名社青年作家的相处中，尽管也有对于他们的种种不满，但这种不满主要是发生在他去往南方之后，被卷入狂飙社作家群和安徽作家群的矛盾，引发了他对于青年问题的重新认识和思考。鲁迅对于安徽作家群也曾表示过批评，但没有表现于公众场合，仅仅是在与许广平的私人通信中有所流露。并且鲁迅对于安徽作家群的批评态度并不是具体到某个人，而是指向于这个小群体。因为鲁迅是从莽原社青年的内部矛盾中，发现了社中青年的性格弊端，并以此作为突破，上升到对于中国青年思想性格的整体性思考。然而在未名社走向没落时，鲁迅对于安徽作家群却有一位指名道姓的批评对象，那就是韦丛芜，但这种态度的流露，鲁迅也只是呈现于给其他成员的私人信件中,并且是在韦素园去世后鲁迅才表达出来的。

关于韦丛芜的是非争议始于未名社后期,直至未名社解散后,仍未停止。那么,韦丛芜是如何从颇受优待变成遭受非议的呢?韦丛芜在个人名声上争议最大之处正在于其经济上的不自律,这主要始自未名社后期。李霁野曾回忆道:"其实,韦丛芜和我们在思想上已经发生严重分歧;他的生活方式为我们所不满,他的经济上的需要,未名社无力充分满足,因此常常发生一些不愉快的事。他要接手'整顿'未名社,我没有坚持原则加以拒绝;他不让我们写信给鲁迅先生和靖华,我错误地认为写信徒使他们伤心,不如不写;何林把实际情况略告素园,我本不知情,他却说我用危害病人生命的手段对付他。"[①]即便是写于几十年后的回忆文章,李霁野对于韦丛芜的批评言词仍然较为隐晦,这正是体现了他的宽容忠厚的精神品格。然而从他的回忆中,还是可以看出导致韦丛芜在社中身败名裂的原因:一是在个人生活方式上,他在社团中无节制地借用钱款,引起其他京中同人的不满;二是在思想上他与其他成员之间存在严重分歧,这主要是关于未名社发展的规划问题。

后期的未名社已经面临非常严峻的经济困扰,然而韦丛芜在此时仍只顾满足个人的生活需求,不断向未名社借款。这样,到1931年时,再加上未名社收不回代售书店的欠款,以及韦素园长期生病在经济上对于社团的拖累等原因的影响,未名社在经济上已经完全成

---

① 李霁野:《鲁迅先生与未名社》,人民文学出版社,1984年版,第49—50页。

为空壳了。此外,在对待社团发展问题上,韦丛芜也与其他成员意见发生冲突。1930年初,韦丛芜以整顿社务为由,接替李霁野管理未名社的工作。为了避免与韦丛芜的冲突而可能会造成对于韦素园的精神伤害,李霁野只能选择退出未名社的管理工作,逐渐与社团疏远。在未名社后期,周作人曾与韦丛芜商议合作创办一份纯文学杂志《未名月刊》,利用未名社售书处发售这份大型文艺月刊。在20世纪30年代泾渭分明的革命文学语境中,无论是驻守京中的其他青年成员,或是身在上海的鲁迅,对于这一建议,都并不看好和支持,而韦丛芜却仍然坚持此事,明显表现出与其他成员不同的立场,因此与未名社其他同人之间分歧很大,最终由于成员之间的意见相左,再加上未名社实际的发展困难,韦丛芜的计划没有实施。未名社后期,韦丛芜踌躇满志,个性张扬,且颇有胆识,他也试图通过自己接管未名社来大施一番拳脚,但奈何于个人能力有限以及社团长期以来存在的各种问题,最终无法扭转未名社的衰落和解体。1932年8月1日,韦素园病逝,鲁迅认为随着韦素园的离世也隐喻着未名社不可逆转的终结,"一切计画,一切希望,也同归于尽"①。

在未名社青年作家中,最具有个性的也是韦丛芜。鲁迅在1929年5月回京时,在京中短暂的停留期间,在给许广平的信件中屡屡提及韦丛芜,从中可以看出韦丛芜的活跃和积极,个性的鲜明。韦丛芜在社团中颇受同人的照顾和优待,相对宽松的成长环境让他形成了锋芒外露的性格特征,他年轻气盛而又狂放不羁。在未名社中他对于鲁迅的权威感或许不如其他年轻作家那么强烈,比如在未名社事

---

① 鲁迅:《鲁迅全集》第6卷,人民文学出版社,2005年版,第69页。

务转让给开明书店时,是他赴上海一手经办的,他甚至敢号召鲁迅从此以后也要遵守开明书店规则。同时,韦丛芜在文学才能上也较多地保留了自己的个性,呈现出他自己独特的创作风貌。鲁迅在给翟永坤的信件中,曾自言自己不懂诗歌:"因为我不懂这一门"①。鲁迅并不长于新诗的创作,何况是长诗,这也在客观上使得韦丛芜在诗歌创作上保留了自己的个性化风貌,因为无法直接从鲁迅的文学资源中借鉴参考,而不像其他青年作家在小说或是散文创作上多少都受到了鲁迅的影响。韦丛芜的《君山》是长篇叙事诗,这种体裁形式本身在中国现代文学创作中就少人问津,在未名社成员的文学活动中是具有独特意义的。或许长期以来,在未名社作家中,韦丛芜因为经济和个人品行等问题被冠之以道德品行低下,但是私人的道德评价话语并不能用来衡量一个作家的文学成就,因此韦丛芜诗歌创作上的价值意义不能因为其私人道德而受到不公正的对待。可惜的是韦丛芜日后在世俗生活中个性走偏,"神驰宦海"②,文学活动也因此受到了影响。到晚年方才醒悟过来,可是悔之晚矣。

---

① 鲁迅:《鲁迅全集》第 12 卷,人民文学出版社,2005 年版,第 68 页。
② 鲁迅:《鲁迅全集》第 12 卷,人民文学出版社,2005 年版,第 413 页。

后　记

相对现代文学史上一些声名远扬的文学社团而言,未名社是一个较为小众和冷门的新文学社团。作为鲁迅直接参与的文学社团,未名社虽然有大量的翻译文学在身,并且也贡献了独具个性的文学创作,但并未因此留名于中国现代文学史。相反,在目前的各种文学史著作中,关于未名社的描述往往只是一笔带过,因而造成它长期湮没在中国现代文学史中。事实上,在中国现代文学研究中,除却各种热点和焦点话题之外,那些被遮蔽和掩盖的各种边缘性话题,更应该受到研究者的重视和关注,也因此,一些边缘性的文学现象或许更应该成为中国现代文学研究的新的突破点。

这本小书写作于一段寂寞的时光,从项目立项到书稿完成,已经两年有余。在这期间,为了撰写各种项目成果,我系统阅读了关于未名社的各种文学作品以及研究资料。在阅读中,我深深地认识了未名社的孤独,以及类似于这样的文学社团的孤独。未名社存在时期成员稀少,且多为皖籍作家,具有浓郁的地缘和亲缘色彩。成员主要致力于翻译文学,文学创作较少,而他们不多的文学创作也并不追随时代主潮。无论是在当时的文学语境中,还是在后来的文学接受中,未名社的处境都是孤独的。

在个体寂寞的时光中关注一个边缘性的文学社团,对于我的学术生活来说可谓是一种特别的体验。我视图通过史料思维对未名社进行解读和阐释,尤其注重于对社团成员作家的人生经历和性格性情进行较为客观的描述和呈现,尽可能还原真实而又准确的未名社同人风貌。这也让我一度有种恍惚,觉得是与社团成员朝夕相处的。而我在孤寂的时光中,不小心已经走过了两年多的时间。由于个人学术能力所限,本书自然有很多未尽之处,仅仅只是为未名社研究做一点基础的史料铺垫工作。但若能以此促进学界对于现代文学的边缘话题的关注,也算是我撰写此书的一种收获吧。

参考文献

朱寿桐:《中国现代社团文学史》,人民文学出版社,2004年版。

孟昭毅、李载道主编:《中国翻译文学史》,北京大学出版社,2005年版。

任淑坤:《五四时期外国文学翻译研究》,人民出版社,2009年版。

陈离:《在"我"与"世界"之间:语丝社研究》,东方出版中心,2006年版。

孙郁:《鲁迅与现代中国》,安徽大学出版社,2013年版。

李霁野:《鲁迅先生与未名社》,人民文学出版社,1984年版。

鲁迅:《鲁迅全集》,人民文学出版社,2005年版。

廖久明:《高长虹与鲁迅及许广平》,东方出版社,2005年版。

台静农:《地之子 建塔者》,人民文学出版社,1984年版。

韦丛芜:《韦丛芜选集》,安徽文艺出版社,1985年版。

韦素园:《韦素园选集》,安徽文艺出版社,1985年版。

李霁野:《李霁野文集》,百花文艺出版社,1991年版。

曹靖华:《曹靖华译著文集》,北京大学出版社,1993年版。

杨义:《中国现代小说史》,人民出版社,1998年版。

杨义：《中国现代文学图志》，人民出版社，1998年版。

李何林编：《鲁迅论》，陕西人民出版社，1984年版。

李何林编：《中国文艺论战》，陕西人民出版社，1984年版。

台静农编：《关于鲁迅及其著作》，未名社出版部，1926年版。

陈子善编：《台静农散文选》，人民日报出版社，1990年版。

陈子善编：《回忆台静农》，上海教育出版社，1995年版。

汤逸中选编：《旷野的呼声——莽原社作品选》，华东师范大学出版社，1996年版。

钱谷融主编：《栽植奇花和乔木——未名社作品选》，华东师范大学出版社，2001年版。

鲁迅编选：《中国新文学大系》小说二集，上海良友图书印刷公司，1935年版。

高长虹：《高长虹文集》，中国社会科学出版社，1989年版。

费孝通：《乡土中国》，北京出版社，2005年版。

董大中：《鲁迅与高长虹》，河北人民出版社，1999年版。

黄开发编选：《未名社作品选》，人民文学出版社，2011年版。

孙郁：《在民国》，中国人民大学出版社，2014年版。

赵家璧：《编辑生涯忆鲁迅》，人民文学出版社，1981年版。

张永江：《鲁迅与编辑》，河南大学出版社，1993年版。

朱金顺：《新文学考据举隅》，中国文史出版社，1990年版。

赵景深、陈子善编：《新文学版本录》，广西师范大学出版社，2004年版。

朱正：《鲁迅回忆录正误》（增订本），人民文学出版社，2006年版。

曹书文:《家族文化与中国现代文学》,中国社会科学出版社,2002年版。

王景山:《鲁迅书信考释》(增订本),文化艺术出版社,2013年版。

唐弢:《晦庵书话》,生活·读书·新知三联书店,2007年版。

李长之:《鲁迅批判》,北京出版社,2003年版。

许寿裳:《亡友鲁迅印象记》,人民文学出版社,1977年版。

费正清编:《剑桥中华民国史》,中国社会科学出版社,1994年版。

许纪霖编:《20世纪中国知识分子史论》,新星出版社,2005年版。

苏珊·桑塔格:《疾病的隐喻》,程巍译,上海译文出版社,2003年版。

陈子善:《这些人,这些书:在文学史视野下》,湖北人民出版社,2008年版。

夏志清:《中国现代小说史》,广西师范大学出版社,2014年版。

夏志清:《新文学的传统》,新星出版社,2010年版。

张泽贤:《中国现代文学小说版本闻见录》,上海远东出版社,2010年版。

陈子善:《边缘识小》,上海书店出版社,2009年版。

李欧梵:《中国现代文学与现代性十讲》,复旦大学出版社,2005年版。